DEIN LIEBLINGSMENSCH: THRILLER

MARCUS HÜNNEBECK

ÜBER DEN AUTOR

Marcus Hünnebeck gehört zu den erfolgreichsten Thriller-Autoren Deutschlands. Seine Bücher erreichen regelmäßig die vordersten Positionen in den Bestsellerlisten und begeisterten inzwischen über drei Millionen Leser und Hörer. Besonders mit der Reihe um die beiden Hauptkommissare Robert Drosten und Lukas Sommer hat er sich in der Gunst der Leser nach vorn geschrieben. Nachdem er im Ruhrgebiet aufgewachsen und danach viele Jahre im Rheinland gelebt hat, wohnt er inzwischen in Hamburg.

ÜBER DAS BUCH

Nach einem ausgelassenen Abend in ihrem Leipziger Lieblingsclub macht sich Denise mitten in der Nacht auf den Heimweg. Weit kommt sie jedoch nicht. Ein maskierter Mann zerrt sie in einen Hauseingang und betäubt sie. Stunden später erwacht sie aus der Bewusstlosigkeit in vollkommener Finsternis und mit schmerzendem Oberarm. Panisch versucht sie, einen Ausweg zu finden. Als ihr das endlich gelingt, entdeckt sie am Arm ein eintätowiertes Datum, das fünf Tage in der Zukunft liegt.

Hauptkommissarin Mückenberg übernimmt die Ermittlungen. Wegen der ungewöhnlichen Umstände kontaktiert Mückenberg Drosten und sein Team. Die Polizei beschützt in den Folgetagen Denise, um einen erneuten Angriff auf die junge Frau an dem angekündigten Datum abzuwehren. Doch das wahre Vorhaben des Täters durchschauen sie nicht. Denise ist nur das erste Opfer. Unter Hochdruck müssen Drosten, Sommer und Kraft fortan einen Täter jagen, der einem grausamen Rachepfad folgt.

Dein Lieblingsmensch: Thriller

1. Auflage, März 2024

Covergestaltung: © cover.artwize.de

Lektorat: Ruggero Leò
1. Korrektorat: Kirsten Hünnebeck
2. Korrektorat Frank Sperling

Herausgeber:
Marcus Hünnebeck
Heimweg 6, 20148 Hamburg

1

Denise wippte mit dem Kopf zum Takt der Musik. Glücklicherweise hatte sie sich aufraffen können, in ihren Lieblingsclub zu gehen. Hier war es leichter, die schwermütigen Gedanken zu verdrängen als zu Hause im Bett. Sie trank den letzten Schluck ihres Wodka-Orange. Der DJ legte den nächsten Song auf. Denise dachte an den Ärger bei der Arbeit. Der neue Teamleiter schien zu glauben, dass er den Respekt seiner Mitarbeiter durch überzogene Anforderungen gewinnen würde. Ihr Kollege Oliver hatte sich beim Teammeeting darüber beschwert, und sie war ihm zur Seite gesprungen. Als Einzige. Alle anderen hatten wieder einmal feige den Mund gehalten. In der Kaffeeküche meckerten ihre Kollegen immer lautstark, bei einem Meeting hingegen brachten sie nicht den nötigen Mut auf. Seit dieser Zusammenkunft hatte der Teamleiter sie und Oliver im Visier und schien sie für ihre Einwände bestrafen zu wollen. Am Freitag war das Ganze eskaliert. Er hatte sich vor ihrem Schreibtisch aufgebaut und ihr schlechte Arbeit vorgeworfen. Dabei hatte Denise nur einen winzigen Fehler bei der Bearbeitung einer komplexen Kundenreklamation gemacht. Er hatte sie so sehr gereizt, dass sie aufgestanden war und sich wegen Unterleibsschmerzen krankgemeldet hatte. Fassungslos hatte ihr der Neuling hinterhergesehen.

Wie er wohl am Montag auf sie reagieren würde? Oder wäre es besser, sich für ein paar Tage krankschreiben zu lassen? Als Zeichen, dass man mit ihr nicht alles machen konnte.

Eine Kellnerin trat zu ihr. »Willst du noch was?«, rief sie über die laute Musik hinweg.

»Bring mir bitte einen Wodka-O«, antwortete sie.

Die Kellnerin nickte und nahm das leere Glas mit.

Denise verdrängte die Gedanken an die Arbeit. Damit wollte sie sich diesen Samstagabend nicht verderben. Am liebsten wäre sie auf die Tanzfläche gegangen. Doch ihr neues Getränk war sicher schnell fertig, und sie wollte es unter keinen Umständen unbewacht auf dem Tisch stehen lassen. Nicht, dass ein Idiot das als Aufforderung verstand, ihr K.o.-Tropfen einzuflößen.

Denise beobachtete einige Tänzer. Ein Paar erregte ihre Aufmerksamkeit. Die beiden tanzten, sahen sich immer wieder lächelnd an und berührten sich kurz. Sie wirkten frisch verliebt. Als das Lied endete, küssten sie sich innig. Gemeinsam verließen sie die Tanzfläche und hielten dabei Händchen.

Denise seufzte. Eine neue Beziehung wäre das, was ihr jetzt so richtig guttun würde. Aber es war kein neuer Bewerber in Sicht. Die letzten Tinder-Dates waren so frustrierend gewesen, dass sie vor einer Woche die App deinstalliert hatte. Vielleicht sollte sie dem Ganzen noch eine Chance geben und die Anwendung erneut herunterladen.

Die Kellnerin brachte den Wodka-O und rechnete direkt mit ihr ab. Denise nippte am Glas. Langsam machte sich der Alkohol bemerkbar. Das würde ihr letzter Drink sein, sonst würde sie morgen den ganzen Tag mit einem

Kater im Bett verbringen. Statt zu trinken, würde sie gleich lieber tanzen und dabei versuchen, die Sorgen zu vergessen.

* * *

Zwei Stunden später verließ sie den Club. In der Hainstraße in Leipzig war um diese Uhrzeit kaum etwas los. Ein paar Nachtschwärmer liefen die Straße entlang, jedoch niemand in unmittelbarer Nähe, von dem eine Frau Ärger erwarten musste.

Denise wandte sich nach rechts. Sie würde zum Goerdelerring gehen und sich in die Straßenbahn setzen, die dort in zehn Minuten ankommen sollte. Hoffentlich hielt sich die Zahl der Passagiere in Grenzen. Auf vorlaute, betrunkene Männer hatte sie überhaupt keine Lust. Denise lief an den geschlossenen und meist unbeleuchteten Geschäften vorbei. Die Straße, in der sich vor allem an Samstagnachmittagen die Menschen drängelten, wirkte ziemlich unbelebt. Fast wie in einer Endzeit-Serie. Sie schmunzelte. Ob sie bei einer Zombie-Apokalypse in Leipzig versuchen würde, ihre Haut zu retten? Sie war sich nicht sicher. Momentan bot ihr das Leben nicht so viel, für das es sich zu kämpfen lohnte. Bestimmt würde sie das anders sehen, wenn es so weit wäre. Sie ging an einem Schuh- und einem Modegeschäft vorbei. Als sie den nächsten dunklen Hauseingang passierte, öffnete sich die Eingangstür. Sie warf einen Blick nach rechts. Spielten ihre Augen ihr einen Streich? Eine maskierte Gestalt schoss auf sie zu. Der Mann drückte ihr etwas auf Mund und Nase, bevor sie reagieren konnte. Mit roher Gewalt presste er sich an sie und zog sie in den Eingang. Denise atmete einen beißenden Gestank ein. Sie verlor das Bewusstsein.

* * *

Der schwierigste Teil war erledigt. Er hatte sie in seine Gewalt gebracht, und niemand in der Umgebung hatte entsetzt aufgeschrien. Er zog sie den Flur entlang, bis zur Treppe. Unten im Keller hatte er bereits alles vorbereitet. Zu seiner Erleichterung war die ganze Arbeit nicht sinnlos gewesen.

Er nahm sie auf die Arme und trug sie nach unten. Vorsichtig setzte er einen Fuß vor den anderen. Wenn er jetzt stürzte und sich selbst verletzte, könnte sein Plan hinfällig werden. Ohne Komplikationen schaffte er es in den Keller, wo er sie auf die vorbereitete Bahre legte. Er musste sich beeilen. Zuallererst spritzte er ihr ein Mittel, das die Bewusstlosigkeit um mindestens eine Stunde verlängern würde. Danach schaute er sie in aller Ruhe an. Sie war so hübsch. In den Jahren, seit er ihr das erste Mal begegnet war, hatte sie das Kindliche verloren. Inzwischen war sie eine Frau. Es fiel ihm schwer, nicht ihr Gesicht zu streicheln. Er durfte der Versuchung nicht nachgeben. Wenn er erst einmal anfangen würde, sie zu berühren, könnte er sich nicht mehr zurückhalten. Also nahm er den Blick von ihr und atmete tief durch.

Neben der Bahre hatte er die Werkzeuge hingelegt, die er in der nächsten Stunde benötigen würde. Er griff zu der scharf geschliffenen Schere und zerschnitt ihr das Oberteil. Die Reste warf er achtlos auf den Boden. Nun lag sie nur noch im BH vor ihm, jederzeit verfügbar. Er konnte sich nicht länger bändigen, so viel Willenskraft besaß er einfach nicht. Mit beiden Händen umklammerte er ihre Brüste und stöhnte. Das fühlte sich gut an. Wie dumm, dass sie ihn nie zur Kenntnis genommen hatte. Vielleicht hätte sie sich ihm sonst freiwillig hingegeben.

»Jetzt geht's los«, murmelte er, als er genug von ihrem Busen hatte.

* * *

Zitternd erwachte Denise. Ihr war kalt. Wo war sie? Schlagartig kehrte die Erinnerung zurück. Die maskierte Gestalt, die auf sie zugeschossen war. Hektisch tastete sie um sich. Es war stockfinster. Sie lag auf hartem, nacktem Boden. Jemand hatte ihr die Bluse ausgezogen, sie trug jedoch noch den BH. Ihr linker Arm schmerzte. Vorsichtig strich sie über die Haut und fand eine Stelle, auf der ein Pflaster klebte. Was hatte das zu bedeuten?

Panik überrollte sie. Sie stieß einen Schrei aus. Nichts passierte. Niemand kam zu ihr und schaltete das Licht an. Sie richtete sich auf und setzte sich in den Schneidersitz. Indem sie bewusst tief ein- und wieder ausatmete, kämpfte sie gegen die nächste Panikwelle an. Denise konzentrierte sich auf ihren Körper. Sie trug noch ihren Rock, den Slip und die Boots. Außer der Stelle am Arm tat ihr nichts weh. Wer auch immer sie im Dunkeln zurückgelassen hatte, schien sie nicht vergewaltigt zu haben.

Langsam beruhigte sie sich. Falls es einen Weg nach draußen gab, dann nur mit kühlem Kopf. Sie schlang die Arme um den Oberkörper und lauschte. Nichts zu hören. Es war absolut still. Fast wie in einem Grab. Bei diesem Gedanken flammte neue Panik in ihr auf. Sie tastete zu allen Seiten, ohne auf ein Hindernis zu stoßen. Vorsichtig stand sie auf. In einem Sarg steckte sie nicht. Schon allein das beruhigte sie. Vielleicht würde sie diesem Albtraum entkommen.

Vor ihrem inneren Auge sah sie die maskierte Gestalt. Wartete der Fremde irgendwo auf sie? Beobachtete er sie? Eventuell nur wenige Meter entfernt, mit einer Nachtsichtbrille auf dem Kopf?

»Hallo?«, rief sie. »Was wollen Sie von mir?«

Niemand antwortete ihr. Sie vernahm auch keinen

Atem. Behutsam ging sie auf die Knie. Selbst nach der langen Zeit im Dunkeln konnte sie noch immer keine Umrisse wahrnehmen. Hier gab es nicht die kleinste Lichtquelle. Sie musste sich auf ihre Hände verlassen und langsam vorgehen. Nicht, dass er irgendwo scharfe Scherben oder eine andere Gemeinheit hinterlassen hatte. Erneut berührte sie das Pflaster. Was war das? Wieso tat ihr Arm weh?

Denise atmete tief durch. Sie konnte nicht weiter tatenlos im Dunkeln hocken. In ihrer Vorstellung sah sie Ratten oder fette Spinnen, die sie beobachteten und darauf warteten, auf sie zuzustürmen. Sie erschauderte. Außerdem war da noch immer die Angst, dass die maskierte Gestalt auf sie lauerte, obwohl keine Atemzüge zu hören waren. Langsam tastete sie in einem 180-Grad-Bogen den Boden vor sich ab. Da sie auf kein Hindernis stieß, wagte sie es, ein wenig vorzurücken. Danach tastete sie wieder auf dieselbe Weise um sich. Zentimeterweise kam sie voran. Als sie nach einigen Minuten noch immer keine Vorstellung besaß, wo sie war, drehte sie sich um 90 Grad und versuchte es in dieser Richtung. Rasch stieß sie auf eine Wand. Denise erhob sich und befühlte die Wand. Sie war rau verputzt, lieferte ansonsten aber keine hilfreichen Hinweise. Also kniete sie sich wieder hin. Würde bei Sonnenaufgang Licht in ihr Gefängnis fallen? Oder war es vielleicht schon helllichter Tag, und sie hatte viele Stunden verloren?

Sie drehte sich einmal um die eigene Achse und versuchte es in entgegengesetzter Richtung zur Wand. Es dauerte nicht lange, bis sie eine Art von Gitter berührte. War das ein Gitterdraht? Sie rüttelte daran. Das Klappern hallte wider, mehr passierte nicht. In ihrer Vorstellung setzte sich ein Bild zusammen. Links von ihr eine Wand, rechts ein Drahtgitter. Sie war in einem Keller. Und jeder Keller hatte irgendwo einen Ausgang. Das war ihre Chance, diesem

Albtraum zu entfliehen. Den Gedanken, dass sie am Ende vor einer verschlossenen Tür landen würde, verdrängte sie rasch.

Sie kniete sich wieder hin und tastete mit beiden Händen jeweils von der Wand bis zum Drahtgitter den Boden ab. Solang sie auf kein Hindernis stieß, wagte sie sich weiter vor.

Plötzlich ertastete sie etwas. Sie zuckte zurück, weil sie nicht erwartet hatte, auf dem Weg zur Tür etwas zu finden. Außerdem rechnete sie noch immer mit einem fiesen Trick der maskierten Gestalt. Sehr vorsichtig berührte sie den Gegenstand erneut.

»Ja!«, stieß sie triumphierend aus, als sie erkannte, was es war. Sie hatte ihre kleine Schultertasche gefunden, in der sie ihr Smartphone aufbewahrte. Sie war leicht – zu leicht. Denise öffnete den Reißverschluss und griff hinein. Leer. Die Tasche enthielt weder ihr Telefon noch ein ekelhaftes Tier, das sie anfiel.

»Verdammter Hurensohn«, zischte sie. »Wo ist mein Handy?«

Eine Chance blieb ihr. Die Tasche hatte ein kleines Seitenfach, in dem sie ein Feuerzeug aufbewahrte. Zwar hatte sie sich die lästige Angewohnheit des Rauchens schon seit fast einem Dreivierteljahr abgewöhnt, trotzdem führte sie noch immer ein Gasfeuerzeug bei sich. Man wusste schließlich nie.

Und tatsächlich. Es steckte darin. Ungläubig zog sie es heraus und entzündete es. Endlich Licht! Sie schluchzte vor Erleichterung. Wie wertvoll Licht war, erkannte man erst in der schwärzesten Dunkelheit.

Damit die Flamme nicht erlosch, drehte sie sich vorsichtig einmal um die eigene Achse. Sie war tatsächlich in einem Kellerraum gefangen. Links von ihr war die nackte Wand, rechts verschiedene, voneinander abgetrennte

Kellerräume. Hinter dem Draht erkannte sie Mülltonnen, außerdem zahlreiche Kartons, ein paar Möbelstücke. Krimskrams, wie ihre Großmutter zu sagen pflegte. Diese Alltagsdinge, die man für gewöhnlich im Keller lagerte, flößten ihr Hoffnung ein. Sie würde einen Ausweg finden. Sie führte die Flamme dicht an ihren Arm heran. Ein Pflaster, genau wie vermutet, und darunter schimmerte etwas Schwarzes durch. Das musste warten!

Vorsichtig setzte sie ihren Weg fort. Nach einer Weile erreichte sie eine Biegung. Rechts davon entdeckte sie ein Waschbecken mit Wasserhahn. Sie überprüfte, ob er funktionierte. Tatsächlich strömte klares Wasser heraus, von dem sie einen Schluck probierte. Verdursten würde sie hier unten nicht. Denise folgte der Biegung und landete vor einem Aufgang. Einige Stufen führten nach oben, am Ende des Lichtscheins machte sie eine Tür aus.

»Lass sie offen sein«, flehte Denise.

Langsam stieg sie nach oben. Mit jedem Schritt wuchs ihre Hoffnung. Gleichzeitig befürchtete sie, der Fremde wollte sie nur austricksen. Würde er dahinter lauern und fortsetzen, was er angefangen hatte?

Denise erreichte die Tür. Sie drückte die Klinke. Die Tür schwang nach außen auf.

»Oh Gott«, flüsterte sie erleichtert.

Von draußen fiel künstliches Straßenlaternenlicht in einen Flur. Es war noch immer Nacht. Sie stolperte der gläsernen Ausgangstür entgegen und riss sie auf.

»Hilfe!«, schrie sie.

Ein Paar, das nicht weit entfernt war, drehte sich zu ihr um.

»Hilfe!«, wiederholte sie laut.

Das Paar wendete und eilte auf sie zu.

»Ist alles in Ordnung?«, fragte die Frau. »Was ist

passiert?« Sie schlüpfte aus ihrer Jacke und reichte sie Denise. »Sie zittern!«

»Danke«, murmelte sie. »Ich bin überfallen worden. Der Maskierte hat ...«

Die Frau schaute sie mit großen Augen an. Offenbar zog sie die falschen Rückschlüsse.

Denise riss sich das Pflaster von der Haut und biss die Zähne zusammen.

»Haben Sie sich vor Kurzem tätowieren lassen?«, fragte der Mann.

»Kommen Sie! Ich helfe Ihnen in die Jacke!«, bot die Frau an.

»Was ist das?«, erkundigte sich Denise. »Ist das ein Datum?«

»Ja«, sagte der Mann. »Wissen Sie nicht mehr, was Sie sich haben stechen lassen?«

»Das war ich nicht. Das war der Maskierte.« Sie drehte den Arm, bis sie das Datum entziffern konnte. Der 15. März 2024. Warum tätowierte ihr jemand ein fünf Tage in der Zukunft liegendes Datum ein?

»Rufen Sie bitte die Polizei«, sagte Denise. Sie schlüpfte in die Jacke und schluchzte. Kaum hatte sie zu weinen begonnen, ließen sich die Tränen nicht mehr stoppen.

2

Hauptkommissarin Nadja Mückenberg saß am Krankenhausbett des Opfers. Die Frau war in die Uniklinik Leipzig eingeliefert worden und würde mindestens bis zum Vormittag zur Beobachtung bleiben. Der behandelnde Arzt hatte allerdings schon Entwarnung gegeben. Außer einer leichten Unterkühlung war Denise Sand nichts zugestoßen. Die seelischen Nachwirkungen des Überfalls waren größer als die physischen. Vor allem ihre angeschlagene Psyche machte es erforderlich, sie weiter unter Beobachtung zu halten.

»Ich verstehe das nicht«, sagte Sand. »Wieso überfällt mich jemand und tätowiert mir ein Datum in den Arm? Ich meine, was, wenn die Nadel verunreinigt war, mit der er das gemacht hat? Ist der 15. der Tag, an dem ich krank werde?«

»Das halte ich für sehr unwahrscheinlich«, antwortete Mückenberg. »Selbst wenn die Nadel infektiös gewesen wäre, wofür es keine Anhaltspunkte gibt, könnte man niemals so genau das Datum festlegen.«

Der Patientin war routinemäßig Blut abgenommen worden, das Ergebnis stand noch aus.

»Und was bedeutet es dann?«, wollte Sand wissen.

»Da stehe ich wie Sie vor einem Rätsel. Das Datum hat also keinen Belang? Niemand, den Sie kennen, hat in ein paar Tagen Geburtstag?«

»Nein. Darüber habe ich schon nachgedacht. Der 15. März ist für mich absolut bedeutungslos.«

»Und in der Vergangenheit ist an diesem Tag nie etwas passiert? Vielleicht eine Trennung, die von Ihnen ausging? Oder der Beginn eines schlimmen Streits, der in einer Trennung mündete?«

»Ich kann mich an kein Beziehungsende im März erinnern. Zumindest nicht in den letzten Jahren. Bin ohnehin die meiste Zeit alleine. Viel Glück mit Männern habe ich nicht.«

Für Mückenberg bot diese Aussage eine gute Gelegenheit, das Gespräch in die entsprechende Richtung zu lenken. »Könnte ein Ex-Partner hinter dem Überfall stecken oder jemand, der einen Korb von Ihnen nicht verkraftet hat?«

»Darüber habe ich schon nachgedacht. Ich halte das für unwahrscheinlich.«

»Erklären Sie's mir?«

»Mein letzter Partner war Franco. Wir waren zwei Jahre zusammen. Na ja, zwei Jahre und ein bisschen. Die Trennung ist von ihm ausgegangen, weil er sich neu verliebt hatte. Mit Angi ist er inzwischen verlobt. Sie hat direkt Nägel mit Köpfen gemacht und ist schwanger. Er hat keinen Grund, mir das anzutun.«

»Wie lange ist die Trennung her?«

»Das war Anfang letzten Jahres.«

»Hat das Datum eine Bedeutung für Ihre Beziehung gehabt?«

»Nein«, antwortete Sand. »Überhaupt keine.«

»Und seit Franco hatten Sie keine weiteren Beziehungen?«

Sand wich ihrem Blick aus und starrte zur Eingangstür. »Verrückt, oder? Wie schnell die Zeit manchmal vergeht.« Sie seufzte. »Ich hatte ein paar Dates. Einmal wollte mich eine Freundin verkuppeln, ab und zu habe ich mich auf Tinder verabredet.« Sie senkte den Blick. »Mit zwei Typen war ich im Bett, um mal wieder ...« Sand presste die Lippen zusammen. »Der Richtige war einfach nicht dabei.«

»Das Gefühl kenne ich«, erwiderte Mückenberg. »Hat einer der Männer sich vielleicht mehr versprochen?«

Sand zögerte. »Ich glaube nicht. Zumindest hat sich keiner von ihnen anschließend ständig gemeldet.«

»Kriegen Sie die Namen noch zusammen?«

»Ja«, sagte sie.

»Sehr gut. Gibt es sonst jemanden in Ihrem Leben, der Interesse an Ihnen hat, das Sie nicht erwidern?«

»Sie meinen, so etwas wie einen Stalker?«

»So ungefähr.«

Sand dachte darüber nach. »Nein«, sagte sie schließlich. »Wenn überhaupt müsste das jemand bei der Arbeit sein und ...« Sie stockte.

»Was geht Ihnen durch den Kopf?«, fragte Mückenberg.

»Na ja, das kann eigentlich nicht sein, so weit würde er wohl nicht gehen, oder?«

»Von wem sprechen Sie?«

»Wir haben seit ein paar Wochen einen neuen Teamleiter. Mit dem bin ich letzte Woche zweimal aneinandergeraten. Zunächst bei einem Teammeeting, und dann hat er mir am Freitag vor versammelter Mannschaft als Retourkutsche meine Arbeit schlechtgemacht. Das hat sich so hochgeschaukelt, dass ich aufgestanden bin und behauptet habe, ich hätte Unterleibsschmerzen, woraufhin ich nach Hause gegangen bin.«

»Vorgestern?«, vergewisserte sich Mückenberg.

»Gestern … nein … halt, Sie haben recht! Es ist ja schon Sonntag. Also vorgestern.«

»Steht am 15. März bei der Arbeit ein wichtiger Termin an?«

»Nein.«

»Sind Sie häufig im *Darkflower*?«

»Mindestens zweimal im Monat. Eher mehr. Ist genau mein Ding. Von der Musik und den Leuten her. Keine übertriebenen Tussis.« Sie lächelte verlegen.

»Und jemand, der Sie heimlich beobachtet, könnte davon wissen?«

»Ziemlich sicher.«

»Weiß Ihr Teamleiter von dieser Vorliebe?«

»Unwahrscheinlich. Das habe ich ihm nicht erzählt. Falls er sich bei Kollegen erkundigt hat, dann könnte er es erfahren haben. Aber ansonsten? Ich wüsste nicht wie.«

»Wenn Sie die Liste mit den Namen erstellen, setzen Sie ihn bitte auch darauf.«

Sie lächelte erfreut. »Nichts lieber als das. Jagen Sie ihm ruhig Angst ein. Hat er verdient.«

»Kommen wir noch einmal auf das Datum zurück. Es hat wirklich keine Bedeutung für Sie? Niemand, der da Geburtstag hat? Es ist kein Jahrestag oder etwas in diese Richtung?«

»Überhaupt nicht. Ich bin mir absolut sicher, nichts zu vergessen. Was heißt das?«

Mückenberg wusste, dass nun der schwierige Teil des Gesprächs anfing, denn ihre Theorien würden Sand nicht gefallen. »Die erste Frage, die ich mir stelle, ist, ob Sie ein Zufallsopfer sind. Hat in der Hainstraße 26 jemand gelauert, bis er ein passendes Opfer gefunden hat? Jung, weiblich, attraktiv? Nicht ausgeschlossen. Trotzdem glaube ich das nicht. Um welche Zeit haben Sie den Club verlassen?«

»Gegen halb drei.«

»Zwar nicht völlig unrealistisch, aber eher unwahrscheinlich, dass Sie in dieser Nacht das erste potenzielle Opfer gewesen sind, das diesen Kriterien entsprochen hat. Eine Frage noch: Wenn Sie das *Darkflower* verlassen, nehmen Sie dann immer denselben Weg?«

»Ja, ich fahre immer mit einer Straßenbahn ab dem Goerdelerring. Taxis sind mir zu teuer.«

»Ich glaube, jemand hat Sie bewusst ausgewählt. Er muss sich Zutritt zum Haus verschafft haben. In dem Gebäude lebt wochenends nur ein privater Mieter, der Rest sind Firmen, deren Mitarbeiter am Samstagabend nicht da sind. Wir werden uns mit allen unterhalten. Ich schätze, der Täter hat in der Nähe gelauert, bis Sie den Club verlassen haben. Dann ist er in den Hauseingang gehuscht und hat gewartet, bis Sie daran vorbeiliefen. So erscheint mir der Ablauf am meisten Sinn zu ergeben.«

Sand schüttelte sich. »Und das bloß für eine Tätowierung? Ich kapier's nicht.«

»Alles, was ich jetzt sage, ist reine Spekulation. Ich kann auch völlig danebenliegen und jage Ihnen unnötig Angst ein. Was mir leidtun würde.«

Sand riss die Augen auf. »Angst?«, erwiderte sie leise.

»Das Datum könnte eine Warnung sein.«

»Wovor?«

»Dass er Ihnen an diesem Tag etwas antun wird und Sie nichts dagegen unternehmen können.«

»Oh mein Gott.«

»Den ersten Schritt, das zu verhindern, haben Sie getan, indem Sie die Polizei gerufen haben. Ich glaube, es hätte einige Frauen gegeben, die sich aus Angst vor unangenehmen Fragen oder Untersuchungen davor gescheut hätten. Vielleicht hat der Maskierte darauf sogar spekuliert.«

»Wie hätte ich Sie nicht alarmieren können?«

»Sie haben alles richtig gemacht. Wir werden Sie am 15. März, aber auch schon davor, beschützen. Wie genau das abläuft, bespreche ich mit meinen Kollegen. Bis spätestens morgen Nachmittag haben wir eine Strategie entwickelt. Ich versichere Ihnen, Frau Sand, er wird Ihnen nichts antun.«

* * *

Montagmorgen redete Mückenberg mit ihrer Kollegin Steffi Grimm. Die Oberkommissarin war erst vor einem halben Jahr zur Leipziger Moko gestoßen, nachdem der ursprüngliche Nachfolger von Maik Keller das Team wieder verlassen hatte. Umstrukturierungen hatten Grimm zu Mückenbergs Partnerin werden lassen.

»Ich bin mir ziemlich sicher, das Datum ist eine Warnung«, sagte Mückenberg. »Was übrigens völlig verrückt ist: Genau in dem Haus hat es vor Jahren einen Vorfall gegeben.«

»Erzähl!«, forderte Grimm sie auf.

Mückenberg berichtete von dem Fall einer Frau, die in der Dachgeschosswohnung lebte und im gegenüberliegenden Hotel eine Nacht mit einem Mann verbracht hatte. Nur durch einen glücklichen Umstand hatte sie gesehen, wie zur selben Zeit Einbrecher in ihre Wohnung eingedrungen waren. »Die Frau wohnt dort nicht mehr. Dass schon wieder in diesem Haus etwas passiert ist, verbuche ich vorläufig unter Zufall.«

»Du willst wahrscheinlich mit allen Mietern sprechen«, spekulierte Grimm.

»Definitiv. Irgendwie muss der Kerl sich Zutritt verschafft haben. Vorher will ich mich noch versichern, ob es irgendwo in Deutschland schon einen ähnlichen Fall gegeben hat.«

* * *

Robert Drosten saß seit einer halben Stunde in seinem Büro und hatte bereits kurz mit Polizeirat Karlsen telefoniert. Nun warf er einen Blick in die KEG-Datenbank, in der Polizeibehörden ungewöhnliche Morde melden konnten. Übers Wochenende waren keine neuen Einträge hinzugekommen.

Sein Telefon klingelte zum zweiten Mal an diesem Morgen und übertrug die Rufnummer von Hauptkommissarin Mückenberg aus Leipzig.

»Nadja«, begrüßte Drosten sie. »Robert hier.« Seit die Wiesbadener sich auf der Hochzeit ihres mittlerweile ermordeten Hauptkommissars Keller kennengelernt hatten, duzten sie sich mit den Leipziger Kollegen.

»Hallo, Robert. Schön, deine Stimme zu hören.«

»Das kann ich nur zurückgeben. Ich wollte mich schon vor Monaten melden, als ich von eurer Umstrukturierung erfahren habe. Aber du weißt ja, wie es ist.«

»Irgendetwas kommt immer dazwischen. Wem sagst du das?«

»Hat sich das System bewährt?«

»Meiner Meinung nach nicht. Leider war es dem neuen Polizeipräsidenten wichtig, Ermittlungen in Zweierteams zu führen statt in Viererteams. So konnte er der Presse gegenüber behaupten, er hätte die Anzahl der ermittelnden Teams signifikant erhöht.«

»Überflüssige Behördenpolitik«, brummte Drosten. »Du hast eine neue Partnerin zugewiesen bekommen?«

»Die Kollegin ist super. Wir liegen auf einer Wellenlänge.«

»Sehr erfreulich. Weshalb rufst du an?«

»Hier hat es in der Nacht von Samstag auf Sonntag einen merkwürdigen Zwischenfall gegeben. Mich würde interessieren, ob du schon mal von so einer Vorgehensweise gehört hast.« Mückenberg erzählte, was passiert war.

Bei der Erwähnung der Tätowierung dachte Drosten sofort an die verschwundene Tilda Schmitt. »Den Fall der tätowierten Mörderin, die inzwischen in Amerika untergetaucht ist, hast du verfolgt?«

»Ja! Ich konnte das nicht glauben.«

»Wir auch nicht. Wenn ich jetzt von einer Tätowierung höre, muss ich sofort an Schmitt denken. Allerdings hat sie ihre Opfer nie tätowiert.« Die Tatsache, dass sich Lukas Sommer ihretwegen ein Motiv hatte stechen lassen, verschwieg er.

»Frau Sand ist sich ziemlich sicher, dass sie von einem Mann angegriffen worden ist.«

»Das heißt nicht unbedingt etwas. Schmitt hat häufig Unterstützung von Männern gehabt. Trotzdem glaube ich nicht, dass das mit ihr zu tun hat. Wir haben keine Hinweise, die auf ihre Rückkehr nach Deutschland hindeuten.«

»Klingelt's ansonsten bei dir?«

»Nein. Morde, bei denen das Datum der Tat angekündigt wurde, sind in unserer Datenbank nicht erfasst. Was unternehmt ihr?«

»Das eintätowierte Datum ist am kommenden Freitag. Momentan wird Frau Sand in ihrer Wohnung beschützt. Wir bringen sie morgen in eine Schutzwohnung, führen dafür sogar ein kleines Schauspiel auf, damit der Täter das nicht mitbekommt, falls er sie beobachtet. Die genauen Einzelheiten sind gerade in Klärung. Hat das Datum einen Bezug zu dieser tätowierten Mörderin?«

»Keinen, den ich auf dem Schirm habe. Ich prüfe das.

Allerdings ist der Fall Schmidt sehr komplex. Bei einigen ihrer Morde wissen wir gar nicht, wann genau die Taten stattgefunden haben. Wahrscheinlich wissen wir nicht mal über jedes ihrer Verbrechen Bescheid.«

»Verrückt, dass ein amerikanischer Politiker ihr quasi bei der Flucht geholfen hat.«

»Manchmal habe ich den Eindruck, die Welt wird von Jahr zu Jahr verrückter.«

»Leider hast du recht.«

»Nadja, ich halte Augen und Ohren offen. Du hörst von mir.«

»Und du von mir, sobald sich hier etwas Neues ergibt. Ich erreiche dich vermutlich auch am Samstag, falls ...«

»Mein Handy ist jederzeit eingeschaltet. Aber malen wir den Teufel nicht an die Wand.«

Die beiden verabschiedeten sich voneinander. Drosten rief sofort die Akte von Schmitt auf und gab das Datum als Suchbegriff ein. Der Computer warf kein Ergebnis aus. Drosten schaute aus dem Fenster seines Büros. Das, was er gerade eben erfahren hatte, verschaffte ihm ein ungutes Gefühl. Irgendetwas würde am Freitag passieren. Hoffentlich konnten die Leipziger Kollegen das Schlimmste verhindern.

3

Nadja Mückenberg und Steffi Grimm suchten Denise Sand am Dienstagmittag in ihrer Wohnung auf. Um es einem etwaigen Beobachter nicht zu leicht zu machen, betraten sie das Haus durch den von der Straße nicht einsehbaren Hintereingang. Schutzpolizisten patrouillierten in dem Viertel, auch in den nächsten Tagen, obwohl Sand dann nicht mehr vor Ort wäre.

Die junge Frau saß in der Küche und trank einen Tee.

»Wir haben mittlerweile mit Ihrem Teamleiter gesprochen«, erklärte Mückenberg. »Er hat für Samstagabend ein lupenreines Alibi.«

»Ach, wie schade«, brummte Sand.

»Er war ein wenig schockiert, dass Sie ihn auf der Liste der Verdächtigen aufgeführt haben. Für uns hat es so gewirkt, als wolle er sein Verhalten Ihnen gegenüber in Zukunft überdenken«, sagte Grimm.

»Schön wär's.«

»Zumindest hat er behauptet, Ihre Krankmeldung für die ganze Woche sei überhaupt kein Problem«, fügte Grimm hinzu.

»Gehen wir noch einmal den Ablauf für heute durch«, schlug Mückenberg vor. »Sie fahren in genau einer Stunde zu Ihrem Stamm-Supermarkt. Dort warten meine Kollegin und ich in der Süßigkeitenabteilung. Wir führen Sie zu einem Hinterausgang und bringen Sie in einem zivilen Polizeifahrzeug zur Schutzwohnung. Die Scheiben sind von außen nicht einsehbar, niemand wird Sie darin erkennen.«

»Unterdessen wird eine Polizistin, die Ihnen ähnlich sieht, den Einkauf fortsetzen, sich in Ihren Wagen setzen und zu Ihnen nach Hause fahren. Sie gibt sich dann in den nächsten Tagen als Sie aus«, erklärte Grimm.

»Wichtig ist, dass Sie nachher Ihre große Sonnenbrille tragen, die Sie uns präsentiert haben. Außerdem das Halstuch und die Basecap. Im Supermarkt geben Sie diese Utensilien der Polizistin«, sagte Mückenberg. »Sollte die Person, die Sie überfallen hat, Ihnen folgen, wird er auf den Trick hereinfallen. Ist etwas unklar?«

»Nein«, antwortete Sand. »In einer Stunde fahre ich hier los. Können Sie mir einen Gefallen tun und meinen Kindle mitnehmen? Irgendwie muss ich mir ja die Zeit vertreiben.«

»Das mache ich gerne. Wichtig ist bloß, dass Sie sich in der Schutzwohnung keine neuen Bücher herunterladen. Als reine Vorsichtsmaßnahme.«

»Überhaupt kein Problem. Ich habe vierzig ungelesene Bücher darauf. Zum Glück keine Krimis. Danach steht mir gerade nicht der Sinn.«

* * *

Polizeikommissarin Cathie Zaegel erblickte Mückenberg und Grimm, die am Keksregal auf sie warteten. Direkt hinter ihnen stand die junge Frau, deren Rolle sie in den nächsten Tagen einnehmen würde. Sie war gleich groß wie

Zaegel, und die beiden wiesen tatsächlich eine nicht zu verleugnende Ähnlichkeit auf.

»Hallo zusammen«, grüßte Zaegel sie.

Mückenberg stellte die Frauen einander vor. »Frau Sand, geben Sie Kommissarin Zaegel jetzt bitte die Utensilien.«

Die Angesprochene nahm zuerst das Halstuch, dann die Basecap ab. Aus der Jackentasche zog sie ein Brillenetui.

»Und Sie wissen, was zu tun ist?«, vergewisserte sich Oberkommissarin Grimm.

»Ich zahle die Einkäufe in bar und nehme zum Transport eine Papiertüte. Dann fahre ich zur Wohnung von Frau Sand und bleibe dort, bis ich neue Anweisungen erhalte.«

»Unterwegs achten Sie darauf, ob Ihnen jemand folgt«, fügte Mückenberg hinzu.

»Wird erledigt.«

»Wir melden uns bei Ihnen«, versprach Mückenberg. »Halten Sie sich bitte in der Wohnung von den Fenstern fern. Ich weiß, die Versuchung ist groß, aber geben Sie sich nicht zu erkennen. Nicht, dass jemand ein Foto von Ihnen schießt und alles durchschaut. Wenn Sie in Gefahr geraten, rufen Sie Ihren Notkontakt an.«

»Oder ich helfe mir selbst«, sagte Zaegel.

Mückenberg schien widersprechen zu wollen, verzichtete jedoch darauf. »Frau Sand, lassen Sie uns gehen.«

Zaegel lächelte ihr aufmunternd zu. »Viel Glück«, flüsterte sie.

»Ihnen auch.«

Zaegel setzte die Basecap auf und schlang das Halstuch um. Dann schob sie den mit wenigen Artikeln gefüllten Einkaufswagen zur Kasse.

. . .

Zehn Minuten später saß sie in dem Kleinwagen und schaute in den Rückspiegel. Da die beiden Frauen gleich groß waren, musste sie nichts an den Spiegeln oder der Sitzeinstellung ändern. Langsam fuhr sie vom Parkplatz. Den Weg zu Sands Wohnung hatte sie sich zuvor eingeprägt. Unterwegs warf sie immer wieder einen Blick nach hinten. Niemand folgte ihr, zumindest nicht offensichtlich. Ohne Zwischenfälle kam Zaegel in der Straße an. Während sie an den parkenden Autos vorbeifuhr, fiel ihr auf, dass in einem Wagen ein Mann und eine Frau saßen. Das war ihre Absicherung für potenzielle Notfälle. Zaegel parkte einhundert Meter von ihnen entfernt, nahm die Einkäufe vom Beifahrersitz und stieg aus. Sie ging auf das Haus zu. Ohne einem Nachbarn zu begegnen, erreichte sie die Wohnung. Auf die folgenden Minuten freute sie sich, seit sie für die Rolle auserwählt worden war. Ihr gefiel es, heimlich in fremden Schränken zu schnüffeln. Schon in ihrer Kindheit hatte sie bei Verwandten Schubladen aufgezogen, wenn sie unbeobachtet gewesen war. Und diesmal hatte sie dazu alle Zeit der Welt. Einfach nur grandios. Manchmal machte der Job richtig Spaß.

Sie schloss die Wohnungstür ab, brachte den Einkauf in die Küche und verschaffte sich einen ersten Überblick über die Wohnung. Dann betrat sie das Badezimmer. Zaegel ging zum Waschbecken und öffnete den Schrank, der darüber hing.

»Ordentlich bist du ja nicht gerade«, sagte sie leise.

Manche Frauen waren unfassbar schlampig, andere völlig penibel. Sand zählte eher zur unordentlichen Gattung. Und bestimmt hatte sie zuvor ein bisschen Ordnung in das Chaos gebracht.

Als Zaegel eine Packung Kondome fand, musterte sie das Ablaufdatum, das fast erreicht war. »Auch das noch«, seufzte sie. »Bei dir läuft's ja nicht gerade rund. Mal gucken, was ich so alles im Schlafzimmer finde.«

Ob die einsame Singlefrau irgendwo Spielzeug versteckt hatte, mit dem sie sich so manchen Abend verschönerte? Zaegel würde fast darauf wetten.

Ihr Telefon klingelte und übertrug Mückenbergs Rufnummer. Sofort meldete sie sich.

»Wie ich sehe, haben Sie die Wohnung erreicht«, sagte Mückenberg.

»Ohne Zwischenfälle«, antwortete Zaegel.

»Hervorragend. Jetzt möchte ich Sie nur noch bitten, Frau Sands Privatsphäre zu respektieren. Danke und bis bald.« Mückenberg beendete abrupt das Gespräch.

Zaegels Herz schlug höher. Waren Kameras in der Wohnung versteckt? Davon war in der Dienstbesprechung nicht die Rede gewesen. Frustriert setzte sie sich im Schlafzimmer aufs Bett.

4

Donnerstagabend meldete sich Nadja Mückenberg telefonisch erneut bei Drosten.

»Gibt es Neuigkeiten in Leipzig?«, erkundigte er sich.

»Nach wie vor alles ruhig«, antwortete Mückenberg. »Rund um die Schutzwohnung ist bislang nichts passiert, was uns Sorgen bereiten würde, genauso wenig in der Straße von Frau Sand. Hat sich bei euch noch etwas ergeben?«

Drosten und seine Kollegen hatten in den letzten Tagen ihre Kontakte spielen lassen und jede Dienststelle angerufen, mit der sie in der Vergangenheit zusammengearbeitet hatten. Bei keiner war ein ähnlicher Überfall angezeigt worden.

»Das heißt nichts, Nadja. Die Opfer könnten sich nicht gemeldet haben, und außerdem haben wir ja nur einen Bruchteil der Städte im Bundesgebiet abgedeckt.«

»Ich weiß. Trotzdem war es den Versuch wert. Danke euch.«

»Seid ihr für morgen gut aufgestellt?«

»Könnte besser sein«, sagte sie ehrlich. »Wir haben für

beide Adressen acht Einsatzkräfte angefordert, allerdings wurden nur vier für den morgigen Tag genehmigt. Grimm und ich kommen obendrauf. Na ja. Sparmaßnahmen, wohin man schaut.«

»Sollen wir zu euch stoßen?«

Mückenberg schien tatsächlich kurz darüber nachzudenken. »Danke, aber wenn ich das beantrage, werden mir dafür lokale Kräfte abgezogen.«

»Okay. Ich drücke die Daumen für morgen. Wir bleiben in Kontakt.« Drosten beendete das Telefonat und schaute auf seine Uhr. In weniger als fünf Stunden wäre das eintätowierte Datum erreicht.

* * *

Denise lag im Bett und starrte auf den Wecker. Er zeigte 23:59 an. Sie konnte den Blick nicht von der Anzeige lösen, bis sie umsprang. Null Uhr.

War das heute ihr letzter Tag auf Erden? Sie wimmerte bei dem Gedanken. Wer steckte dahinter? Sie hatte niemandem etwas angetan, um das hier zu verdienen. Seit Sonntagnacht lebte sie in Todesangst, die nun ihren Höhepunkt erreichte.

Nach einer Weile hielt sie es nicht mehr im Bett aus. Sie stand auf und zog den Bademantel über. Leise öffnete sie die Schlafzimmertür und lauschte.

»Alles in Ordnung?«, fragte eine Polizistin, die auf der Schwelle zur Küche wartete.

»Ich gehe eben zur Toilette«, antwortete Denise.

»Sie können nicht einschlafen.«

»Nein.«

»Ihnen passiert nichts. Mein Kollege und ich sind die ganze Nacht wach. Versprochen.«

»Für uns sind Nachtschichten Alltag«, fügte der Mann hinzu, der ebenfalls in der Küche saß.

»Trotzdem soll ich kein Schlafmittel nehmen«, sagte Denise.

»Nein. Im schlimmsten Fall wollen wir keine Zeit verlieren, weil wir Sie kaum wach bekommen«, erklärte die Polizistin.

»Glauben Sie, er wird einen Angriff wagen?«

Denise trat näher. Nun sah sie auch den Polizisten, der am Küchentisch mit einer Tasse Kaffee hockte. Vor ihm lag eine Zeitung auf dem Tisch. Er hielt einen Kugelschreiber in der Hand und hatte ein Kreuzworträtsel halb ausgefüllt.

»Ziemlich sicher sogar«, sagte er. »Und dann wird er sein blaues Wunder erleben.«

»Aber nicht hier. Er weiß nichts von dieser Wohnung«, fügte die Polizistin an.

»Und was passiert nach heute?« Ihre Stimme wurde schrill. »Vielleicht wartet er, bis ich nicht mehr beschützt werde, und überschreibt das Datum auf der Haut.«

»Dafür gibt es keinen Anhaltspunkt«, sagte die Polizistin. »Das besprechen wir morgen in aller Ruhe. Jetzt wäre es wichtig, dass Sie ein bisschen Schlaf bekommen.« Sie lächelte ihr zu.

Denise fehlte die Kraft für weitere Diskussionen. Sie nickte nur und murmelte: »Gute Nacht«. Dann wandte sie sich ab und ging zur Toilette.

* * *

Denise schlug die Augen auf und war sofort hellwach. Es war 7:42 Uhr. Zumindest ein paar Stunden unruhigen Schlafs waren ihr vergönnt gewesen. Sie lauschte. Durch die geschlossene Schlafzimmertür drangen keine Geräusche zu ihr. Warum nicht? Lautlos erhob sie sich und schlüpfte in den Bademantel. Sie ging zur Tür und öffnete sie verstohlen. Wo waren die Polizisten, die auf sie aufpassten? Wieso war nichts von ihnen zu hören? Denise schaute sich um. Konnte sie etwas aus dem Schlafzimmer als Waffe benutzen?

»Doch richtig gehört«, ertönte eine männliche Stimme. »War mir nicht sicher.«

Denise zuckte zusammen.

»Guten Morgen«, sagte der Polizist. »Haben Sie ein bisschen geschlafen?«

Er wirkte völlig munter.

»Ein bisschen«, bestätigte Denise. »Ist die Toilette frei?«

Der Polizist nickte.

5

Heute war es so weit. Die letzten Tage hatte er dem Ereignis entgegengefiebert und sich vorbereitet. Alles im Stillen und Verborgenen. Niemand hatte von ihm Notiz genommen oder seinen Plan auch nur ansatzweise durchschaut. Die Bullen könnten nichts dagegen unternehmen. Sie waren ihm unterlegen, er würde sie überraschen. Trotz der deutlichen Warnung, die er ausgesprochen hatte, die aber garantiert nicht richtig gedeutet worden war. Umso größer wäre hinterher das Wehklagen. Schade, dass er das nicht hautnah miterleben durfte.

Er blickte aus dem Fenster des Fahrzeugs und beobachtete das Haus. Nichts, was ihm bisher aufgefallen war, bereitete ihm Unbehagen. Trotzdem zügelte er seine Ungeduld. Er hatte den ganzen Tag Zeit. Je länger er wartete, desto nervöser würden seine Gegenspieler. Außerdem kam es noch aus anderen Gründen auf den richtigen Zeitpunkt an. Auf seinem Handy verfolgte er das Livetracking des Pakets. In aller Ruhe schraubte er die Thermoskanne auf und füllte sich einen Becher Kaffee ein. Genüsslich nippte er daran.

* * *

Polizeikommissarin Zaegel las die letzte E-Mail durch. Sie kommunizierte schon den ganzen Tag nur schriftlich mit ihren Kollegen.

Innerhalb der nächsten 5 Minuten wieder ans Fenster stellen, Haare ins Gesicht, aus einer Tasse trinken, den Blick gesenkt halten.

Eine Antwort musste sie nicht formulieren. Warum auch? Die Anweisungen waren eindeutig.

Sie ging in die Küche und füllte eine Kaffeetasse mit Wasser. Inzwischen war es fast halb zwölf. Bislang hatte sich nichts getan. Der Auftrag, der sich nach Abwechslung vom Polizistenalltag angehört hatte, war in den letzten Tagen an Langeweile nicht zu überbieten gewesen. Spätestens, seit sie die Kameras entdeckt hatte, die in jedem Zimmer angebracht waren. Das machte es ihr unmöglich, sich heimlich in der fremden Wohnung umzusehen.

Mit der Tasse in der Hand ging sie ins Wohnzimmer. Sie stellte sich ans Fenster, schaute nach unten, trank einen Schluck. Zehn Sekunden lang hielt sie die Position, ehe sie sich wieder abwandte.

Schneller als erwartet erhielt sie die nächste Nachricht.

Es nähert sich ein Paketzusteller dem Hauseingang. Aufgepasst!

Zaegel stellte die Tasse auf den Couchtisch. Ging es jetzt los? Als es klingelte, zuckte sie trotz der Vorwarnung zusammen.

Es klingelt an der Wohnungstür, antwortete sie. *Soll ich aufmachen?*

Sie schickte die Nachricht ab.

* * *

Mit einem Paket in der Hand näherte er sich der Tür. Zum Glück brauchte man heute als Paketzusteller keine Uniform mehr zu tragen. Ganz im Gegenteil. Immer mehr Zusteller erledigten den Job in ihrer normalen Kleidung. Das erleichterte ihm sein Vorgehen. Er erreichte die Haustür. Obwohl er wusste, in welcher Etage sie wohnte, warf er einen langen Blick auf die Klingelschilder und stellte das Paket auf den Boden. Dann drückte er den Knopf.

* * *

Öffnen!, lautete die Antwort. *Vorher fragen, wer unten steht. Das gibt uns Zeit, uns anzunähern.*

Zaegel drückte den Knopf für die Gegensprechanlage. »Hallo?«

»Frau Sand?«, erkundigte sich der Zusteller. »Ich habe ein Paket für Sie.«

»Kleinen Moment.«

Sie wartete zwei Sekunden, ehe sie den Türöffner betätigte.

Während er den Hausflur betrat, griff Zaegel zu ihrer Waffe. Noch ließ sie die Tür geschlossen und schaute durch den Spion. Ein Mann, der ein Paket in Händen hielt, kam die Treppe hoch. Er trug keine Uniform eines Zustellerdienstes. Zaegel öffnete ihm.

»Guten Tag«, sagte er freundlich, als er auf der drittletzten Stufe stand. Ihm folgten zwei zivile Polizisten.

»Bleiben Sie sofort stehen!«, schrie Zaegel.

Ohne Vorwarnung richtete sie die Waffe auf ihn.

»Oh Gott!«, stöhnte er erschrocken.

»Polizei! Legen Sie das Paket vor sich auf den Boden!«, befahl einer der Männer, die ihm gefolgt waren.

»Natürlich! Herrje!« Er stellte das Paket ab.

Zaegel beobachtete ihn. Der Mann strahlte nichts Bedrohliches aus. »Wer sind Sie?«, wollte sie wissen.

»Ich bin Rico. Rico Kern.«

Ein Polizist presste ihn an die Wand und tastete ihn ab. »Sauber«, stellte er fest.

Sein Kollege nahm das Paket an sich. »Adressiert an Denise Sand«, sagte er. »Der Inhalt ist nicht sonderlich schwer.«

»Deswegen habe ich ja bei Ihnen geklingelt. Sind Sie Frau Sand?«

»Wir gehen jetzt alle gemeinsam in die Wohnung«, erklärte der Polizist, der ihn abgetastet hatte. »Wenn hier eine Paketbombe drinsteckt, werden Sie direkt danebenstehen.«

»Bombe?«, quietschte Kern. »Wie kommen Sie darauf?«

Sie führten den unglücklich wirkenden Zusteller in die Wohnung. Zaegel trat beiseite.

»Gehen wir nach links in die Küche«, sagte sie.

Zaegel ging voran, die Männer folgten ihr.

»Besteht eine Gefahr, dass es eine Paketbombe sein könnte?«, fragte einer der Polizisten ernsthaft.

»Unwahrscheinlich, oder?«, erwiderte Zaegel.

»Tja, willst du es auf eigene Faust probieren?«

Was, wenn sie jetzt die Zentrale um Erlaubnis bat? Dann müssten sie wahrscheinlich auf ein Bombenteam des LKA warten. Zaegel liebte den Nervenkitzel, den ihr der Job in den letzten Tagen nicht geboten hatte.

»Meine Güte, was stimmt nur mit den Männern heutzutage nicht mehr? Geht beiseite!«

»Cathie!«, sagte einer der Kollegen. »Das ist kein Spaß. Wir lassen das den Boss entscheiden.«

Sie hatte sich jedoch schon ein Messer geschnappt. Sie durchtrennte den Klebestreifen, bevor jemand sie daran hindern konnte. »Bum!« Sie lachte.

»Sind Sie wahnsinnig?«, schimpfte der Paketzusteller.

Zaegel zog sich Handschuhe über und öffnete das Paket.

»Was ist das?«, murmelte sie. »Sieht wie eine Vase aus.« Sie entnahm den Gegenstand.

»Vase?«, fragte Kern. »Sind Sie blind? Das ist eine Urne.«

»Sie haben recht«, erwiderte Zaegel.

»Von außen klebt ein Foto an der *Vase*«, stellte einer der Kollegen fest.

Zaegel drehte sie vorsichtig herum. Jemand hatte das Bild einer älteren Dame daran befestigt. Zaegel schätzte, die Frau war mindestens in den Achtzigern. »Wer ist das?«

»Vielleicht weiß Sand das«, spekulierte ihr Kollege.

»Und wie erreichen wir sie?«, fragte Zaegel. »Hat einer von euch ihre Nummer?«

* * *

Er betrat den Hausflur. Sein Opfer wartete im Erdgeschoss auf ihn.

»Uff«, stöhnte er. »Ich hoffe, Sie sind Ursula Sand.«

»Das bin ich«, antwortete die 82-jährige Frau. »Allerdings habe ich nichts bestellt.«

Er warf einen Blick auf den von ihm erstellten Paketaufkleber. »Das ist an Sie adressiert. Absender ist eine Denise Sand. Ihre Tochter?«

Sein Opfer lächelte. »Meine Enkelin. Das hat sie mir gar nicht angekündigt.«

»Dann soll es Sie wohl überraschen. Ich würde das nur ungern vor der Tür abstellen. Eventuell ist es zu schwer für Sie. Soll ich das Paket in die Wohnung bringen?«

»Das wäre sehr lieb. Mein Rücken ist nicht mehr der Allerbeste. Vielen Dank.« Sie trat einen Schritt beiseite und ließ ihn hinein.

* * *

»Frau Sand, schauen Sie sich bitte ein Foto an.«

Die Polizistin trat auf sie zu und hielt ihr ein Smartphone entgegen.

Denise nahm es ihr ab. »Das ist meine Großmutter«, sagte sie. »Woher haben Sie das Bild?«

»Ich brauche die Adresse Ihrer Großmutter. Schnell!«

Der hektische Tonfall der Polizistin alarmierte sie. Denise nannte ihr Straße und Hausnummer. »Was hat das zu bedeuten?«

Die Polizistin hatte sich schon abgewandt und hielt sich den Hörer ans Ohr. »Das Bild zeigt ihre Großmutter.« Sie gab die Adresse durch. »Wie heißt sie?«, wollte sie schließlich wissen.

»Was ist mit meiner Oma?«

»Ich brauche ihren Namen. Schnell! Wir dürfen keine Zeit verlieren.«

»Ursula. Ursula Sand! Geht es meiner Oma gut?«

Die Polizistin gab den Namen durch, dann beendete sie das Telefonat.

»Reden Sie schon! Woher haben Sie das Bild meiner Oma?« Denises Stimme brach. Sie räusperte sich.

Die Polizistin führte sie zur Couch. »Das weiß ich nicht«, sagte sie leise. »An ihre Adresse wurde ein Paket geliefert. Die Kollegin, die Ihre Rolle eingenommen hat, hat es entgegengenommen und darin unter anderem das Foto Ihrer Großmutter gefunden.«

»Und was heißt das?«

»Ich weiß es nicht. Wir schicken Streifenwagen vorbei und sehen nach dem Rechten. Bestimmt ist alles in bester Ordnung.«

»Hoffentlich. Ihr darf nichts passieren. Oma ist mein Lieblingsmensch«, flüsterte Denise.

* * *

»Die Haustür ist offen«, stellte Polizeikommissarin Iris Janik fest.

Sie saß auf dem Beifahrersitz, ihr Partner parkte den Streifenwagen genau vor dem Eingang. Das Blaulicht ließ er angeschaltet. Janik sprang aus dem Wagen und lief auf die Haustür zu. Sie zog ihre Waffe und richtete sie nach unten. Ihr Partner folgte dichtauf.

»Im Erdgeschoss ist eine Wohnungstür offen.« Janik blieb an der Türschwelle stehen. »Hallo?«, rief sie.

Niemand antwortete.

Vorsichtig lugte sie in die Wohnung hinein. »Da liegt jemand am Boden. Sichere mich ab.«

Sie betrat die Diele. Ihr Partner wandte sich nach links, während sie nach rechts ging. Am Küchenboden lag eine Seniorin. Über ihren Kopf war eine Plastiktüte gestülpt. Janik nahm sie ihr ab und tastete nach einem Puls, obwohl die offenen, reglosen Augen der Frau als Anhaltspunkt ausreichten.

»Wir sind zu spät«, murmelte sie.

»Hier ist sonst niemand mehr«, stellte ihr Partner nach einer kurzen Durchsuchung der Wohnung fest.

6

Wegen der dramatischen Ereignisse in Leipzig hatte Drosten Mückenberg angeboten, am Samstagmorgen eine Videokonferenz abzuhalten. Von seinem Arbeitszimmer aus startete er als Administrator die sichere Onlineverbindung. Sommer wartete bereits darauf, in den Chatroom hineingelassen zu werden. Drosten klickte seinen Namen an.

»Hallo, Lukas.«

»Guten Morgen, Robert.«

Nadja Mückenberg und Verena Kraft baten beide gleichzeitig um Zuschaltung. Drosten gab ihre Teilnahme frei.

»Guten Morgen zusammen, und schön, dass wir es alle pünktlich geschafft haben. Damit tut ihr mir einen riesigen Gefallen, denn meine Familie scharrt mit den Hufen und wartet auf mich.«

»Was ist los?«, wollte Mückenberg wissen. »Dringende Angelegenheiten oder nur der Wochenendeinkauf?«

»Unsere Familie bekommt heute Nachwuchs auf vier Pfoten.« Er lächelte. »Trotzdem können wir uns alle Zeit der Welt nehmen. Die Jagd nach dem Mörder geht vor.

Nadja, was hat sich seit unserem letzten Telefonat ergeben?«

»Eigentlich nicht viel. Wir haben mittlerweile alle Nachbarn von Frau Sand erreicht. Niemand hat zur Tatzeit etwas gesehen. Hier im Präsidium muss ich mir ein paar kritische Anmerkungen gefallen lassen. Es kommt die Frage auf, ob wir das nicht hätten vorhersehen müssen. Weil eintätowierte Daten sich angeblich oft auf Verwandte oder nahestehende Personen beziehen.«

»Das ist Schwachsinn!«, sagte Sommer. »Im Nachhinein ist man immer schlauer. Das vorherzusehen erscheint mir unmöglich.«

Mückenberg schüttelte den Kopf. »Ich weiß nicht. Irgendwie denke ich auch, ich hätte auf die Idee ...«

»Unsinn, Nadja«, unterbrach Drosten sie. »Und selbst wenn. Ihr wart sowieso unterbesetzt. Wie wäre es ausgegangen, hättet ihr zusätzlich Familienangehörige schützen müssen? Das ist ganz sicher nicht deine Verantwortung.«

»Trotzdem wäre ich froh gewesen, wenn Frau Sand ihre Großmutter erwähnt hätte.«

»Ist sie die Mutter von Sands Vater?«, vergewisserte sich Kraft.

»Genau. Während Frau Sand zu ihren Eltern kein enges Verhältnis mehr pflegt, sah das bei ihrer Großmutter anders aus. Als junge Frau, besser gesagt noch zu späten Teenagerzeiten, hat Sand sogar mal zwei Jahre bei ihr gewohnt. Damals litt sie unter Depressionen und erhielt keine Unterstützung von den Eltern. Sand ist am Boden zerstört. Sie hat darum gebeten, nicht weiter beschützt zu werden, und ist in ihre Wohnung zurückgekehrt. Wir patrouillieren vor Ort, allerdings schätze ich die Gefahr eines Anschlags auf ihr Leben nur noch gering ein. Montagmorgen wollen wir die Lage neu sondieren.«

Drosten schaute auf die Notizen, die er sich seit gestern

gemacht und jetzt ergänzt hatte. Die Information, dass sich die beiden Frauen für einen beträchtlichen Zeitraum eine Wohnung geteilt hatten, erschien ihm wichtig. Er kreiste sie ein.

»Hast du schon mit den Eltern gesprochen? Vor allem mit dem Vater? Immerhin hat er seine Mutter verloren.«

»Ja. Er hat nicht gerade schockiert reagiert. Klar, er war betroffen, aber ihm schien es mehr um die Arbeit zu gehen, die nun vor ihm liegt. Dabei bin ich sicher, dass sich seine Tochter um fast alles kümmern wird.«

»Wusste die Großmutter Bescheid über das, was ihrer Enkelin Samstagnacht passiert ist?«, erkundigte sich Kraft.

»Nein. Frau Sand hat es vorgezogen, niemanden zu informieren. Was auch unser Ratschlag war, um undichte Stellen wegen der Schutzwohnung auszuschließen. Jetzt denke ich ...«

»Stopp!«, sagte Drosten. »Bitte, Nadja. Der Schachzug war nicht vorherzusehen. Ihr dreht das Leben der Großmutter auf links?«

»Ja. Vor allem suchen wir nach Verbindungen zwischen den beiden Frauen. Die Großmutter lebte seit dreißig Jahren in dem Haus. Niemand aus der Nachbarschaft scheint dort länger gewohnt zu haben. Das ist jetzt viel Kleinarbeit, die vor uns liegt. Ihr kennt das ja.«

Drosten nickte.

»Kommen wir auf den Täter zu sprechen«, schlug Kraft vor. »Er muss von dem guten Verhältnis der beiden gewusst haben.«

»Sehe ich genauso«, sagte Mückenberg. »Wir gehen die Männer durch, deren Namen Sand aufgelistet hat, vielleicht ergibt sich so eine Verbindung. Auf der Liste stehen schon mehr als ein Dutzend Personen. Sand hat eine Zeit lang Tinder genutzt, dann wieder gelöscht. Sie schließt nicht völlig aus, mit dem einen oder anderen über besonders wichtige Menschen in ihrem Leben geredet zu haben. Falls ja, hätte sie ihre Großmutter an erste Stelle gesetzt. Offen gesagt ist Sand derzeit keine große Hilfe, wenn es um Details geht. Ich hoffe, das wird in den nächsten Tagen wieder besser.«

»Wäre zu wünschen«, meinte Sommer. »Mich beschäftigt eine Frage. Betreibt ein Täter so viel Aufwand, nur um das Opfer zu bestrafen? Ich meine, er hätte die Großmutter einfach töten können. Auch das hätte Sand sehr weh getan. Stattdessen entführt er sie, tätowiert sie in einem dunklen Keller, wo er sie dann allein zurücklässt. Tage später nimmt er sich die Großmutter vor. Was mit einem zusätzlichen Risiko verbunden ist. War's das für ihn?«

»Glaubst du, Sand schwebt noch in Gefahr?«, wollte Mückenberg wissen.

»Das kann ich nicht ausschließen«, antwortete Sommer. »Ich würde den Personenschutz nicht vorschnell abbrechen, auch wenn sie sich dagegen wehrt.«

»Okay«, sagte die Leipziger Hauptkommissarin.

»Und trotzdem fürchte ich, uns steht vielleicht etwas Größeres bevor. Eine neue Mordserie«, fuhr Sommer fort.

»Sand als zufälliges Opfer?«, warf Drosten ein.

»Unwahrscheinlich«, erwiderte Sommer. »Indem er ihren Lieblingsmenschen tötet, bestraft er sie besonders grausam. Außerdem spricht viel dafür, dass er sie bewusst ausgewählt hat. In ihrem Blut fanden sich keine Spuren einer sogenannten Wahrheitsdroge, falls ich mich richtig an die Berichte erinnere. Also dürfte sie nicht im Drogenrausch den Namen ihrer Großmutter preisgegeben haben. Der Täter hat es bewusst auf die beiden Frauen abgesehen. Daher glaube ich, dass es zwischen Sand und ihm einen Bezug gibt.«

»Halleluja«, brummte Mückenberg.

»Das wäre zumindest eine Chance, ihn zu identifizieren«, sagte Drosten.

»Je schneller, desto besser«, meinte Kraft. »Sonst hören wir bald von einer zweiten tätowierten Frau.«

Die Polizisten tauschten weitere Gedanken aus, ehe sich Mückenberg aus der Runde verabschiedete und die Wiesbadener allein zurückließ.

»Was denkt ihr?«, wollte Drosten wissen. »Schwebt Denise Sand noch in Gefahr?«

»Ich glaube, der Täter hat sie abgehakt«, antwortete Sommer. »Aber fertig ist er nicht. Irgendetwas muss in der Vergangenheit vorgefallen sein, dass er sie so krass bestraft.«

»Ja«, sagte Kraft. »Das war erst der Auftakt. Hoffentlich finden die Leipziger einen Anhaltspunkt, um ihn aufzuhalten.«

Drosten warf einen Blick auf seine Armbanduhr.

»Ist Dana sehr aufgeregt?«, wollte Kraft wissen.

Drosten lächelte. »So hibbelig habe ich sie lange nicht mehr erlebt.«

»Dann lasst uns jetzt Schluss machen«, schlug Sommer vor. »Kümmer dich um sie.«

* * *

Drosten trat aus dem Arbeitszimmer. »Bin fertig«, rief er.

»Na endlich«, erwiderte Dana. »Ich hab die Sachen schon ins Auto gebracht.«

Rocky kam zu ihm. Drosten bückte sich und streichelte den Hund.

»Du darfst wirklich gespannt auf unsere Rückkehr sein«, sagte Drosten leise. »Hoffentlich tun wir dir einen Gefallen.«

Seine Familie wartete im Hausflur. Dana tänzelte ungeduldig vom einen Bein aufs andere.

»Abfahrbereit?«, fragte Drosten.

»Schon lange«, antwortete sie.

Sie gingen zum Wagen, stiegen ein, und Drosten fuhr aus der Garage.

»Jetzt wäre der richtige Zeitpunkt, noch einmal über den Namen zu reden«, schlug er vor.

»Das ist längst entschieden«, sagte Dana.

»Bist du sicher?«

»Absolut. Ihr habt gesagt, ich darf ganz alleine darüber entscheiden. Die meisten meiner Freundinnen finden den Namen genauso cool wie ich.«

Drosten sah seine Frau an und hoffte auf ihre Schützenhilfe. Die lächelte jedoch bloß.

»Melanie?«, fragte er.

»Wir hatten es ihr versprochen«, antwortete sie. »Und seien wir ehrlich, so richtig einfallsreich ist der Name Rocky nicht gewesen.«

»Genau«, sagte Dana. »Ich hab mir viel mehr Mühe gegeben. Stundenlang habe ich im Internet nach einer Anregung gesucht.«

»Und dann kommt das dabei raus?«

Melanie legte ihm eine Hand auf den Oberschenkel. »Du wirst sie nicht mehr umstimmen.«

»Ausgeschlossen«, fügte Dana hinzu.

Drosten schüttelte den Kopf. »Das hat man davon, wenn man Kindern Mitspracherecht einräumt.«

* * *

Rocky bellte bei ihrer Rückkehr aufgeregt. Dana trug den fiependen Welpen ins Haus. Rocky versuchte, an ihr hochzuspringen, aber Drosten hielt ihn zurück.

»Ganz ruhig, mein Großer«, sagte er. »Sitz.«

Rocky schien zu neugierig zu sein, um dem Befehl zu folgen, und wedelte heftig mit dem Schwanz.

»Sitz!«, wiederholte Drosten etwas energischer.

Endlich gehorchte der Hund. Drosten streichelte ihm zur Belohnung über den Kopf.

Dana trat mit dem Welpen näher. Sie ging in die Knie, bis die beiden Hunde auf Augenhöhe waren.

»Rocky, darf ich dir deinen neuen Freund vorstellen? Das ist Bagel. Bagel, der Beagle.«

Drosten verdrehte die Augen und musste gleichzeitig lächeln. Neugierig beschnupperten sich die Hunde.

7

Rüdiger Guttenberger und seine Ehefrau Barbara saßen Samstagmorgen beim gemütlichen Frühstück zusammen. Barbara musterte verstohlen ihren Mann, dessen Aufmerksamkeit dem Tablet galt, auf dem er die digitale Samstagausgabe der Tageszeitung las.

»Deine grauen Schläfen gefallen mir«, sagte sie amüsiert. »Und sie werden immer weißer.«

Er sah von dem Tablet hoch und griff sich an eine Schläfe. »So grau sind sie noch gar nicht«, behauptete er.

»Hm. Ganz wie du meinst. Einem Strafverteidiger wie dir würde ich nicht widersprechen.«

»Gut so. Dabei könntest du nur verlieren.«

Das Klingeln ihres Telefons unterbrach ihr verbales Scharmützel. Barbara stand auf und ging zur Theke der Küche, wo sie es auf der Marmorplatte abgelegt hatte.

»Das ist Chrissy«, informierte sie ihren Mann, bevor sie das Gespräch entgegennahm. »Hey«, begrüßte sie ihre langjährigste Freundin. Sie schaltete den Lautsprecher ein, damit ihr Mann mithören konnte. Alles andere hätte ihn misstrauisch gemacht.

»Hey, Babs. Alles gut bei euch?«

»Rüdiger und ich sitzen gerade am Frühstückstisch.«

»Hallo, Chrissy«, rief ihr Mann.

»Rüdiger! Guten Morgen. Soll ich später anrufen? Störe ich?«

Barbara sah ihren Mann an. Der schüttelte den Kopf.

»Nein. Alles in Ordnung. Bis auf einen Schluck Orangensaft bin ich fertig.« Sie nahm das Saftglas und ihr Handy und ging durch den offen gestalteten Wohnbereich zum Fernsehsessel. »Bei dir alles gut?«, fragte sie.

»Superkalifragilistisch«, antwortete Chrissy.

Barbaras Herz schlug höher. Ihre Freundin hatte das Codewort genannt und machte ihr klar, in wessen Auftrag sie anrief. Am liebsten hätte sie den Lautsprecher ausgestellt, wollte allerdings Rüdigers Misstrauen nicht wecken. Also lachte sie bloß. »Du Mary Poppins.«

»Apropos. Hast du schon von dem neuen Godzilla gehört? Godzilla x Kong. Läuft seit Donnerstag im Kino.«

»Nicht dein Ernst.«

»Wieso? In Godzilla vs. Kong haben wir uns prächtig amüsiert.«

»Erstens waren wir damals angetrunken und zweitens vermutlich die einzigen Frauen im Kino, die nicht von ihren testosterongeschwängerten Freunden zwangsweise mitgeschleppt worden sind.«

»Und selbst wenn. Ich habe den inzwischen dreimal gesehen. Einfach coole Monsterkloppe. Bitte!«

»Du willst da wirklich mit mir rein?«

»Ich kenne niemand anderen, der dazu bereit wäre. Nur deshalb rufe ich an.«

Barbara bemerkte den Blick ihres Mannes. Sie rollte mit den Augen, um ihm zu zeigen, wie kindisch sie Chrissys Vorschlag fand. »Wann?«, fragte sie ihre Freundin.

»Heute Abend.«

»Was? So spontan?«

»Hallo? Du redest mit mir! Vorausplanen war noch nie meine Stärke. Wie lange kennen wir uns jetzt? Da kann dich das nicht verwundern.«

»Das stimmt leider. Moment! Ich frage Rüdiger nach seinen Plänen.« Sie stand vom Sessel auf und ließ das Handy auf der Lehne liegen.

»Hast du mitgehört?«, fragte sie ihren Mann, als sie am Esstisch ankam.

»Will sie echt in so einen *Monsterfilm*?« Die Betonung des Wortes zeigte, was er davon hielt. Er sprach leise, damit Chrissy nichts mitbekam.

»Offensichtlich.«

»Und du willst mit?«

»Der erste Teil war unterhaltsam, wenn man sich darauf einlässt. Lust hätte ich schon. Aber das ist ja völlig spontan. Hast du für heute Abend andere Pläne? Das würde vorgehen.«

»Nein. Im Prinzip passt es mir. Heute wird ein Fußballspiel übertragen, das mich interessiert.«

»Dann würde es ja wirklich richtig gut passen«, erwiderte sie. »Denn bei Fußballspielen geht es mir so, wie dir bei den meisten Kinofilmen. Danke.« Sie warf ihm einen Luftkuss zu und ging wieder zum Sessel. »Wäre für Rüdiger okay, weil Fußball im Fernsehen läuft.«

»Spitzenklasse! Zum Dank hole ich dich ab. Was hältst du von halb sieben?«

»Chrissy, das ist der totale Umweg für dich.«

»Macht nichts! Ich weiß, dass du nur mir zuliebe mitgehst. Außerdem hätten wir dann mehr Zeit zum Quatschen.«

»Na gut. Ich hab nichts dagegen.«

»Prima! Wir sehen uns am halb sieben. Ich kümmere mich um die Tickets.«

Sie beendeten das Gespräch. Da Rüdiger sie beobachtete, schüttelte sie den Kopf und schmunzelte.

»Ist das nicht alles ein bisschen sehr spontan?«, fragte er. »Was, wenn du heute etwas vorgehabt hättest?«

»Ich glaube, Chrissy will sich mal wieder ausquatschen. Halb sieben ist ziemlich früh für einen Samstagabendkinofilm. Bestimmt hat sie Beziehungsfrust. Oder will meine Einschätzung zum neuesten Kandidaten ihres Liebeskarussells. Das ist eine Chaosqueen! Wenn sie mich abholt und hinterher wieder nach Hause bringt, fährt sie einen Umweg. Mir soll's recht sein. Kann ich zwei Prosecco trinken. Dann finde ich den Film bestimmt noch besser.« Sie trat hinter ihren Mann und massierte ihm die Schulter. »Und für dich ist das wirklich okay?«

»Kennst mich doch! Und wenn du im Kino Prosecco trinkst, gönne ich mir beim Spiel ein Bier.«

»Oder auch zwei«, antwortete sie. »Sonst hätte ich ja mehr getrunken als du.« Sie setzte sich wieder an den Tisch. »Vielleicht sind wir ja dann beide anschließend in Stimmung ...« Barbara zwinkerte ihrem Mann zu.

»Wir werden sehen«, erwiderte er. Rüdiger griff zu einem Brötchen. »Noch Hunger? Wir könnten uns das teilen.«

»Nein, danke. Ich hab schon zu viel gegessen.«

* * *

Einige Minuten vor der vereinbarten Zeit klingelte es an der Tür. Barbara überprüfte ihr Outfit. Am liebsten hätte sie sich ganz anders gekleidet, aber das wäre zu auffällig gewesen. Damit er nichts bemerkte, hatte sie sogar auf angemessene Unterwäsche verzichtet. So sehr sie das auch bedauerte.

»Hallo, Chrissy«, hörte sie ihren Mann.

»Rüdiger, schön dich zu sehen. Geht's dir gut?«

»Sehr gut sogar. Willst du noch reinkommen?«

Barbara verließ das Schlafzimmer. »Ich bin fertig«, rief sie. »Kannst draußen bleiben.« In der Diele begrüßte sie ihre Freundin mit einer innigen Umarmung und zwei Wangenküssen.

»Startklar?«, fragte Chrissy.

»Absolut.« Barbara wandte sich ihrem Mann zu. »Du musst nicht auf mich warten. Das kann elf oder halb zwölf werden.«

»Dann bin ich bestimmt noch wach. Es sei denn, das Spiel schläfert mich ein. Habt viel Spaß!«

»Danke. Du auch. Alles Gute für deine Mannschaft.«

Er brummte, und die beiden küssten sich.

»Tschüss«, sagte Chrissy. »Bis zum nächsten Mal.«

Im Auto schaute Barbara noch einmal zum Eingang zurück und winkte ihrem Mann, der wie immer stehen geblieben war, zu. Das schlechte Gewissen peinigte sie und gewann zumindest kurzzeitig die Oberhand über die Vorfreude, *ihn* endlich wiederzusehen.

Chrissy fuhr los und bog an der nächsten Kreuzung ab.

»Dein Anruf hat mich erschreckt«, sagte Barbara.

»Alles easy. Ich bin davon ausgegangen, dass Rüdiger mithört. Irgendwie war der Starttermin von Godzilla so passend. Konnte sich dein Mann daran erinnern, dass wir den ersten Teil zusammen gesehen haben?«

»Ja, das hatte er tatsächlich auf dem Schirm. Genialer Einfall.«

»Ich habe zwei Karten gekauft und guck ihn mir gleich an. Auf dem Rückweg gebe ich dir eine kurze Zusammenfassung, damit du weißt, was du gesehen hast.«

»Wann hat er sich bei dir gemeldet?«

»Gestern Abend um halb zehn. Babs, ich habe versucht,

es ihm auszureden. Wann habt ihr euch das letzte Mal getroffen?«

»Vor vier Monaten und acht Tagen.«

Chrissy seufzte. »Zählst du etwa mit?«

»Manchmal.«

»Herrje, Babs, ich versteh's einfach nicht. Rüdiger ist als Ehemann völlig in Ordnung. So wirkt er zumindest, und du erzählst nie etwas anderes.«

»Mehr als bloß in Ordnung.«

»Und warum kommst du dann nicht von Steffen los? Jedes Mal gehst du so ein Risiko ein. Ganz davon abgesehen, dass ihr mich immer wieder hineinzieht.«

»Tut mir leid.«

»Was, wenn es herauskommt und Rüdiger mich ins Visier nimmt?«

»Das wird er nicht. Falls er je davon erfährt, wird er genug damit zu tun haben, mich bluten zu lassen. All die Jahre! Oh Gott! Ich kann mir das gar nicht ausmalen, wie rachsüchtig er wäre.«

»Und ein Anwalt kennt alle fiesen Tricks.«

»Ja«, bestätigte Barbara leise. »Vielleicht ...« Sie räusperte sich. »Hat Steffen gesagt, warum er mich sehen will?«

»Um zu ficken?«, vermutete Chrissy.

»Mensch, Chrissy. So läuft das nicht.«

Ihre Freundin lachte höhnisch. Auch Barbara schmunzelte.

»Ja, okay. Erwischt. Und trotzdem ist das kaum der einzige Grund, dich am Freitagabend zu bitten, uns ein Date für Samstag zu organisieren.«

»Tja, du wirst mir nachher in allen Einzelheiten berichten, um was es sonst so ging. Und wenn wir dann noch Zeit haben, will ich auch die schmutzigen Details hören. Ich kapiere einfach nicht, was das zwischen Steffen und dir ist. Seit wann kennt ihr euch?«

»Seit 17 Jahren«, antwortete sie wie aus der Pistole geschossen. »Und was das mit uns ist? Wenn ich das mal selbst wüsste.«

Während der zehnminütigen Fahrt unterhielten sie sich vor allem darüber, was es Neues in Chrissys Leben gab. Sie besprachen auch, was Barbara später ihrem Ehemann als Grund für das Treffen angeben würde. Zwischendurch blickte sie immer wieder in den Außenspiegel. Kein Auto folgte ihnen. Schließlich kamen sie an dem Haus an, in dem Steffen lebte. Sie sah hoch zur Dachgeschosswohnung, in der mattes Licht brannte.

»Nimmst du mein Handy mit?«, bat sie ihre Freundin. »Im Kino schaltest du es auf lautlos.«

»Und wenn sich Rüdiger oder jemand anders meldet?«

»Bei allen anderen außer Rüdiger einfach wegdrücken. Ich glaube nicht, dass er sich meldet. Falls doch, klingeln lassen. Dann wartest du ein bisschen und schickst ihm eine Nachricht. Ich zeig dir mein Entsperrmuster.« Sie führte es ihrer Freundin vor. »Kannst du dir das merken?«

»Klar.«

»Danke für alles.«

»Die Vorstellung geht mit Werbung bis fünf nach elf. Ich habe im Kino angerufen, um das rauszufinden. Wenn man bedenkt, dass wir danach auf Toilette gehen, bevor wir vom Parkplatz losfahren, bin ich um Viertel nach elf wieder hier. Sei dann bitte fertig. Okay?«

Barbara schaute auf ihre Uhr. »Also haben wir fast viereinhalb Stunden Zeit. Das ist gut. Du bist die Allerbeste.« Barbara beugte sich zu ihr und gab ihr einen Wangenkuss.

»Genieß es«, sagte sie leise. »Ein bisschen neidisch bin ich ja schon.«

»Dazu hast du jeden Grund.«

Kichernd stieg Barbara aus dem Auto. Ihre Freundin atmete tief durch und fuhr weiter. Steffen wohnte seit fünf

Jahren in dem Haus. In den Phasen, in denen er ins Ausland verschwand, vermietete er die Wohnung unter, da er sie nicht aufgeben wollte. Bestimmt hatte der eine oder andere Nachbar sie schon einmal gesehen, aber die Namen auf den Klingelschildern sagten ihr nichts. Es gab keinen Grund, anzunehmen, dass sie durch einen zu neugierigen Nachbarn auffliegen würden.

Sie ging auf den Hauseingang zu. Unter dem Vordach blieb sie stehen und schaute sich um. Dann drückte sie die Klingel für die Dachgeschosswohnung. Er öffnete augenblicklich. Hatte er in der Diele gewartet? Barbara betrat den Hausflur.

* * *

Vom Lieferwagen aus beobachtete er sie. Bestimmt hatte sie keine Notiz von ihm genommen, obwohl sie sich sogar misstrauisch umgesehen hatte.

War heute der Tag, an dem er mit ihr alte Rechnungen begleichen würde? Nicht ausgeschlossen! Das würden die nächsten Stunden zeigen.

8

Zehn Minuten vor der vereinbarten Zeit öffnete Barbara die Haustür und trat ins Freie. Für eine Aprilnacht war es draußen angenehm mild. Von Chrissy war noch nichts zu sehen. Sie schaute sich um. Die kleine Seitenstraße, in der Steffen lebte, wirkte unbelebt, fast schon tot. Nur hinter wenigen Fenstern brannte Licht. Obwohl sie nicht fror, schlang sie die Arme um den Oberkörper.

In Gedanken ging sie die letzten Stunden durch. Das Flattern im Bauch, als sie in seine Dachgeschosswohnung hinaufgegangen war. Das Gefühl, das sein Anblick bei ihr nach all den Jahren noch immer auslöste. Sie hatte keine Ahnung, wie er es schaffte, kaum zu altern. In ihren Augen wirkte er mittlerweile jünger als sie, obwohl sie gleichaltrig waren. Die Emotionen, die ihr erster Kuss entflammte. Ihre stille Übereinkunft, zunächst ins Schlafzimmer zu gehen und die körperlichen Begierden zu besänftigen. Das waren die schönen Aspekte des Dates gewesen. Wie immer gab es eine zweite Seite der Medaille, die klarmachte, warum aus Steffen und ihr auf Dauer nichts wurde. Seine Egozentrik und der unerschütterliche Glaube, bloß sein Weltbild sei richtig, waren schwer zu ertragen. Barbara hätte es zuvor nicht für möglich gehalten, auch nur auf eine einzige Minute ihrer wertvollen gemeinsamen Zeit zu verzichten. Nun hatte sie sogar fast eine Viertelstunde früher als nötig seine Wohnung verlassen. Vielleicht sollte sie sich daran erinnern, wenn das Bedürfnis, ihn zu sehen, wieder übermächtig wurde.

Die Scheinwerfer eines Autos tauchten auf. War das schon Chrissy?

Barbara trat zwei Meter vom Hauseingang weg. Das Fahrzeug kam näher. Allerdings passten die Umrisse nicht zu dem Wagen ihrer Freundin. Das Auto fuhr an ihr vorbei, ohne dass der Fahrer Notiz von ihr nahm. Er steuerte das nächste Gebäude an, vor dem er den Pkw abstellte. Barbara senkte den Kopf, um einen unnötigen Blickkontakt zu vermeiden. Es dauerte nicht lange, bis sie hörte, wie eine Haustür ins Schloss fiel. Erst danach schaute sie wieder auf.

Ein, zwei Minuten verstrichen, ehe das nächste Mal Scheinwerfer die Straße erhellten. Das Fernlicht des Fahrzeugs leuchtete auf, Barbara lächelte. Endlich kam der Abholservice. Sie trat an den Rand des Bürgersteigs, Chrissy hielt direkt vor ihr.

»Zum Glück siehst du nicht aus wie ein frisch geficktes Eichhörnchen«, sagte Chrissy amüsiert.

»Da bin ich erleichtert«, antwortete Barbara und streckte ihrer Freundin die Zunge raus.

»Keine Spermareste zu sehen.«

»Chrissy! Du bist ekelhaft!«

Ihre Freundin griff in die Handtasche, zog das Handy heraus und reichte es ihr. »Keine Anrufe oder Nachrichten während des Kinos.«

»Was für ein Glück! Erzähl mir von dem Film«, bat sie.

Chrissy gab eine knappe Zusammenfassung. »Alles in allem war er schlechter als der Vorgänger«, sagte sie. »Wenn du Fachwissen aufweisen willst, mit dem du Rüdiger garantiert in den Schlaf quatschst, kannst du erwähnen, dass die Effekte ständig nach Greenscreen ausgesehen hätten.«

»So etwas würde ich nie sagen.«

»Mich haben die teils schlechten Effekte geärgert. Aber jetzt berichte du.«

Barbara seufzte. Sollte sie es wirklich aussprechen? Manche Gefühle wurden zu Wahrheiten, sobald man sie laut formulierte.

»Was ist los?«, wollte Chrissy wissen. »Alles in Ordnung?«

»Anfangs war es total schön. Und je länger es dauerte, desto mehr wusste ich, wieso ein gemeinsames Leben mit Steffen nicht möglich ist.«

»Ich bitte um Einzelheiten!«

»Vom Schönen oder vom Schlechten?«

»Das Schöne male ich mir zu Hause selbst aus, nur mit anderen Protagonisten.« Sie lachte dreckig.

»Es fing mit Kleinigkeiten an. Nach dem Sex gehe ich immer auf Toilette. Blasenentzündungen sind nicht bloß schmerzhaft, sie können auch verräterisch sein.«

»Oh ja.«

»Ich schließe die Tür, erledige alles und kehre zurück ins Schlafzimmer. Seine Bude ist ziemlich klein. Er steht auf und geht seinerseits aufs Klo. Rate, wer bei offener Tür pinkelt.«

»Typisch Mann.«

»Nein, finde ich nicht. Ein bisschen Rücksichtnahme darf schon sein. Na ja, wieder im Bett, fragt er mich, wie meine letzten Monate gewesen wären. Ich erzähle ihm von ein paar Highlights und dass er mir gefehlt hätte. Darauf sagt er nur: *Ach Baby*.« Sie ahmte seine tiefe Stimme nach.

Chrissy kicherte. »Männer sind so empathisch.«

»Dann erzählt er mir von allen tollen Erlebnissen der

letzten drei Monate. Er war auf den Kanaren. Was man ihm angesehen hat, so gebräunt, wie er war. Würde mich nicht wundern, wenn er da nicht ein einziges Mal an mich gedacht hätte. Warum komme ich von diesem Egomanen einfach nicht los?«

»Weil er gut im Bett ist?«

»Du bist so blöd!«

»Habt ihr schon ein neues Date ausgemacht?«

»Nein. Er wollte, aber ich habe ihn ein bisschen zappeln lassen. Eines kann ich dir versprechen, du wirst nicht als Alibi herhalten müssen. Wenn ich ihn wiedersehen will, treffe ich mich tagsüber mit ihm und baue Überstunden ab. Du hast schon wieder mehr als genug für mich getan.«

* * *

Rüdiger Guttenberger gähnte. Er schaute auf seine Uhr. Viertel nach elf. Lange sollte es nicht mehr dauern, bis Barbara nach Hause käme. Ob sie ihre Andeutungen ernst gemeint hatte, dass sie beide vielleicht ›in Stimmung‹ wären? Erwartete sie das womöglich sogar von ihm? Ihm wäre es lieber, wenn sie einfach schlafen würden. Hinter ihm lag eine anstrengende Woche. Er musste Energie tanken, denn auch die kommende Woche hielte einige Herausforderungen bereit. Bestimmt könnte er sie wegen der Uhrzeit auf den nächsten Tag vertrösten. So würde er es machen!

Für einen Moment sammelte er seine Gedanken und dachte an die Mandanten, denen er sich ab Montag widmen müsste. Zwei Prozesse rückten mit großen Schritten näher, viel Aktenstudium stand deshalb auf dem Wochenplan. Manchmal beneidete er Barbara um ihren Job. Vor zwei Jahren war sie zur Teamleiterin der Schadensregulierungsabteilung in der Versicherung aufgestiegen. Damals hatten sie Witze gemacht, ob sie nun zu einem weiblichen Stromberg werden würde. Sie beide liebten die Fernsehserie mit Christoph Maria Herbst. Alles in allem hatte sie ein gutes Los gezogen mit der Beförderung, auch wenn sie seitdem regelmäßig Überstunden machte. Was für ihn Alltag war.

Erneut gähnte er. Nein! Heute würde nichts mehr zwischen ihnen laufen. Er war einfach zu müde. Rüdiger stand auf und ging ins Schlafzimmer. Für die Nacht fertig gemacht hatte er sich schon vor einer halben Stunde. Er würde ins Bett gehen. Vielleicht schaffte er es, wach zu bleiben, bis Barbara nach Hause käme.

Er schaute aus dem Fenster, bevor er den Rollladen herunterließ. Sein Blick fiel auf den Lieferwagen, der zwischen ihrem und dem Nachbargrundstück stand. Das Fahrzeug hatte er hier in der Straße nie zuvor gesehen. Sobald Barbara nach Hause käme, müsste er sie fragen, ob sie daran gedacht hatte, die Alarmanlage einzuschalten. Schon deshalb wäre es besser, bis zu ihrer Rückkehr nicht einzuschlafen.

Er ließ den Rollladen herunter und legte sich ins Bett. Kurz war er versucht, in der juristischen Fachzeitschrift zu blättern, die neben ihm auf dem Nachttisch lag. Stattdessen griff er direkt zu dem Roman daneben, den er vor über zwei Wochen angefangen hatte. Zeit für private Lektüre fand er viel zu selten. Rüdiger schlug das Buch auf und warf einen Blick zum Wecker.

* * *

Sie näherten sich Barbaras Haus.

»Ich lebe hier wirklich gern«, sagte sie nachdenklich. »Die Nachbarn sind angenehm, und Rüdiger redet mir zum Glück nicht rein, wenn ich hin und wieder ein paar Räume umdekoriere. Könnte ich genau dieses Leben mit Steffen haben, würde ich nicht eine Sekunde zögern.«

»Kannst du aber nicht«, sagte Chrissy. »Sonst wärst du nicht so zerrissen.«

»Ich weiß.«

Chrissy parkte vor der Haustür.

»Wie ich die Arbeit im Garten liebe«, fuhr Barbara fort. »Nach einem anstrengenden Tag mit den Händen in der Erde zu wühlen ist so entspannend. So ehrlich. Ich kann das einfach nicht aufgeben. Ausgeschlossen. Kann ich stattdessen *ihn* aufgeben?« Sie zuckte mit den Achseln.

»Ach, Süße. Nimm's mir nicht krumm: In deiner Haut möchte ich momentan nicht stecken.«

»Und ich wollte dir gerade anbieten, mit mir zu tauschen.«

Barbara löste den Sicherheitsgurt, beugte sich zu ihrer Freundin und gab ihr einen Wangenkuss. »Danke für alles«, sagte sie. »Ohne dich wäre das noch schwerer.«

»Ruf mich an. Ich bin immer für dich da.«

»Das weiß ich. Komm gut heim, und fahr vorsichtig.«

Barbara stieg aus, und Chrissy fuhr sofort los. Sie schaute ihr hinterher und winkte zum Abschied. Erst dann wandte sie sich um und ging auf den Hauseingang zu. Auf der vorletzten Stufe, die zur Haustür führte, hörte sie hinter sich ein Geräusch. Barbara drehte sich um. Der Schreckensschrei blieb ihr im Hals stecken. Eine maskierte Gestalt näherte sich und war nur noch drei Schritte entfernt. In der Hand hielt sie eine Waffe. Ein Stromschlag durchzuckte ihren Körper, bevor sie reagieren konnte. Bewusstlos brach sie zusammen.

* * *

Er fing sie auf, ehe sie mit dem Kopf auf den Boden schlug. Vorsorglich schaute er zum Schlafzimmer, wo der Ehemann eine Viertelstunde zuvor den Rollladen heruntergelassen hatte. Ob er gerade mitbekam, was hier passierte? Oder war er schon eingeschlafen?

Halb trug er sein Opfer zum Lieferwagen, halb schleppte er es. Dort angekommen öffnete er die hintere Tür und hievte die Frau hinein. Noch einmal blickte er zum Schlafzimmerfenster. Alles schien ruhig zu sein. Er sprang auf die Ladefläche und schloss die Tür. Dann zog er die vorbereitete Injektion aus der Jackentasche. Die würde dafür sorgen, dass er in Ruhe sein Werk verrichten konnte. Zunächst einmal musste er aus dem Viertel verschwinden. Er wusste genau, wohin er sie bringen würde. Die Fahrt würde keine fünf Minuten dauern.

Er setzte sich hinters Steuer, startete den Motor und fuhr davon.

* * *

Seltsam!, dachte Rüdiger Guttenberger.

Innerhalb so kurzer Zeit zweimal Fahrzeuge, ohne dass Barbara nach Hause kam. Schon als er den ersten Motor gehört hatte, war er davon ausgegangen, dass sie gleich zur Tür hereinkäme. Gerade eben war wieder ein Motor angesprungen, und der Wagen hatte sich entfernt.

Rüdiger klappte das Buch zu und legte es beiseite. Er stand auf und zog am Fenster den Rollladen hoch. Der Lieferwagen war verschwunden. Von seiner Frau fehlte jede Spur. Wie lange würde das noch dauern? Er wollte endlich schlafen, andererseits ihre Rückkehr nicht verpassen.

9

Barbara zitterte innerlich. Löste sich ihr Leben gerade vor ihren Augen in Luft auf? Das grelle Licht im Büro der beiden Kriminalkommissare half nicht, ihre Ängste zu verjagen. Sie suchte den Blick ihres Mannes, der das zu bemerken schien. Er wandte sich ihr zu, lächelte sie an und griff nach ihrer Hand. Sie nahm das dankbar entgegen und richtete ihre Aufmerksamkeit wieder nach vorn.

Die Hauptkommissarin, die sie vernahm, hatte ein hölzernes Namensschild auf ihrem Schreibtisch stehen. Dagmar Howe. Am liebsten hätte sie sich bei der Polizistin erkundigt, wer ihr dieses altmodische Schild geschenkt hatte. Oder gehörte das zur Standardausrüstung im Berliner Kriminalkommissariat? Barbara schob die Frage beiseite. Die Hauptkommissarin schien sie etwas gefragt zu haben. Zumindest starrte sie sie erwartungsvoll an.

»Bitte was?«, fragte Barbara. »Ich war kurz ... woanders.«

»Verständlich«, antwortete Howe. »Als Sie aus der Bewusstlosigkeit erwachten, wussten Sie da sofort, wo Sie waren?«

Barbara erinnerte sich an den albtraumhaften Moment. Sie war zu sich gekommen, ohne zu wissen, wo man sie hingebracht hatte. Allerdings hatte sie rasch erkannt, dass sie irgendwo allein im Freien war. Sie hatte sich mühsam aufgerappelt und bemerkt, dass ihr Oberkörper bis auf den BH nackt war. Panik hatte sie erfasst. Es hatte ein paar Sekunden gedauert, bis sie die Schmerzen am Oberarm gespürt hatte. Und noch einige Sekunden länger, ehe sie ihr Handy am Boden gefunden hatte. Es war zwar ausgeschaltet gewesen, zum Glück hatte jedoch ihre PIN nach dem Einschalten funktioniert.

»Nein«, antwortete sie auf die Frage der Hauptkommissarin. »Woher auch? Es war dunkel und ...«

An der Tür klopfte es. Ein Mann, der sich vorhin als Hauptkommissar Tenkel vorgestellt hatte, kam herein.

»Frau Guttenberger, der Arzt ist soeben eingetroffen. Er könnte Ihnen jetzt Blut abnehmen und die gynäkologische Untersuchung durchführen.«

»Auf gar keinen Fall!«, sagte sie schrill. Sie starrte den Hauptkommissar mit aufgerissenen Augen an.

»Schatz!« Rüdiger hielt ihre Hand fest, die sie ihm hatte wegziehen wollen. »Wir sollten wissen, ob der Angreifer dich ...«

»Das hat er nicht! Ich habe Schmerzen am Arm. Da, wo er mir dieses Datum eintätowiert hat. Außerdem am Nacken, wo mich der Stromschlag getroffen hat. Ich würde spüren, wenn er mich vergewaltigt hätte.«

»Für eine spätere Anklage wäre es besser, das hundertprozentig auszuschließen«, erwiderte Rüdiger.

»Ihr Mann hat recht«, gab Howe zu bedenken. »In einem Prozess kann eine Vergewaltigung nur ...«

»Er hat mich nicht vergewaltigt!« Sie betonte jedes einzelne Wort. Unter allen Umständen musste sie die Untersuchung verhindern. Sonst würde ihre Affäre mit

Steffen ans Licht kommen, was ihr bisheriges Leben ausradieren würde. »Ich hatte meine Hose noch an, oder?«

»Ja«, antwortete Howe. »Allerdings ...«

»Unterleibsschmerzen verspüre ich gar nicht. Selbst wenn er ganz sanft gewesen wäre, würde ich etwas spüren.«

»Frau Guttenberger …«, begann der Hauptkommissar.

»Nein. Unsere Ehe ist ungewollt kinderlos. Ich bin nicht gebärfähig. Auf dem langen Weg, das herauszufinden, habe ich viele traumatische gynäkologische Untersuchungen über mich ergehen lassen.«

»Das stimmt«, sagte ihr Mann.

»Ich lasse keine weitere zu, zumal es nicht nötig ist«, fuhr sie fort. »Gegen eine Blutabnahme habe ich nichts einzuwenden. Das können wir auch hier im Büro machen.«

Howe nickte ihrem Kollegen zu, der das Zimmer wieder verließ. Innerlich atmete Barbara erleichtert auf. Zumindest für den Moment war die Gefahr gebannt, dass ihre Affäre aufflog. Nicht auszudenken, falls Steffen sogar verdächtigt worden wäre. Er hatte in Teenagerzeiten schlechte Erfahrungen mit der Polizei gemacht und wollte sicher auf jeden Kontakt verzichten.

»Sie wachten also im Dunkeln auf«, nahm Howe den Faden wieder auf.

»Ja. Ich bemerkte mein Telefon, schaltete es ein. Mit der Taschenlampenfunktion konnte ich mich umsehen. Eine Baustelle. Das wurde mir schnell klar. Ich fand den Ausgang zur Straße. Und dann wusste ich, wo ich war. Nicht weit von unserem Zuhause entfernt. Ich rief Rüdiger an ...«

»Ich lag zwar schon im Bett, war aber wach«, erinnerte er sich. »Ihre Stimme klang panisch. Schrill. Anfangs verstand ich nicht mal, was sie wollte.«

»Deine Stimme hat mich beruhigt«, erklärte sie. »Da glaubte ich zum ersten Mal, dass alles gut werden würde.« Sie lächelte ihren Ehemann an.

Er erwiderte das Lächeln. »Ich bin sofort los, habe von unterwegs den Notruf gewählt. An der Baustelle haben wir auf Ihre Kollegen gewartet. Unterdessen hat Barbara mir alles erzählt. Wie sie schon fast an unserer Haustür angekommen war und hinterrücks angegriffen worden ist.«

»Er muss mir aufgelauert haben.«

»Als ich ins Bett gegangen bin, ist mir ein Lieferwagen aufgefallen, der direkt neben unserem Grundstück geparkt hat.«

»Haben Sie sich das Kennzeichen gemerkt?«, fragte Howe.

»Leider nicht. Es war vom Schlafzimmerfenster aus nicht zu erkennen. Ob Chrissy es sich zufällig eingeprägt hat?«, fragte er Barbara.

»Warum sollte sie?«, erwiderte sie. »Chrissy hat mich nur abgesetzt und ist sofort weitergefahren.«

»Könnte ja trotzdem sein«, spekulierte Howe. »Manchmal nimmt unser Unterbewusstsein erstaunliche Dinge wahr.« Sie schrieb etwas auf einen Zettel und unterstrich es zweimal. »Wusste jemand von Ihrer Kinoverabredung?«

»Nein«, antwortete Barbara. »Das war eine spontane Idee meiner Freundin. Die hatte mich morgens angerufen und gefragt, ob ich Lust hätte mitzukommen.«

»Haben Sie oder Ihre Freundin jemandem davon erzählt oder es gepostet? Im Whatsapp-Status oder in den sozialen Medien?«

»Nein«, sagte Barbara sofort.

»Bist du dir sicher?«, fragte Rüdiger. »Ist Chrissy nicht ziemlich aktiv auf Instagram?«

»Mag sein. Aber das hat sie mir zuliebe nicht gepostet. Schon allein, damit keiner aus der Firma erfährt, wie ich den Samstagabend verbringe.«

»Also hat niemand gewusst, wann Sie nach Hause kommen werden«, folgerte Howe.

»Genau.«

Es klopfte wieder an der Tür. Diesmal brachte Hauptkommissar Tenkel einen Arzt mit, der sich ihnen vorstellte. Er vergewisserte sich, dass eine gynäkologische Untersuchung nicht erwünscht war, und nahm Barbara Blut ab. Anschließend schaute er sich die eintätowierte Stelle auf der Haut an.

»Sieht professionell aus«, sagte er. »Dem Täter stand Profiwerkzeug zur Verfügung.«

»Eine Tätowierpistole?«, konkretisierte Howe.

»Vermutlich.« Er erhob sich und gab eine Empfehlung, wie Barbara die Stelle am Arm pflegen sollte, damit sie sich nicht entzündete. Danach teilte er mit, wann sie mit dem Ergebnis der Blutprobe rechnen konnten. »Ich würde Ihnen raten, in einer Woche zu Ihrem Hausarzt zu gehen und sich durchchecken zu lassen. Nur für den Fall.«

»Das mache ich«, versprach sie.

Der Arzt packte seine Utensilien wieder ein und verabschiedete sich. Tenkel begleitete ihn nach draußen.

Howe starrte auf ihre Unterlagen. »Hat das Datum für Sie eine Bedeutung? Ist am Freitag etwas Besonderes?« Sie richtete ihren Blick auf Barbara.

»Darüber zerbreche ich mir seit Stunden den Kopf. Da ist nichts. Der 19. April ist in meinem Kalender immer leer. Keine Geburtstage, keine Jubiläen. Nichts.«

Howe zog die Stirn kraus. »Ich versteh's nicht«, murmelte sie leise. »Wie sieht's mit beruflichen Terminen aus?«

»Der 19. ist ein normaler Freitag, an dem alle meine Mitarbeiter hoffen, dass er schnellstmöglich zu Ende geht. Genau wie ich.«

Howe konzentrierte sich auf Rüdiger. »Sie sind ein

erfolgreicher Strafverteidiger. Steht an dem Tag ein wichtiger Prozess an? Eine Besprechung? Ein Treffen mit der Staatsanwaltschaft?«

»Ich habe meinen Kalender gecheckt. Bislang nicht. Hab mich schon gefragt, ob wir demnächst einen Anruf bekommen und erfahren, was wir am 19. machen sollen. Könnte das sein?«

»Nicht ausgeschlossen. Ich kümmere mich auf jeden Fall um eine Fangschaltung für Ihre beiden Telefone. Dafür benötige ich nur Ihre Unterschrift.«

»Kein Problem«, sagte Rüdiger.

Barbara nickte. Sie versuchte, ihr Unwohlsein zu verbergen. Für einen Moment stellte sie sich vor, wie Steffen bei ihr anrufen würde, nachdem die Schaltung aktiviert worden war. »Wie schnell ist das eingerichtet?«

»Sollte morgen stehen«, antwortete Howe.

»Könnte es eine Art Vorwarnung gewesen sein?«, wollte Rüdiger wissen. »Damit wir nicht an der Ernsthaftigkeit der Bedrohung zweifeln? Oder hatten Sie schon einmal einen ähnlichen Fall?«

»Nein. In dieser Stadt ganz sicher nicht. Das hätte ich mitbekommen. Wir informieren uns im gesamten Bundesgebiet nach vergleichbaren Vorkommnissen. Das ist so besonders, dass ich auf schnelle Ergebnisse hoffe. Nehmen Sie mir die Frage nicht krumm, ich muss sie stellen. Gibt es Eheprobleme, über die wir Bescheid wissen sollten?«

»Nein«, antwortete Barbara prompt. »Besser könnte es gar nicht sein.« Sie streichelte Rüdigers Handrücken.

Ihr Mann lächelte. »Meine Frau und ich sind ein eingespieltes Team. Wir haben es ja schon angedeutet. Unsere Kinderlosigkeit war ungewollt. Aber vermutlich hat gerade das unseren beruflichen Erfolg erst ermöglicht. Nachdem wir es akzeptiert hatten, konnten wir uns auf die Karrieren konzentrieren. Und als Paar ganz eng zusammenwachsen.«

»Wer von Ihnen beiden hatte den größeren Kinderwunsch?«, fragte Howe.

»Ich natürlich«, antwortete Barbara.

»Herr Guttenberger, haben Sie nie mit dem Gedanken gespielt, es mit einer anderen Frau zu probieren?« Die Hauptkommissarin hob direkt entschuldigend die Hände.

»Nein«, antwortete er. »Das hätte ich Barbara niemals angetan.«

Die Hauptkommissarin machte sich wieder Notizen.

»Wie gehen Sie jetzt weiter vor?«, wollte Rüdiger wissen.

»Ich möchte mich zeitnah mit Ihrer Freundin unterhalten. Vielleicht ist ihr jemand aufgefallen, der Ihnen vom Kino gefolgt ist.«

»Absolut unwahrscheinlich«, sagte Barbara. »Immerhin hat mein Mann den Lieferwagen schon vor unserer Rückkehr bemerkt.«

»Noch besser wäre es, wenn Frau Urban sich bewusst oder unbewusst das Kennzeichen des Fahrzeugs eingeprägt hätte. Außerdem können wir nicht ausschließen, dass zwei Täter involviert sind. Der eine folgte Ihnen vom Kino, der andere wartete vor der Haustür auf Sie.«

»Okay.«

»Das Kino werden wir ebenfalls aufsuchen«, fuhr Howe fort.

»Wieso?«, fragte Barbara.

»Parkplätze und die öffentlichen Bereiche sind garantiert videoüberwacht. Wenn wir Sie auf einer Aufzeichnung entdecken, können wir versuchen herauszufinden, ob Ihnen jemand gefolgt ist.«

»Gute Idee«, meinte Rüdiger.

Barbara befürchtete, dass ihr Lügengerüst wie ein Kartenhaus zusammenbrechen würde. Was, wenn immer nur Chrissy auf den Bildern zu sehen wäre? Wie sollte sie das erklären? »Ist das nicht bloß die Suche nach der Nadel im Heuhaufen? Das Kino war ziemlich voll. Wie soll Ihnen in einem Haufen Menschen ausgerechnet derjenige auffallen, der mich aufs Korn genommen hat?«

»Eine Garantie gibt es nicht«, bestätigte die Hauptkommissarin. »Vieles von dem, was mein Kollege und ich in den nächsten Tagen unternehmen, führt am Ende vielleicht nur in eine Sackgasse. Aber Nichtstun ist keine Alternative, oder? Geben Sie mir einfach die Rufnummer Ihrer Freundin, um den Rest kümmere ich mich zu einer angemesseneren Tageszeit.«

»Soll ich Chrissy vorwarnen? Damit sie schon mal nachdenken kann?«

»Nein«, antwortete Howe. »Mir ist es lieber, sie unvoreingenommen zu befragen.«

»Und was, wenn sie sich zufällig bei mir meldet?«, fragte Barbara. »Darf ich sie einweihen?«

»Sind Sie zum Telefonieren verabredet?«

»Nein.«

»Dann wird das hoffentlich nicht passieren. Lügen müssen Sie nicht, keine Sorge. Also, falls sie unerwartet anruft.«

Barbara nannte die Rufnummer ihrer Freundin. In Gedanken ging sie Möglichkeiten durch, wie sie Chrissy vorwarnen könnte.

»Kommen wir auf die leider sehr reelle Theorie zu sprechen, dass das eintätowierte Datum eine Warnung darstellt«, sagte Howe. »Wir sollten uns eine Strategie überlegen, wie wir damit umgehen.«

10

Montagvormittag um kurz nach elf klingelte Hauptkommissarin Howe bei Familie Guttenberger. Sie hatte zwar ihren Besuch angekündigt und darum gebeten, dass die Guttenbergers sich den Montag frei nehmen sollten. Aber von ihren begleitenden Kollegen hat sie nichts erzählt. Der Anwalt öffnete ihnen und wirkte dementsprechend überrascht.

»Wow«, sagte er. »Ein Überfall.«

»So soll es nicht wirken. Guten Tag, Herr Guttenberger.«

Howe streckte ihm die Hand entgegen, in die er einschlug.

»Ich nehme an, Sie stellen mir Ihre Kollegen vor.«

»Ist Ihre Frau auch da?«

»Natürlich. Kommen Sie!«

Guttenberger führte die Besucher ins Wohnzimmer. Seine Frau stand am Esstisch. Mit einer Hand stützte sie sich an der Rückenlehne eines Stuhls ab.

»Hallo, Frau Guttenberger«, sagte Howe. »Ich hatte ja angekündigt, dass ich mich nach ähnlichen Fällen im Bundesgebiet erkundigen würde. Das hier sind die Hauptkommissare Kraft, Drosten und Sommer von der KEG Wiesbaden.«

Die Anwesenden begrüßten einander. Rüdiger Guttenberger bat sie alle an den Tisch, an dem genau sechs Stühle standen.

Wie zuvor besprochen übernahm Drosten schließlich das Wort. »Meine Kollegen und ich ermitteln in bundesweiten Fällen«, erklärte er. »Hauptkommissarin Howe hat Fakten des Überfalls in unsere Datenbank eingegeben, und da schrillten sofort die Alarmsirenen. Letzten Monat hat es ein vergleichbares Verbrechen in Leipzig gegeben.«

»Was hat das mit uns hier in Berlin zu tun?«, erkundigte sich der Anwalt.

»Zeigen Sie uns die Tätowierung?«, bat Drosten.

Barbara zog ihren beigefarbenen Cardigan aus. Darunter trug sie ein Top und einen BH. Drosten musterte das Datum.

»Eindeutig sehr vergleichbar.« Er nahm sein Telefon aus der Anzugtasche und zeigte dem Ehepaar ein Bild des ersten Tattoos. »Das betreffende Opfer war nach einem Clubbesuch in einen Hauseingang verschleppt und betäubt worden. Später fand sie sich in einem dunklen Keller wieder, nach mehreren Stunden der Bewusstlosigkeit. Als sie zu sich kam, war sie am Oberarm tätowiert.«

»Ich war nicht eingesperrt«, stellte Barbara fest.

»In dieser Hinsicht hatten Sie etwas mehr Glück«, bestätigte Drosten.

»Das nennen Sie Glück?«, fragte Rüdiger.

»Immerhin musste sich Ihre Frau nicht erst in totaler Finsternis einen Weg nach draußen suchen«, mischte sich Sommer ein.

»Die Leipziger Kollegen gingen von einer Bedrohung für das Opfer aus«, fuhr Drosten fort. »Sie wurde fünf Tage lang beschützt. Am 15. März schlug der Täter trotzdem zu, allerdings wählte er ein Opfer, mit dem vorher niemand gerechnet hatte.«

»Wer war es?«, fragte Barbara.

»Die Großmutter des Opfers. Sie wurde in ihrer Wohnung getötet.«

»Oh Gott!«, stieß Barbara aus.

»Und das konnten die Leipziger nicht verhindern?«, erkundigte sich ihr Ehemann.

»Es gab vorher keine Anzeichen, dass die Großmutter in Gefahr schweben könnte. Das Opfer hat im Nachhinein ausgesagt, ihre Oma sei ihr Lieblingsmensch.«

»Ich verstehe nicht, was Sie damit sagen wollen.« Barbara klang überfordert.

»Wir vermuten, der zu erwartende Angriff am Freitag wird sich nicht auf Sie konzentrieren, sondern Ihrem Lieblingsmenschen gelten. Wen würden Sie als solchen bezeichnen?«, wollte Drosten wissen.

»Natürlich meinen Ehemann, wen denn sonst?« Barbara warf Rüdiger einen erschrockenen Blick zu.

»Niemand wäre beleidigt, wenn Sie jetzt eine andere Person nennen und dadurch einen Mord verhindern würden«, sagte Kraft.

»Nein! Mein Lieblingsmensch ist mein Ehemann.« Sie streckte die Hand nach ihm aus, die er zärtlich berührte.

»Was ist mit engen Verwandten? Geschwister, Eltern oder Großeltern?«, fragte Drosten.

»Ich bin Einzelkind. Meine Großeltern sind alle tot«, antwortete Barbara. »Und zu meinen Eltern habe ich einen ganz normalen Kontakt. Wir sehen uns vier-, fünfmal im Jahr. Sie wohnen in Potsdam. Das ist zu weit weg für häufigere Besuche, an denen ich auch überhaupt kein Interesse habe.«

»Vielleicht Ihre Freundin, mit der Sie im Kino waren?«, erkundigte sich Howe.

Ungeduldig schüttelte Barbara den Kopf. »Fällt es Ihnen so schwer zu akzeptieren, dass mein Ehemann mein Lieblingsmensch ist?«

»Nein«, antwortete Drosten. »Aber wir haken lieber nach, ehe wir am Ende einen Toten zu beklagen haben, den wir hätten retten können. Ihre Antwort erleichtert uns die Arbeit.«

»Wieso?«, hakte Rüdiger nach.

»Wir werden bis Freitag nicht nur Ihre Ehefrau beschützen, sondern auch das wahrscheinliche Opfer«, erklärte Drosten. »Also Sie. Weil Sie zusammenleben, erspart das uns allen Kapazität. Und auf den ersten Blick erscheint mir Ihr Haus sehr geeignet. Das sind erfreuliche Nachrichten.«

»Und wie gehen Sie bis dahin vor?«, fragte der Anwalt. »Sie wollen sicher nicht bloß abwarten.«

»Ganz bestimmt nicht«, antwortete Drosten. »Als Erstes würde ich Sie, Frau Guttenberger, darum bitten, uns alle Namen von infrage kommenden Tätern aufzulisten, die Ihnen einfallen. Führen Sie alle Ex-Partner auf. Außerdem Menschen, die Ihnen früher einmal wichtig waren, zu denen Sie irgendwann den Kontakt verloren haben. Weggefährten, auch in beruflicher Hinsicht. Mir sind zehn Namen zu viel lieber als zehn zu wenig.«

»Was wollen Sie mit dieser am Ende wohl ziemlich langen Liste anfangen?«, fragte Rüdiger.

»Wir glauben, der Täter in Leipzig hatte massives Insiderwissen über das Opfer«, erklärte Kraft. »Frau Guttenberger, löst der Name Denise Sand etwas in Ihnen aus?«

»Hieß so das erste Opfer? Die Enkelin?«, folgerte Barbara.

»Genau«, antwortete Kraft.

»Nein, habe nie mit ihr zu tun gehabt. Hundertprozentig nicht.«

»Und mit Ursula Sand?«, hakte Drosten nach.

Barbara schüttelte den Kopf.

»Wie meine Kollegin erwähnte, unterstellen wir dem Täter umfassendes Wissen über das Leben seiner Opfer. Insofern wäre es sehr sinnvoll, wenn auch Sie uns eine Liste erstellen können, Herr Guttenberger. Wir sind uns im Klaren, dass Sie dabei Ihre Mandanten ausklammern müssen, um in keinen Interessenskonflikt zu kommen.«

»Und was machen Sie anschließend mit den ganzen Namen?«, wollte er wissen.

»Wir würden sie mit denen abgleichen, die Frau Sand uns genannt hat«, erläuterte Drosten. »Außerdem würden wir die Liste auch ihr geben und sie bitten, einen Blick darauf zu werfen. Vielleicht findet sie einen bekannten Namen, den sie bei ihrer eigenen Auflistung vergessen hat.«

»Sie glauben also, jemand aus ihrem Dunstkreis hat das meiner Frau angetan?«, stellte der Anwalt fest.

»Oder jemand, der mit Ihnen zu tun hat oder hatte«, fügte Sommer hinzu. »Auch wenn es wahrscheinlicher ist, dass wir den Zusammenhang bei den Menschen finden, die gegen ihren Willen tätowiert werden.«

Rüdiger schaute seine Frau an. »Das klingt plausibel. Wir nehmen das gleich in Angriff.«

»Keine Ahnung, ob du recht hast«, erwiderte sie. »Für mich scheint das ziemlich weit hergeholt. Kann es nicht eher sein, dass uns jemand in den letzten Wochen ausspioniert hat? Dann hätte er mitbekommen, dass du mein Lieblingsmensch bist.«

»Ist Ihnen denn jemand aufgefallen?«, fragte Sommer.

»Nein, das nicht. Trotzdem!«

»Ihren Einwand verstehen wir«, sagte Drosten. »Aber er passt nicht zu den Vorfällen in Leipzig. In den sechs Wochen vor der Tat hatte Frau Sand nachweislich aus verschiedenen Gründen nur selten und meist telefonischen Kontakt zu ihrer Großmutter. Jemand, der sie in der Zeit ausgespäht hätte, wäre nicht zwangsläufig zu der Schlussfolgerung gelangt, wer ihr Lieblingsmensch ist.«

Barbara schnaubte unglücklich.

»Was geht Ihnen durch den Kopf?«, wollte Kraft wissen.

»Nichts.« Sie sprang auf und ging in die Küche, wo sie ein Glas aus dem Schrank nahm und es unter den Wasserhahn hielt. Drosten verkniff sich den Hinweis, dass eine Karaffe mit Wasser auf dem Tisch stand.

»Wie wollen Sie uns bis Freitag beschützen?«, fragte der Anwalt.

»Auf jeden Fall mit sichtbarem Polizeiaufwand vor dem Haus«, antwortete Howe. »Haben Sie ein Gästezimmer, das Sie uns zur Verfügung stellen können?«

»Ein ziemlich großes sogar«, sagte er.

»Perfekt! Dann würden wir auch im Haus mindestens zwei Beamte postieren.«

»Wir sollen in der Zwischenzeit vermutlich nicht das Haus verlassen?«

»Nur im absoluten Notfall«, bestätigte die Hauptkommissarin. »Einkäufe zum Beispiel können wir für Sie übernehmen. Hat einer von Ihnen unaufschiebbare berufliche Termine?«

»Ich nicht«, antwortete Barbara.

»Ich muss zwei Besprechungen verschieben. Das sollte eigentlich funktionieren.«

»Sehr gut!«, sagte Drosten. »Ziehen wir gemeinsam an einem Strang, um dem Täter das Handwerk zu legen. Vielleicht ist der Albtraum spätestens Freitag vorbei.«

* * *

Chrissy Urban stand in der Küche und spülte das Geschirr ab, das sie heute mit zur Arbeit genommen hatte. Sollte sie sich gleich für eine Stunde auf die Couch legen? Frühschichten schlauchten sie. Aber auf der Couch würden ihre Gedanken nur immer wieder um den Angriff auf Babs kreisen. Einfach unvorstellbar. Was die Arme derzeit durchzumachen hatte, mochte sie sich nicht ausmalen.

Ob es ihr erspart geblieben wäre, wenn Chrissy gewartet hätte, bis sie das Haus betreten hätte? Oder wäre der Täter dann auf sie losgegangen? Sie erschauderte.

Ihr Telefon, das sie in die Hosentasche gesteckt hatte, klingelte. Rasch trocknete sie sich die Hände an einem Handtuch ab und zog es heraus.

»Oh nein«, flüsterte sie. Was wollte der denn jetzt von ihr? Beinahe hätte sie es klingeln lassen, doch ihre Neugierde war zu groß.

»Hallo, Steffen«, begrüßte sie ihn.

»Hi. Alles gut bei dir? Sag mal, kannst du noch mal den Kontakt zu Babs herstellen? Ich muss dringend mit ihr sprechen. Oder wenigstens schreiben. Keine Ahnung, wann ihr das passen würde. Bittest du sie für mich, mir eine Nachricht zu schicken, wann es ihr passt? Das wäre ...«

»Vergiss es!«, unterbrach sie ihn.

»Was meinst du?«

»Du darfst dich unter keinen Umständen in den nächsten Tagen bei ihr melden.«

»Spinnst du?«

»Hör zu, Steffen. Als ich Babs Samstagabend nach Hause gebracht habe, ist etwas Schlimmes passiert.«

»Hat ihr Mann es herausgefunden? Scheiße! Wieso denn das?«

»Viel schlimmer. Sie ist entführt worden.«

»Was? Verarschst du mich?«

»Ich wollte, es wäre so.« Chrissy erzählte ihm alles, was sie erfahren hatte.

»Oh Gott! Wie schrecklich! Arme Babs. Ich muss mich sofort bei ihr melden.«

»Unter keinen Umständen!«, fuhr sie ihn an. »Auf ihrem Handy liegt eine Fangschaltung. Wenn du da anrufst, weiß die Polizei über dich und Babs Bescheid.«

»Das ist mir egal!«

»Dir vielleicht. Ihr aber nicht!«

»Chrissy, du verstehst das nicht. Ich habe gestern den ganzen Tag über mein Leben nachgedacht. So geht das nicht weiter. Ich muss alles ändern. Einfach alles. Ich will eine Zukunft mit Babs. Wir gehören zusammen.«

Woher kam bloß dieser Sinneswandel? Am liebsten hätte sie ihm von dem Gespräch im Auto erzählt und dass Babs derzeit konträre Gefühle für ihn hegte. Würde er ihr das glauben oder sich erst recht bei ihr melden wollen? Die Gefahr war ihr zu groß.

»Ich will wissen, wie es ihr geht«, fuhr er fort.

»Was denkst du denn? Sie ist total angespannt. Momentan wird sie bestimmt nicht darüber nachdenken, ob sie Rüdiger deinetwegen verlässt.«

»Scheiße!«

Allerdings, dachte Chrissy. Tauchte am Horizont ein Problem auf, von dem Babs nichts ahnte? Das musste sie verhindern.

»Wenn du sie wirklich liebst ...«

»Natürlich!«

»... gibst du ihr ein paar Tage Zeit und lässt sie in Ruhe. Zumindest bis zum nächsten Wochenende. Und danach rufst du bitte erst mich an, damit ich euch zusammenbringe.«

»Ich weiß nicht.«

»Steffen!«

»Sie braucht mich!«

»Was sie braucht, ist kein weiterer Grund zur Sorge. Mehr kannst du gerade nicht tun.«

»Herrje, meinetwegen.«

»Kann ich mich darauf verlassen?«

»Ja-ah. Unter einer Bedingung. Du informierst mich, sobald du etwas Neues hörst.«

»Deal!«

»Okay. Danke. Dann warte ich auf deinen Anruf.« Ohne Abschiedsgruß trennte er die Verbindung.

Nachdenklich schob Chrissy das Telefon zurück in die Hosentasche. Ob er sich an sein Versprechen halten würde? Sie war nicht vollständig überzeugt. Aber was sollte sie tun? Babs einweihen? Das würde sie bloß noch mehr unter Druck setzen. Nein! Sie würde einfach auf sein Wort vertrauen.

* * *

Steffen ließ sich auf den Sessel plumpsen. Was war das gerade eben gewesen? Jemand hatte Babs entführt und ihr ein Datum eintätowiert? Er rief den Browser seines Handys auf und suchte nach Informationen im Internet. Nirgendwo wurde der Vorfall erwähnt. Hatte Chrissy ihn angeschwindelt? Dann hätte sie sich wohl kaum eine solche Geschichte ausgedacht. Nein! Ausgeschlossen! Schwebte seine Süße in Gefahr? Er hatte den ganzen Sonntag an sie gedacht. Kaum hatte sie ihn Samstagabend verlassen, hatte sich alles leer und trostlos angefühlt. Selbst der Joint hatte ihm keine Befriedigung verschafft. Ohne Babs war sein Leben sinnlos, zu der Erkenntnis kam er immer mehr. Egal, was in der Vergangenheit zwischen ihnen passiert war, sie verdienten eine neue Chance. Und nun schwebte sie angeblich in Gefahr? Ergab das Sinn?

In seiner Vorstellung brachte er sie in Sicherheit. In irgendein Versteck, wo niemand sie finden könnte. Dort würden sie rund um die Uhr ihre nackten Körper aneinanderreiben und den Rest der Welt vergessen. Nur bei ihm wäre sie sicher.

Sollte er Kontakt zu ihr aufnehmen? Ein Anruf wäre wegen der Fangschaltung keine gute Idee. Könnte man eine Nachricht von ihm zurückverfolgen? Er wusste es nicht. Er wusste bloß eines: Babs brauchte ihn und er sie. Nur zusammen waren sie glücklich.

11

Am frühen Nachmittag unterhielten sich Drosten und seine Kollegen mit den Berliner Ermittlern über das Gespräch mit dem Ehepaar Guttenberger. Ihnen stand eine Liste von siebenundzwanzig Namen zur Verfügung, die meisten hatte die Frau beigesteuert.

»Kam es nur mir so vor, oder hat Frau Guttenberger bei manchen Fragen ausweichend geantwortet?«, wollte Sommer wissen.

»Den Eindruck hatte ich schon Samstagnacht«, sagte Howe. »Ich fand's merkwürdig, wie vehement sie die gynäkologische Untersuchung abgelehnt hat. Das wäre auch nicht viel anders gewesen als eine kurze Vorsorgeuntersuchung.«

Drosten erinnerte sich an die Aktennotiz. »Sie hat das mit traumatischen Erlebnissen in der Vergangenheit begründet.«

Howe nickte. »Auch von unserem Vorschlag, beim Kino das Material der Sicherheitskameras anzufordern, war sie nicht begeistert.«

»Allerdings müssen wir ihr zugestehen, dass sie am Ende

mit ihrer Vermutung recht hatte. Das Kino war wirklich sehr voll. Wir haben die Sichtung des Materials rasch aufgegeben«, sagte Tenkel. »Einen Mann auszumachen, der an den beiden großes Interesse gezeigt hätte, erschien uns unmöglich. Ehrlich gesagt sind wir uns nicht mal sicher, ob wir Frau Guttenberger und ihre Freundin entdeckt hätten.«

Kraft zupfte an ihren Haaren. »Und was, wenn sie gar nicht im Kino war?«, fragte sie.

»Warum sollte sie lügen?«, erwiderte Howe.

»Aus demselben Grund, aus dem sie die gynäkologische Untersuchung verweigert hat«, spekulierte Kraft.

»Eine Affäre«, folgerte Tenkel. Er lächelte seiner Kollegin zu. »Schön, dass Sie auf diesen Zug aufspringen. Ich halte es ebenfalls für denkbar, Dagmar war in dieser Hinsicht eher skeptisch.«

»Was meinen Sie, sollen wir Frau Urban unangekündigt aufsuchen? Sie wäre ja das Alibi für den Kinoabend. Mal gucken, welchen Eindruck sie hinterlässt«, schlug Drosten vor.

»Sehr gerne«, sagte Tenkel. »Dagmar, bleibst du diesmal hier?«

Howe nickte.

* * *

Chrissy Urban schlug desorientiert die Augen auf. Ermattet von der Frühschicht hatte sie sich auf die Couch gelegt, um sich ein bisschen auszuruhen. Stattdessen war sie tief eingeschlafen. Bis ein Geräusch sie geweckt hatte. Was war das gewesen? Hatte es geklingelt?

Sie schlug die dünne Wolldecke beiseite und stand auf. Es klingelte erneut. Chrissy ging in die Diele. Auf dem Monitor der Gegensprechanlage sah sie vier Leute vor der

Haustür stehen. Die Benommenheit verschwand auf einen Schlag.

»Ja, bitte?«, fragte sie.

»Hauptkommissar Tenkel mit Kollegen. Haben Sie kurz Zeit für uns? Es geht um Ihre Freundin.«

»Ja! Kommen Sie hoch. Zweiter Stock.« Sie drückte den Türöffner.

Warum tauchten gleich vier Polizisten bei ihr auf? Gab es neue Entwicklungen? Oder waren Barbara und sie aufgeflogen?

Die Polizisten erreichten ihre Wohnung und wiesen sich aus. Tenkel stellte die Wiesbadener Gäste vor. Chrissy konzentrierte sich auf die einzige Beamtin.

»Sie kommen extra aus Hessen her?«, wunderte sie sich.

»Das hat Gründe, die wir Ihnen darlegen möchten«, sagte Kraft.

»Dann treten Sie ein. Auch wenn es in meinem kleinen Wohnzimmer ein bisschen eng wird.« Chrissy ging voran und faltete rasch die Decke zusammen. »Ich habe kurz geschlummert, entschuldigen Sie die Unordnung.«

Die Polizisten verteilten sich auf die verschiedenen Sitzgelegenheiten. Chrissy holte sich einen Stuhl aus der Küche, den sie nah an den Sessel stellte, auf dem Kraft Platz genommen hatte.

»Frau Urban, wir müssen Sie über eine Bedrohung unterrichten, die sich vielleicht sogar gegen Sie richten könnte«, sagte Kraft.

»Gegen mich?«

»Vor wenigen Wochen hat es in Leipzig einen ähnlichen Vorfall wie hier gegeben.« Kraft informierte sie in groben Zügen über das, was in Sachsen vorgefallen war.

»Oh mein Gott«, sagte Chrissy.

»Deswegen ist es absolut wichtig, dass Sie uns Ihre

Verabredung mit Frau Guttenberger exakt schildern, in allen Einzelheiten.«

Chrissy runzelte die Stirn. »Wie meinen Sie das?«

»Sie waren gemeinsam im Kino?«

»Ja, klar. Das hatte ich schon gesagt. Zuvor hatte ich Babs abgeholt und sie auch wieder nach Hause gebracht.«

»Und da gibt es nichts, was Sie korrigieren oder ergänzen wollen?«

»Ich wüsste nicht, was«, antwortete Chrissy mit fester Stimme. Hatten die Polizisten Hinweise gefunden, was an dem Abend tatsächlich passiert war? Vorläufig würde sie an ihrer Behauptung festhalten, um ihrer besten Freundin nicht in den Rücken zu fallen. Sie spürte die bohrenden Blicke der Beamten. Nun kam ihr ihre Fähigkeit zugute, in Stresssituationen cool und undurchschaubar zu bleiben. Ein Freund hatte sie einmal als perfekte Pokerspielerin bezeichnet. Vermutlich hätte er damit recht, wenn sie sich für dieses Spiel interessieren würde.

»Wunderbar«, sagte Kraft. »Dann wäre dieser Punkt geklärt. In Leipzig galt der zweite Angriff nicht dem verschleppten Opfer, sondern dessen Lieblingsmenschen. Könnte das Sie betreffen?«

Chrissy lachte. »Nein! Verstehen Sie mich nicht falsch, Babs und ich sind seit vielen Jahren befreundet. Wir mögen uns sehr. Ihr Lieblingsmensch bin ich nicht. Bestimmt hat sie Rüdiger genannt, oder?«

»Ja«, sagte Drosten. »Stimmen Sie dieser Einschätzung zu?«

»Babs und Rüdiger sind ein inniges Paar. Wissen Sie über die ungewollte Kinderlosigkeit Bescheid?«

»Ja«, antwortete Sommer.

»Das hat die beiden sehr zusammengeschweißt. Vielleicht sogar mehr, als es ein gemeinsames Kind hätte tun können. Ich habe zwei Freundinnen, die sich nach der

Geburt ihres Kindes vom Ehepartner entfremdet und schließlich getrennt haben. Außerdem finde ich, dass man nicht immer nach gängigen Maßstäben gehen sollte, um zu entscheiden, ob jemand glücklich ist oder nicht.«

»Wie meinen Sie das?«, fragte Kraft.

Am liebsten hätte sich Chrissy auf die Zunge gebissen. Hatte sie zu viel ausgeplaudert? Babs war mit Rüdiger glücklich. Die Daueraffäre mit Steffen änderte nichts daran. »Na ja, manche glauben, nur mit Kindern wird eine Ehe perfekt. Das ist Unsinn. Wann überhaupt ist im Leben etwas perfekt?«

Die Polizisten schienen ihr die Erklärung abzukaufen. Hauptkommissar Tenkel zog ein gefaltetes Blatt Papier aus der Jacketttasche.

»Wir hatten die Guttenbergers um eine Liste von Leuten gebeten, die als Täter oder nächstes Opfer in Frage kommen. Können Sie einen Blick darauf werfen und sie vielleicht ergänzen?«

Chrissy nahm den Zettel entgegen. »So viele?« Sie überflog die Liste. Steffen war nicht darauf zu finden. »Ein paar Namen sagen mir etwas. Hier, Viktoria zum Beispiel. Mit der waren wir beide befreundet, bis sie in die Aluhutecke abgedriftet ist. Ich glaube, ich kenne die Hälfte der Namen. Trotzdem verstehe ich das nicht. Wie kann einer von denen in die Entführung verwickelt sein?«

»Das versuchen wir herauszufinden«, sagte Kraft. »Sie können also niemanden beisteuern?«

»Ich?« Chrissy lachte. »Ganz sicher nicht.«

Fünf Minuten später war Chrissy endlich wieder allein und versuchte, ihre Gedanken zu ordnen. Drohte ihrer Freundin Unheil? Größeres, als sie derzeit ahnte? Die Polizisten waren misstrauisch gewesen. Sowohl wegen der Kinoverabredung als auch wegen der Vollständigkeit der Namensliste. Woran lag das? Sie musste unbedingt mit Babs reden. Allerdings würde ein Anruf sie unvorbereitet treffen, und sie wäre nicht allein. Sie beschloss, ihr eine Chatnachricht zu schicken.

Kannst du mich zurückrufen? Wir sollten ungestört miteinander reden.

Die Minuten verstrichen ohne Antwort. Chrissy legte das Telefon beiseite. Sie trat ans Fenster und schaute hinaus. Wie schnell sich das Leben in unerwartete Richtungen drehen konnte. Noch am Samstagabend hatten Babs und sie geglaubt, die größte Katastrophe wäre es, dass die Affäre auffliegen würde. Und nun das!

Ihr Handy brummte, Babs hatte endlich geantwortet.

Ungestört zu reden ist momentan ausgeschlossen.

»Verdammt«, flüsterte Chrissy. Schon die Kürze der Antwort deutete auf Babs' Dilemma hin. Stand sie die ganze Zeit unter Beobachtung?

Und wie sieht es in den nächsten Tagen aus?

Chrissy schickte die Nachricht ab. Diesmal erfolgte die Reaktion fast augenblicklich.

Ganz schlecht.

Chrissy antwortete bloß mit einem Herzen, damit sie sich nicht zusätzliche Sorgen machen würde. Sie dachte an Steffen. Hatte es der Täter wirklich auf Lieblingsmenschen abgesehen? Sie kehrte zum Fenster zurück. Das Treiben auf der Straße half ihr, die Gedanken zu sortieren.

Babs und Rüdiger hatten ein sehr enges Verhältnis. Trotzdem führte ihre Freundin seit über fünfzehn Jahren eine On-off-Affäre mit Steffen, von dem sie offenbar nicht loskam. Auch nach der Eheschließung nicht. Steffen schien ihr etwas zu geben, was sie bei ihrem Ehemann vermisste. Machte ihn das zu einem Kandidaten als Lieblingsmensch?

Irgendjemand musste ihn warnen, selbst wenn es sich

später als übertrieben herausstellen würde. Babs könnte das nicht übernehmen, ohne alles zu gefährden. Also blieb das wohl an ihr hängen. Sie wählte seine Nummer, bevor sie es sich anders überlegen konnte.

»Hey«, meldete sich Steffen. »Hast du eine Nachricht von Babs für mich? Wann kann sie sich mit mir treffen?«

»Deswegen rufe ich nicht an.«

»Sondern?«

»Die Polizei war gerade bei mir. Wegen des Überfalls.«

»Was wollten sie?«

»Es hat vor ein paar Wochen in Leipzig einen ähnlichen Angriff gegeben. Am Tag des eintätowierten Datums ist die Großmutter der zuvor angegriffenen Frau getötet worden.«

»Ja und?«

»Für die Frau war ihre Oma ihr Lieblingsmensch. Die Polizei glaubt, der Täter hat es auf die Lieblingsmenschen der Personen abgesehen, die er vorher tätowiert.«

»Chrissy, ich versteh nix von dem, was du sagst. Als wenn du chinesisch reden würdest. Was heißt das?«

»Bist du Babs' Lieblingsmensch? Falls ja, schwebst du in Gefahr.«

Steffen lachte. »Ausgeschlossen. Unvorstellbar!«

»Ist das so abwegig? Babs hat schon so oft ihre Ehe riskiert, um sich ein paar Stunden mit dir zu treffen. Und Rüdiger ist nicht der erste Mann, dem du Hörner aufsetzt. Wie viele ihrer Partner hast du mit ihr zuvor betrogen?«

»Drei«, sagte er leise. »Das zwischen mir und Babs ist nicht bloß eine Affäre. Wir …«

»Genau das meine ich ja. Wieso geht sie diese Risiken für dich ein? Macht dich das nicht automatisch zu ihrem Lieblingsmenschen?«

Er dachte kurz darüber nach. »Über uns weiß Rüdiger nicht Bescheid.«

»Das hofft ihr.«

»Das *wissen* wir. Rüdiger ahnt nicht mal, dass ich existiere. Babs hat nie unsere Beziehung erwähnt. Es gibt keine gemeinsamen Fotos, gar nichts, was auf uns verweist. Das hat sie mir vor Jahren anvertraut. Und ihren vorherigen Partnern gegenüber hat sie mich genauso verschwiegen.«

»Und wenn er trotzdem irgendwann Verdacht geschöpft hat? Euch heimlich gefolgt ist oder einen Privatdetektiv auf euch angesetzt hat?«

»Deine Fantasie geht mit dir durch. Niemand weiß, was Babs und mich verbindet. Ich schwebe garantiert nicht in Gefahr. Wie soll mich ein Mörder ins Visier nehmen, wenn es mich offiziell in ihrem Leben gar nicht gibt?«

»Bist du dir sicher?«

»Absolut. Kann ich irgendwie mit Babs Kontakt aufnehmen? Ich muss ihr zeigen, dass ich für sie da bin.«

»Ausgeschlossen!« Chrissy erzählte von dem kurzen Nachrichtenaustausch zwischen ihnen.

»Scheiße! Sie fehlt mir. Und ...«

»Oh Gott!«, stieß Chrissy aus.

»Was ist los?«

»Ich hatte gerade einen furchtbaren Gedanken. Was, wenn Rüdiger von euch erfahren hat und ...«

»Völlig unwahrscheinlich.«

»Lass mich ausreden. Babs hat sich schon ein paar Mal bei mir beschwert, dass er üble Typen vor Gericht vertreten hat. Irgendwie hat er das über euch rausgefunden und beschlossen, sich zu rächen. Die richtigen Leute dafür würde er kennen.«

»Das kann ich mir nicht vorstellen.«

»Ist das wirklich so abwegig? Erst bestraft er sie, danach tötet er dich. Oh Gott! Steffen!«

»Und wie passt die tote Oma ins Bild? Hat die es sich auch mit Rüdiger verscherzt?«

Chrissy zögerte. Die Leipziger Vorfälle hatte sie bei

diesem Gedanken nicht berücksichtigt. »Keine Ahnung! Ich kann ja nicht sofort auf alles eine Antwort haben.«

»Chrissy, du spinnst dir da was zusammen. Nach allem, was ich über Rüdiger weiß, ist er wohl eher ein besonnener Charakter.«

Das stimmte zwar, aber wie würde er reagieren, wenn seine Ehefrau ihn verriete und zutiefst kränkte? »Man sollte nie einen Mann und seine verletzte Eitelkeit unterschätzen«, murmelte sie.

»Mach dir keine Gedanken. Lieb von dir, dich um mich zu sorgen. Du würdest mir allerdings mehr helfen, indem du Kontakt zwischen mir und Babs herstellst.«

»Das solltest du dir aus dem Kopf schlagen. Zumindest bis Freitag.«

»Ich versuch's. Halt mich auf dem Laufenden.«

Steffen beendete das Gespräch. Chrissy legte das Telefon auf die Fensterbank. War es wirklich zu weit hergeholt, dass Rüdiger dahintersteckte?

12

Da sie die Zeit bis zum Wochenende bestmöglich ausnutzen wollten, reisten Drosten und seine Kollegen noch Montagabend nach Leipzig weiter. Dienstagmorgen trafen sie sich mit Mückenberg und ihrer Partnerin Grimm in der Leipziger Moko. Von dort fuhren sie gemeinsam zu Denise Sand.

Die Frau empfing sie mit rot unterlaufenen Augen. In ihrer Hand hielt sie ein Taschentuch. Sie trug einen viel zu weiten Pullover in Kombination mit einer Sporthose, ihre Füße waren nackt.

»Oh«, entfuhr es ihr, als sie den fünfköpfigen Polizeitrupp vor ihrer Tür sah.

Ohne ein Wort zu sagen, drehte sie sich um und kehrte in die Wohnung zurück. Mückenberg und alle anderen folgten ihr.

»Frau Sand, das sind Kollegen aus Wiesbaden. Wir haben sie hinzugezogen, weil es in Berlin einen ähnlichen Vorfall gegeben hat.«

»Noch eine tote Oma?«, fragte sie leise.

»Nein«, antwortete Drosten. »Eine Frau, der ein Datum

eintätowiert worden ist, nachdem ein Maskierter sie verschleppt hat. Wir haben Zeit bis Freitag.«

»Die Ärmste. Das gönnt man seinem schlimmsten Feind nicht.«

»Wir fragen uns, wie groß die Überschneidung zwischen Ihnen und der zweiten Frau ist«, fuhr Drosten fort. »Sagt Ihnen der Name Barbara Guttenberger etwas?«

Frau Sand schwieg sekundenlang. »Nein«, antwortete sie schließlich. »Tut mir leid.«

»Und der Name des Ehemanns? Rüdiger. Er ist ein Berliner Strafverteidiger.«

»Nein.«

»Frau Guttenberger arbeitet für ein Versicherungsunternehmen. Sind Sie bei dem Kunde?« Drosten nannte das Unternehmen. Sand schüttelte bloß den Kopf. »Außerdem hat sie uns eine Liste von Namen gegeben, die sie für erwähnenswert hielt. Können Sie sich die in aller Ruhe durchlesen, wenn wir gegangen sind? Vielleicht kennen Sie ja die eine oder andere Person auf der Liste.«

»Das mache ich.«

»Frau Sand, erzählen Sie uns bitte von Ihrem Verhältnis zu Ihrer Großmutter. Wie ist es so eng geworden?«, wollte Kraft wissen.

»Oma war der liebste Mensch der Welt.« Tränen traten ihr in die Augen. »Das wusste ich schon als kleines Kind, bewiesen hat sie es mir endgültig, als ich siebzehn war.«

»Was war da?«, fragte Sommer.

»Meine damals beste Freundin starb an Leukämie. Drei Tage nach ihrem achtzehnten Geburtstag. Das zog mir den Boden unter den Füßen weg. Meine Eltern hatten dafür kein Verständnis, genauso wenig wie für meine nachlassenden Schulleistungen. Ich musste eine Ehrenrunde drehen und hatte deswegen ständig Streit mit ihnen. Das hat mich ... traurig gemacht. Ich fand keinen Halt mehr. Wurde depressiv, ging von der Schule ab. Meine Eltern drohten mir damit, mich einfach aus der Wohnung zu werfen. Oma bot mir an, bei ihr einzuziehen. Sie war meine Rettung. Und jetzt ist sie meinetwegen gestorben.«

»Das stimmt nicht«, widersprach Kraft sofort. »So dürfen Sie nicht denken.«

»Wie lange haben Sie bei Ihrer Großmutter gelebt?«, wollte Drosten wissen.

»Zwei Jahre. Mit ihrer Hilfe habe ich mich aus der Depression gekämpft. Sie hat mir bei Bewerbungen geholfen, und gemeinsam haben wir trotz des Schulabbruchs einen Ausbildungsplatz gefunden. Ohne meine Oma wäre ich nicht da, wo ich jetzt bin.« Sie zog die Nase hoch. »Zeigen Sie mir mal die Liste.«

»Das können Sie in aller Ruhe erledigen, wenn wir gegangen sind«, schlug Kraft vor.

»Dann schiebe ich es nur vor mir her.«

Drosten faltete den Zettel auseinander, den er zuvor auf den Couchtisch gelegt hatte. Er beobachtete Sand. Ihre Augen überflogen die Zeilen. Es dauerte länger, als er erwartet hatte.

»Keiner der Namen kommt mir wirklich bekannt vor«, sagte Sand. »Tut mir leid.« Sie faltete den Zettel und reichte ihn Drosten zurück. »Tut mir wirklich leid.«

»Das muss es nicht.«

* * *

Am frühen Dienstagmittag waren in der Hainstraße nur eine Handvoll Menschen unterwegs. Die meisten von ihnen waren auf dem Weg zum Supermarkt, der eine prominente Lage hatte – fast genau gegenüber dem Gebäude, in das Denise Sand gezerrt worden war.

Mückenberg klingelte bei einem der gewerblichen

Mieter, der den Türsummer betätigte, ohne sich vorher zu erkundigen, wer Einlass begehrte.

»Ihr seht, es ist ziemlich leicht, ins Haus zu kommen«, erklärte sie den Kollegen. »Und das Türschloss spielte dem Täter ebenfalls in die Hände. Man legt einfach diesen kleinen Schalter um, und schon kann man auch ohne Schlüssel oder Anklingeln in den Hausflur.« Sie demonstrierte es. Danach führte sie die Wiesbadener Gäste zur Kellertür.

»Ich habe mich bei den anderen Mietern erkundigt. Diese Zugangstür wird nie abgeschlossen. Das heißt, dem Täter wurden keine Steine in den Weg gelegt.« Mückenberg schaltete das Licht ein und ging die Stufen hinab. Drosten und seine Kollegen folgten. In dem Gang, in dem die Kellerräume untergebracht waren, setzte Mückenberg ihre Erklärung fort. »Hier ist Denise aufgewacht. Ihre Schultertasche lag ungefähr da.« Sie berührte die Stelle mit dem Fuß.

»Die Gespräche mit den Mietern haben nichts erbracht?«, fragte Sommer.

»Nein«, antwortete Oberkommissarin Grimm. »Niemand hat hier in den letzten Wochen jemanden herumlungern sehen. Und die einzigen privaten Mieter oben im Dachgeschoss waren zu dem Zeitpunkt im Urlaub. Sie sind erst eine Woche nach dem Überfall von den Kanaren wiedergekommen.«

»Hat unser Täter einfach bloß Glück gehabt, oder hatte er Ortskenntnisse?«, fragte Sommer. »Dass man den Schalter umlegen kann, ist zwar an vielen Türen so, aber nicht immer gewährleistet. Und als der letzte Mieter Freitagnachmittag das Haus verließ, hätte er den Schalter überprüfen und zurückschieben können. Dann wäre der Täter nicht mehr reingekommen.«

»Wir glauben tatsächlich, dass er sich Freitag Zutritt

verschafft und danach gewartet hat, bis alle Mitarbeiter der verschiedenen Firmen gegangen waren. Aufgrund unserer Befragungen muss das irgendwann gegen sechzehn Uhr gewesen sein«, erklärte Mückenberg. »Keine der Personen, die wir befragt haben, hat am Freitag den Keller aufgesucht.«

»Also hätte er in aller Ruhe dort warten können, wenn Lukas mit seiner Theorie recht hat«, stellte Kraft fest.

»Wie war das Ergebnis der Spurensicherung?«, fragte Drosten.

»Wir haben eine Vielzahl von Fingerabdrücken gesichert. Auffällig war vor allem, dass der Kellertürgriff von außen abgewischt war. Die Spusi schätzt, er hat Handschuhe getragen und einmal darübergewischt«, antwortete Mückenberg.

»Was nicht weiter verwunderlich wäre«, brummte Drosten.

Nacheinander gingen sie wieder den Kelleraufgang hoch.

»Macht vermutlich keinen Sinn, noch einmal die einzelnen Firmen abzuklappern. Dafür sind jetzt zu viele Wochen vergangen«, stellte Drosten fest. »Hatte Frau Sand in den sozialen Medien erwähnt, dass sie an diesem Abend in den Club gehen würde?«

»Nein«, sagte Grimm. »Sie war bis zum frühen Abend selbst nicht sicher, ob sie überhaupt ausgehen soll. Ihre Woche war wegen des Streits mit dem Vorgesetzten sehr stressig gewesen.«

»Der ein wasserdichtes Alibi hat«, erinnerte sich Sommer.

»So ist es«, sagte Mückenberg.

Sie verließen das Haus. Drosten und seine Kollegen kannten sich aufgrund ihrer Ermittlungen der letzten Jahre gut in der Leipziger Innenstadt aus. Trotzdem gingen sie den kurzen Weg zu dem Eingang des Clubs aufmerksam ab.

»Der Täter kann unmöglich die ganze Zeit im Hausflur gelauert haben, sonst hätte er sie verpasst«, sagte Kraft.

Drosten nickte. »Außerdem hat er verdammt viel Glück gehabt. Ihm hätte ein nächtlicher Passant rasch einen Strich durch die Rechnung machen können. Und wenn Frau Sand nicht auf dem Bürgersteig, sondern der Straße gelaufen wäre, hätte sie es ihm auch schwerer gemacht.« Er schaute vom Club den Weg zurück, der sie gerade eben hergeführt hatte. »Er muss draußen gewartet haben. Bis er sie entdeckt hat.« Drosten bemerkte einen Mann, der neben dem Eingang des Supermarktes Passanten um Kleingeld bat. »Schlafen Obdachlose nachts in der Stadt?«

»Immer wieder an wechselnden Stellen«, sagte Grimm.

»Könnte er sich als Obdachloser getarnt haben?«, wollte Drosten wissen. »Er nimmt einen Schlafsack und legt sich auf die Lauer, bis er sie sieht. Dann huscht er rasch zum Hauseingang, betritt den Flur und wartet.«

»Nicht ausgeschlossen«, sagte Mückenberg. »Ich frage beim Ordnungsamt nach, ob es für den Abend Vorfälle gegeben hat, die uns nicht gemeldet wurden. Optimistisch bin ich nicht.«

Sie suchten ein nicht weit entferntes Eiscafé auf, wo sie sich in die hinterste Ecke setzten, um in Ruhe zu reden. Nachdem die Kellnerin jedem von ihnen eine Kaffeespezialität und Wasser gebracht hatte, redeten sie mit gedämpfter Stimme über den Fall.

»Ich glaube, er wird schon mehrfach auf der Lauer gelegen haben«, spekulierte Drosten. »Es ist also sinnvoll, wenn wir nicht nur beim Ordnungsamt, sondern vielleicht auch bei Obdachlosen nachfragen, die in der Stadt übernachten.«

»Deren Misstrauen gegenüber uns wird ziemlich groß sein«, gab Grimm zu bedenken.

»Wir sollten das trotzdem probieren«, meinte Drosten. »Ich könnte mir vorstellen, die sind aufmerksamer als die Mitarbeiter des Ordnungsamtes, wenn es um jemanden geht, der neu zu ihnen stößt.«

»Mir gefällt die Idee, und eure Hilfe nehmen wir gern in Anspruch«, erklärte Mückenberg.

Drosten nippte an seinem Espresso Macchiato. »Kommen wir auf das Motiv des Täters zu sprechen. Mittlerweile hat er zwei Frauen entführt, aber keine davon sexuell missbraucht. Wir wissen zwar nicht, was er ihnen außer der Tätowierung in der Bewusstlosigkeit antut, trotzdem können wir einen sexuellen Aspekt wohl vernachlässigen.«

»Wenn wir berücksichtigen, welchen Verlust er Denise zugefügt hat, scheint er sie bestrafen zu wollen«, sagte Mückenberg.

»Wofür?«, wollte Kraft wissen.

Mückenberg hob ratlos die Hände.

»Wenn die Opfer gezielt ausgewählt worden sind und er sie tatsächlich bestraft, muss er sie kennen«, folgerte Sommer.

»Also suchen wir eine Person, die eine Verbindung zu den beiden Frauen hat«, ergänzte Drosten. Er trank nachdenklich den Rest seines Espresso Macchiato aus. »Das ist kein Täter, der wahllos zuschlägt. Er hat eine Agenda.«

13

Barbara Guttenberger hatte sich dazu aufgerafft, etwas zu kochen. Eine klassische Lasagne mit Rindfleisch, die groß genug war, um auch die beiden Polizisten zu versorgen, die im Gästezimmer Stellung bezogen hatten. Dazu einen grünen Salat, und Rüdiger hatte noch eine Flasche Weißwein geöffnet. Obwohl ihr die Lasagne gut gelungen war, stocherte sie nur lustlos mit der Gabel darin herum. Um Mitternacht sprang die Datumsanzeige auf das Datum, das ihr ein Fremder in die Haut tätowiert hatte.

»Verdammt gruselig, dass morgen der Tag ist.«

»M-hm«, brummte ihr Mann lediglich. Er trank einen kräftigen Schluck vom Wein.

»Was geht dir durch den Kopf?«, wollte sie wissen.

»Nichts«, erwiderte er.

»Rüdiger?«

Er sah sie streitlustig an. »Bist du überhaupt in der Lage, dich in mich hineinzuversetzen?«

»Hä?«

»Falls die Polizei recht hat, stehe ich auf der Abschussliste eines Verrückten. Wegen irgendetwas, das *du* getan hast.«

»Du gibst mir die Schuld? Wirklich?« Sie starrte ihren Ehemann fassungslos an.

»Wem denn sonst?«

»Was kann ich dafür?«

»Das würde mich auch interessieren.«

»Wie bitte?«

Er schüttelte verärgert den Kopf. »Bist du zufällig ausgesucht worden? Eher nicht. Also hast du etwas getan ...«

»Und wenn es umgekehrt war? Vielleicht hast *du* ja ...«

»Na klar! Ich soll schuld sein? Schämst du dich gar nicht?«

»Wofür?«

»Das überhaupt auszusprechen. An wem es liegt, wissen wir wohl beide.« Er nahm die Serviette aus dem Hemdkragen, zerknüllte sie und warf sie auf den Tisch. »Mir ist der Appetit vergangen. Danke fürs Kochen.«

»Mir schon lange«, sagte sie leise.

In diesem Moment brummte ihr Handy.

»Typisch!«, zischte Rüdiger. »Wer ist es?«

Sie warf einen Blick aufs Display. Rüdigers Tonfall irritierte sie. Hegte er mittlerweile einen Verdacht? »Das ist Chrissy.« Da sie seinen bohrenden Blick spürte, öffnete sie die Nachricht. Hoffentlich hatte ihre Freundin nichts Verfängliches geschrieben.

Hey, Süße. Ich denke an euch. Passt gut auf euch auf. Alles Liebe!

Sie schob Rüdiger das Telefon über den Tisch zu. Der warf tatsächlich einen Blick auf die Nachricht.

»Interessiert mich alles nicht. Wenn du nicht mit ihr ins Kino gegangen wärst ...« Unwirsch schüttelte er den Kopf. »Ich setze mich noch vor den PC. Arbeit nachholen.«

»Und ich gehe gleich ins Bad«, sagte sie.

Ohne ein weiteres Wort verließ er das Esszimmer. Auf

diesen Streit hätte sie gut verzichten können. Barbara zog das Handy wieder zu sich.

Alles Liebe.

Chrissys Abschiedsfloskel war nichts weiter als eine ihrer Botschaften, die sie schon vor Jahren vereinbart hatten. Die Floskel *Alles Liebe* bedeutete: dringender Gesprächsbedarf.

Wie sollte sie das anstellen?

Nachdenklich räumte Barbara die halb volle Auflaufform in den Kühlschrank und stellte die Teller auf die Arbeitsfläche, ohne die Reste zu entsorgen. Darum würde sie sich später kümmern.

Mit dem Handy in der Hand ging sie ins Badezimmer. Sie drückte die Tür zu und schloss von innen ab. Barbara drehte den Wasserhahn der Badewanne auf, regulierte die Temperatur und ließ einen Badezusatz einlaufen. An ihrem Handy schaltete sie die Benachrichtigungstöne stumm.

Jetzt bin ich ein paar Minuten ungestört. Was gibt's?

Es dauerte nicht lange, bis Chrissy antwortete.

Was, wenn nicht Rüdiger gemeint ist?

Barbara runzelte die Stirn. Sie brauchte kurz, bis sie den Hintersinn der Frage erkannte. Trotzdem vergewisserte sie sich.

Wer soll es sonst sein?

Chrissy antwortete mit den Emojis eines tanzenden Mannes und einer Aubergine. Trotz ihrer Anspannung musste Barbara lächeln.

Ausgeschlossen.

Bist du dir sicher?

Barbara legte das Handy beiseite. Sie hatte diesen Gedanken selbst schon gehabt. Rüdiger und Steffen waren ihr beide wichtig. Wenn sie offiziell eine polyamore Beziehung mit ihnen führen würde, hätte sie Schwierigkeiten zu entscheiden, wer ihr Lieblingsmensch war. Wahrscheinlich hätte sie sich für Rüdiger entschieden, der ihr die größere

Verlässlichkeit bot. Steffen hingegen sorgte für die Schmetterlinge im Bauch, den Nervenkitzel, die Höhepunkte. Was zählte mehr?

Aber so war es ja gar nicht.

Niemand weiß von Steffen und mir, tippte sie ein.

Diesmal musste sie etwas länger warten, weil ihre Freundin eine ausführlichere Nachricht schrieb.

Mich macht der Zeitpunkt misstrauisch. Du triffst dich zum ersten Mal seit vier Monaten mit ihm, und am selben Abend wirst du vor deiner eigenen Haustür entführt. Klingeln da keine Alarmglocken bei dir?

Barbara ahnte, worauf sie hinauswollte. Falls Rüdiger von der Affäre wusste, könnte er dann so lange untätig geblieben sein? In diesem Fall hätte er schon seit Monaten einen Verdacht haben müssen, bevor er die Entführung letzten Samstag arrangiert hätte. Sie traute ihm viel zu, einen guten Schauspieler sah sie in ihm jedoch nicht.

Von uns weiß niemand. Deswegen ist das müßig, sich zu fragen, ob er gemeint ist.

Die Badewanne war inzwischen zur Hälfte gefüllt. Langsam sollte sie zum Ende kommen. Chrissy schien wieder einen längeren Text einzugeben.

Und was, wenn Rüdiger etwas herausgefunden hat? Kann das Ganze nicht ein Fake sein, um den Nebenbuhler auszuschalten? Sagst du nicht selbst, er würde zu oft zwielichtige Gestalten verteidigen?

Damit traf Chrissy leider den Nagel auf den Kopf. Manchmal erzählte er ihr von neuen Klienten, und es kam vor, dass sie nicht nachvollziehen konnte, warum er das Mandat angenommen hatte. Wieso musste man einen Vergewaltiger vor Gericht vertreten? Ihr Mann pochte allerdings auf das Recht eines jedes Angeklagten, vom bestmöglichen Anwalt verteidigt zu werden.

Ich muss Schluss machen. Mach dir nicht zu viel Sorgen. Rüdiger und ich werden gut beschützt.

Sie schickte die Nachricht ab und wartete, bis Chrissy mit einem Herz-Emoji antwortete. Danach löschte sie den Chatverlauf der letzten Minuten. Sie drehte den Wasserhahn ab und legte ein Badethermometer in die Wanne. Die Temperatur war etwas zu hoch. Statt kaltes Wasser nachlaufen zu lassen, wartete sie einfach. Chrissy konnte unmöglich recht haben. Der Vorfall in Leipzig passte nicht zu einer von Rüdiger inszenierten Racheaktion. Wieso sollte er eine Großmutter töten und zuvor die Enkelin ins Visier nehmen?

Es sei denn ...

Chrissy hatte ihr eine Idee eingepflanzt, die sie nicht mehr losließ. Verdammt! War es wirklich so weit hergeholt? Traute sie ihm einen so krassen Schritt zu?

Eigentlich nicht, aber sie wusste nicht, wie gekränkt seine männliche Eitelkeit wäre, falls er von Steffen erfahren würde.

Barbara trocknete sich die Hände ab und öffnete auf dem Handy den Familienkalender. Er war so synchronisiert, dass er alle beruflichen und privaten Termine anzeigte. Wann war der Mord in Leipzig gewesen? Sie erinnerte sich ans Datum und blätterte in den März zurück. An dem Freitagabend waren sie und Rüdiger zu Hause gewesen. Auch an dem Samstag davor. Krampfhaft überlegte sie, ob er sich an den Tagen nervöser als sonst verhalten hatte. Ihr fiel jedoch nichts ein, was diese Theorie bestärkte. Der Gedanke, den ihr Chrissy eingepflanzt hatte, gewann trotzdem immer mehr an Bedeutung. Sie könnte das Bad nicht genießen, ehe sie ihn nicht darauf angesprochen hätte. Barbara entriegelte die Badezimmertür. Es war ausgeschlossen, zu Rüdiger zu gehen und ihn zu fragen, ob er hinter allem steckte. Erklären könnte sie ihm ihren Verdacht nicht, ohne Steffen ins Spiel zu bringen.

Rüdiger saß bei geöffneter Tür am PC und tippte etwas

ein. Seine Lippen bewegten sich. Sie klopfte an den Türrahmen.

»Was gibt's?«, fragte er. Sein Blick blieb auf den Monitor gerichtet.

»Ich habe mir ein Bad einlaufen lassen.«

»Habe ich gehört.«

»Wegen unserer Besucher schließe ich die Tür ab.«

»Sinnvoll.« Nun sah er sie endlich an und schenkte ihr sogar ein angedeutetes Lächeln, das sie erwiderte.

Jetzt oder nie! »Hast du eigentlich Klienten in Leipzig?«

Seine Mundwinkel fielen nach unten. »Wie kommst du darauf?«

»Irgendjemand, der sich von dir nicht gut vertreten fühlt?«

»Nein. Als Verteidiger stand ich das letzte Mal vor dem Leipziger Landgericht vor ... sieben oder acht Jahren. Ist ewig her. Und selbst wenn dem nicht so wäre, wie passen die Großmutter und die Enkelin ins Bild? Du glaubst offenbar, mein Job hätte uns in diese Lage gebracht.«

»Keine Ahnung«, gestand sie. »Also hat keiner deiner Fälle einen Bezug zu Leipzig?«

»Nein.«

»Ich verstehe das alles nicht.«

»Dann geht's dir genauso wie mir.« Er lächelte ihr zu. »Wir schaffen das.«

Sein Lächeln wirkte aufrichtig. Chrissy musste sich irren. Ganz sicher!

»Ich weiß«, antwortete sie.

»Entspann dich gut in der Badewanne. Ich arbeite noch ein bisschen.«

»In einer halben Stunde kannst du ins Bad.«

»Ist nicht eilig.« Rüdiger richtete seinen Blick wieder auf den Monitor.

Barbara wandte sich ab und kehrte ins Badezimmer

zurück. Diesmal gab sie sich keine Mühe, das Türschloss möglichst lautlos zu verriegeln. Sie hatte die Auszeit angekündigt, und die Polizisten benutzten ohnehin die Gästetoilette.

Nachdenklich zog sie ihre Kleidung aus und legte sie ordentlich gefaltet auf den Toilettendeckel. In Gedanken ließ sie Rüdigers Reaktion Revue passieren. Die Frage nach einem Bezug zu Leipzig schien ihn überrascht zu haben. Normalerweise merkte sie ihm Unsicherheit an, vor allem, weil er dann meistens jedem Blickkontakt auswich. Was diesmal nicht der Fall war.

Sie prüfte noch einmal die Badetemperatur, bevor sie in die Wanne kletterte und hineinglitt. Sie stöhnte vor Wohlbehagen. Das war genau die richtige Idee gewesen.

In den ersten Momenten im warmen Wasser konnte sie die Gedanken an den bevorstehenden Schrecken verdrängen, die jedoch rasch mit aller Macht zurückkehrten. Barbara hielt den Atem an und tauchte ein paar Sekunden unter. Dann durchbrach sie wieder die Wasseroberfläche und strich sich den Schaum aus den Haaren.

Rüdiger war nicht der Auslöser der Bedrohung. Weder hatte er ihre Entführung beauftragt noch etwas mit den Vorfällen in Leipzig zu tun. Das stand für sie fest. Daher kreisten ihre Gedanken um Chrissys anderen Verdacht. Konnte jemand glauben, Steffen wäre ihr Lieblingsmensch?

»Ausgeschlossen«, murmelte sie leise. Von ihrer besten Freundin abgesehen, wusste niemand von ihnen.

Und wenn doch?, fragte eine beängstigende Stimme in ihrem Kopf.

14

Rüdiger lag neben ihr und schnarchte. Barbara konnte das kaum glauben. Wie hatte er es geschafft, in den Schlaf zu finden? Eigentlich müsste er beim Gedanken an den morgigen Tag völlig aufgelöst sein. Wenn die Polizisten recht hatten, war er das nächste Ziel des Mörders.

Oder lagen sie falsch? Hatte der Täter vielleicht nur beim ersten Mal den Lieblingsmenschen des Entführungsopfers ins Visier genommen und würde diesmal eine andere Wahl treffen? Die vielen Gedanken, die in ihrem Kopf wie Sternschnuppen aufleuchteten, trieben sie an den Rand des Wahnsinns. An Schlaf war überhaupt nicht zu denken. Und Rüdiger? Er hatte gegen den Rat der Polizisten eine Melatonin-Tablette geschluckt, weil das für ihn seit Jahren zur Schlafroutine dazugehörte. Angeblich wäre er im etwaigen Notfall sofort hellwach. Seine Ruhe stimmte sie misstrauisch. Barbara drehte sich auf die andere Seite. Ihr Blick fiel auf den Wecker.

»Oh nein«, wisperte sie.

Es war drei Minuten nach Mitternacht. Der angekündigte Tag war angebrochen. Und was machte ihr Mann? Er schlief tief und fest.

Chrissys Mahnung kam ihr in den Sinn. Sie stellte sich vor, Rüdiger wäre tatsächlich in die Morde involviert. Das würde zumindest erklären, warum er nicht unter Schlaflosigkeit litt. Er könnte den Tag einfach auf sich zukommen lassen. Sie wälzte sich erneut herum und musterte ihn im Halbdunkel des Schlafzimmers. Traute sie ihm zu, die Entführung in Auftrag gegeben zu haben? Als sie ihn Samstagnacht angerufen hatte, hatte er besorgt, beinahe schon panisch geklungen. Er war zur Baustelle gerast und hatte sie dort fest in den Arm genommen. Erleichtert, dass ihr nichts Schlimmes widerfahren war.

Reagierte so der Auftraggeber einer Mordserie? Unwahrscheinlich. Sie hielt ihn nicht für einen begnadeten Schauspieler. Ganz im Gegenteil. Barbara verfügte über größere Täuschungsfähigkeiten, sonst wäre sie längst aufgeflogen. Es war ausgeschlossen, dass er als Anstifter hinter alldem steckte.

Unruhig drehte sie sich auf den Rücken. An Schlaf war einfach nicht zu denken. Ihre Gedanken wanderten zu Steffen, den sie als 19-Jährige in einem Supermarkt kennengelernt hatte. Er hatte als Aushilfe hinter der Kasse gesessen. An einem Samstagabend war sie fünfzehn Minuten vor Ladenschluss ins Geschäft gestürzt, um Chips und Süßigkeiten zu kaufen. Ihr damaliger Freund hatte am Tag zuvor mit ihr Schluss gemacht. Als sie die Einkäufe auf das Band gepackt hatte, war sie die einzige Kundin gewesen. Er hatte alles gescannt und ihr dabei mehrfach Blicke zugeworfen, die sie gekonnt ignoriert hatte. Schließlich hatte er sie angesprochen und gefragt, ob der Liebeskummer noch frisch sei. Sie hatte ihn angesehen und verständnislos den Kopf geschüttelt. Er hatte nachgehakt, bis sie ihn unfreundlich gefragt hatte, ob sie endlich bezahlen könne, idealerweise ohne ein Gespräch aufgezwängt zu bekommen. Dann hatte sie ihm die EC-Karte hingehalten. Daraufhin hatte er den Bezahlvorgang eingeleitet und ihr am Ende gesagt, aus Sicherheitsgründen müsse er ihre Handynummer auf einer Bonkopie vermerken. Sie hatte ihm das nicht abnehmen wollen, doch er hatte behauptet, um die späte Uhrzeit würde die normale Authentifizierung bei der Bank nicht mehr funktionieren. Außerdem hatte er ihr empfohlen, seine Kollegin an der anderen Kasse zu fragen, falls sie ihm nicht glauben würde. Oder bar zu bezahlen.

Barbara lächelte bei der Erinnerung daran, wie überzeugend er gewesen war. Hatte sie schon damals die Verbindung zwischen ihnen gespürt? Sie hatte ihm ihre Handynummer gegeben und war dann ohne ein weiteres Wort abgedampft. Am nächsten Nachmittag hatte sie eine SMS von einer ihr unbekannten Nummer erhalten.

Zwei Wochen später wurden sie ein Paar.

Ihre erste Beziehungsphase hatte genau sechs Monate angehalten. Nie zuvor war sie mit einem Mann durch solche Höhen und Tiefen gegangen. Er war wie kein anderer in der Lage, sie glücklich zu machen. Genauso schaffte es niemand wie er, sie so sehr bis aufs Blut zu reizen. Eine echte Partnerschaft mit ihm wäre auf eine gewaltige Explosion mit ungewissem Ausgang zugesteuert. Zum Glück waren sie beide klug genug, es zu beenden, ehe Schlimmeres passierte.

Danach hatte sie über ein Jahr nichts von ihm gehört. Es folgte eine Freundschaft-plus-Phase, in der sie sich schöne Abende bescherten, ohne ein Paar zu sein. Auch das fand ein Ende. Und dann, als sie längst mit jemand anderem liiert war, meldete er sich bei ihr. Sie war 24 und betrog zum ersten Mal einen Partner mit Steffen. Heimlich, verlogen, aufregend. Seitdem war das ihr Beziehungsmodell. Manchmal hörten sie fast ein ganzes Jahr nichts voneinander, dann sahen sie sich im kurzen Abstand mehrmals und landeten immer im Bett. Nach ihrer Hochzeit mit Rüdiger hatte sie sich fest vorgenommen, damit aufzuhören. Der Schwur hatte knapp zweieinhalb Jahre gehalten. Als die niederschmetternde Diagnose festgestanden hatte, dass sie niemals Kinder bekommen könnte, war sie schwach geworden.

Das Schnarchen neben ihr setzte kurz aus und begann dann von Neuem.

Kein anderer Mann war in der Lage, ihr das zu geben, was Steffen ihr gab. Und was, wenn Chrissy recht hatte? Er gerade in Lebensgefahr schwebte?

»Unmöglich«, wisperte sie. Niemand wusste von ihm. Sie hatte ihre Verbindung zu Steffen ihren neuen Partnern stets verheimlicht. Vermutlich, weil sie schon immer geahnt hatte, woraus es hinauslaufen würde. Bei jeder Beziehung.

Ihre Unruhe wuchs weiter. Wer von beiden war ihr wichtiger? Sie unterdrückte den Impuls, ihren Ehemann aufs Siegerpodest zu stellen, denn sie wollte sich gegenüber ehrlich sein. Insofern musste sie sich eingestehen, dass es auf ein Unentschieden zwischen Rüdiger und Steffen hinauslief. Sie war gar nicht imstande, festzulegen, welcher Mann ihr wichtiger war. Das Leben mit Rüdiger bot so viele Vorzüge. Steffen hingegen ließ Saiten in ihr erklingen, wie es kein anderer schaffte.

Konnte jemand davon erfahren haben?

Am liebsten wäre sie aufgesprungen und hätte ihm eine Nachricht geschickt mit der Bitte, in den nächsten 24 Stunden vorsichtig zu sein. Aber damit riskierte sie aufzufliegen. Ausgeschlossen, diesen Schritt zu unternehmen.

Könnte Chrissy das morgen für sie übernehmen? Oder war sie vielleicht sogar schon von allein darauf gekommen? Ergab es Sinn, das Handy jetzt anzustellen und ihr zu schreiben? Oder würde sie dadurch Rüdiger wecken und in Rechtfertigungszwang geraten?

Nein!, redete sie sich ein. Niemand wusste von ihnen. Steffen schwebte nicht in Gefahr. Es war Rüdiger, um den sie sich Sorgen machen musste.

15

Es klingelte zweimal hintereinander an der Haustür, gefolgt von zweimaligem Anklopfen. Obwohl Barbara das abgesprochene Zeichen sofort erkannte, zuckte sie zusammen. Sie saß am Küchentisch, brachte aber keinen Bissen herunter. Stattdessen nippte sie bloß an einem Beruhigungstee.

»Ich geh schon«, rief sie und stand auf.

Eine Polizistin, die in ihrem Gästezimmer Stellung bezogen hatte, war zuerst an der Haustür. Sie öffnete bereits, als Barbara die Diele erreichte.

»Hallo«, hörte sie eine weibliche Stimme.

Die Polizistin trat beiseite, und die Wiesbadener Hauptkommissarin Kraft kam ins Haus.

»Guten Morgen«, sagte Barbara.

»Hallo, Frau Guttenberger.« Kraft hielt eine prall gefüllte Brötchentüte in der Hand. »Vermutlich ist Ihr Appetit nicht sonderlich ausgeprägt, aber man weiß ja nie.« Sie lächelte vertrauenserweckend.

»Danke.« Barbara nahm ihr die Tüte ab. »Mein Mann und ich sitzen am Esstisch.« Sie ging vor, Kraft folgte ihr. »Möchten Sie einen Kaffee?«

»Nein, danke. Ich habe mich schon beim Bäcker versorgt.«

Die Frauen setzten sich fast gleichzeitig an den Tisch.

»Haben Sie gut geschlafen?«, wollte Kraft wissen.

»Höchstens zwei unruhige Stunden. Ganz im Gegensatz zu meinem Mann.«

Rüdiger zuckte mit den Achseln. »Hättest halt auch eine Tablette nehmen sollen. Und wie du siehst, bin ich topfit. Vor allem im Vergleich zu dir.«

Warum erstarrte er nicht vor Angst? Barbara musterte ihn misstrauisch, was er nicht einmal zu bemerken schien.

»Es ist jetzt Viertel nach sieben«, sagte Kraft. »Meine Kollegen Drosten und Sommer verstärken auf der Straße das Observationsteam, und ich bleibe ein paar Stunden hier bei Ihnen im Haus.«

»Wunderbar«, meinte Rüdiger.

Zu Barbaras Überraschung griff er zur Bäckertüte und entschied sich für ein Mehrkornbrötchen. Sie beobachtete ihn fassungslos.

»Ich kann das nicht glauben«, murmelte sie.

»Was?«

»Wie du damit umgehst. Jemand bedroht uns, und du frühstückst, als sei es ein ganz normaler Freitagmorgen, an dem du gleich ins Büro fährst.«

Er legte das Messer beiseite und musterte sie. »Soll ich jetzt vor Angst erstarren, weil ...« Immerhin schaffte er es, sie nicht in Anwesenheit der Polizistin mit Vorwürfen zu überhäufen. Stattdessen trank er einen Schluck Orangensaft. »Ich habe nachgedacht. Ausgeschlossen, dass der Täter dumm genug ist, heute einen Versuch zu starten, an mich ... uns heranzukommen.«

»Wieso nicht?«, fragte sie.

»Wie viele Polizisten beschützen unser Grundstück?«

»Draußen passen acht Beamte auf«, antwortete Kraft.

»Plus drei im Haus.«

»Richtig.«

»Er hat gar keine Chance, hier einzudringen.«

»Sie haben recht«, sagte Kraft.

»Sorgen mache ich mir ab morgen«, fügte er hinzu. »Was, wenn er es einfach verschiebt? Die Polizei kann nicht ewig elf Beamte abstellen, die uns beschützen.«

Abfällig musterte er Barbaras Arm. Sie trug einen langärmligen Pullover, um nicht ständig an die Tätowierung erinnert zu werden. Als sie seinen Blick bemerkte, legte sie auch noch die Hand auf den Ärmel.

»Über unser weiteres Vorgehen in den kommenden Tagen denken wir ab morgen nach«, erklärte Kraft. »Bis Sonntag können wir das in dieser Personalstärke durchziehen. Wir hoffen, der Täter ist dumm genug, es zu probieren. Vielleicht als Paketbote verkleidet oder etwas in diese Richtung. Manche Täter gehen die größten Risiken ein, um ihre Pläne durchzuziehen, weil sich eine Verschiebung für sie wie eine Niederlage anfühlen würde.«

»Kann ich mir nicht vorstellen«, sagte Rüdiger. »Sie haben sicher den größeren Erfahrungsschatz. Trotzdem habe ich auch regelmäßig mit Straftätern zu tun. Mir ist nie einer über den Weg gelaufen, der so dumm gewesen wäre. Die meisten von ihnen kneifen den Schwanz ein, wenn sie Polizeipräsenz wahrnehmen. Ich bleibe dabei. Er wird keinen Angriff auf ein so gut gesichertes Haus unternehmen. Und deshalb lasse ich mir den Appetit nicht verderben. Falls du nichts dagegen hast.«

»Mach, was du willst«, sagte Barbara. In ihrem Bauch rumorte es.

»Frau Guttenberger, Sie sind ganz blass. Alles in Ordnung?«

»Ja«, antwortete sie leise. Obwohl gar nichts in Ordnung war. Hatten die Hauptkommissarin und Rüdiger recht?

Käme eine Verschiebung für den Täter einer Niederlage gleich? Würde er es niemals wagen, ein so gut geschütztes Haus anzugreifen?

Barbara legte eine Hand auf den Bauch und stöhnte leise. Rüdiger blickte zu ihr.

»Schatz?«, fragte er. »Was ist los?«

Abrupt sprang sie auf, hielt sich die Hand vor den Mund und rannte ins Badezimmer, wo sie die Tür hinter sich zuschmiss. In letzter Sekunde schaffte sie es, den Toilettendeckel hochzureißen und sich hinzuknien. Dann erbrach sie sich unter Krämpfen in die Schüssel.

Sie stöhnte auf, während sie abspülte.

Ein weiterer Krampf durchzuckte sie, und erneut ergoss sich Mageninhalt in die Toilette. Als sie es überstanden zu haben schien, kroch sie zur Badewanne und lehnte sich mit dem Rücken an. Ihr war gerade eben klar geworden, wer tatsächlich das Ziel des Angriffs sein würde. Sie tastete nach dem Handy, hatte es aber im Wohnzimmer liegen lassen.

Der Täter müsste weder ein gut geschütztes Haus angreifen noch seine Pläne verschieben, denn Steffen war ein leichtes Opfer, das nichts von der Gefahr ahnte. Sie wusste nicht, wie der Mörder von ihrer Affäre erfahren hatte, trotzdem stand es ihr klar vor Augen.

Wieder rumorte es in ihrem Magen. Sie kroch zurück zur Toilette. Diesmal kam nur ein bisschen schleimige, bittere Flüssigkeit heraus.

Was sollte sie jetzt tun? Steffen anrufen, während die Polizisten und Rüdiger alles mithören konnten? Ihm eine Nachricht schicken? Oder Chrissy einschalten? Die letzte Alternative verwarf sie sofort. Sie wollte ihre Freundin nicht gefährden. Diesmal musste sie es ohne fremde Hilfe durchziehen.

Es klopfte an der Badezimmertür.

»Ich bin gleich wieder da«, rief sie.

»Frau Guttenberger?«, erklang Krafts Stimme. »Darf ich reinkommen?«

Barbara zögerte. »Ja«, sagte sie schließlich.

Die Tür öffnete sich. Zu Barbaras Erleichterung war Kraft allein gekommen. Sie betrat das Bad und schloss die Tür hinter sich.

16

Könnte er doch nur einen Weg finden, diese gute Laune zu konservieren. Er stellte sich vor, was er ihr gleich antun würde, und konnte das Grinsen nicht unterdrücken. Endlich war es so weit. In den letzten Tagen hatte er sich gefragt, ob die Zeitspanne zu lang war. Am liebsten hätte er schon am Mittwoch zugeschlagen. Irgendwie hatte er es geschafft, sich an den Plan zu halten. An dem angesagten Datum zu morden, setzte dem Ganzen die Krone auf. Er hatte es angekündigt, und niemand hielt ihn auf, weil er allen überlegen war.

»Ach, Babs. Ich fürchte, dieser Schmerz wird nie vergehen.«

Er lachte hämisch. Es tat gut, alte Rechnungen zu begleichen. So würde er einen Schlussstrich ziehen können. Wenn er weit fort wäre, müsste er nicht mehr an die Niederlagen seines Lebens zurückdenken.

Das Navigationssystem zeigte ihm an, dass er in fünfhundert Metern das Ziel erreicht hätte. Er hielt bereits Ausschau nach einem Parkplatz. Kurz darauf kam er an einigen Parkbuchten vorbei, von denen mehr als die Hälfte frei waren. Er parkte ein und stieg aus. Den Rest der Strecke würde er zu Fuß zurücklegen.

Er schaute sich um, ehe er das Handschuhfach öffnete und die Hilfsmittel herausholte, mit denen er gleich den Job erledigen würde. Rasch steckte er eines davon in die Hosentasche und eines in die Jackentasche.

Endlich war der Moment der Abrechnung da. Die Sünden der Vergangenheit würden bestraft werden.

* * *

Verena Kraft musterte die Frau, die am Boden hockte und wie ein Häufchen Elend wirkte. Jede Farbe war aus ihrem Gesicht gewichen. Sie wischte sich mit dem Handrücken über den Mund.

»Es tut mir leid«, flüsterte Barbara Guttenberger.

»Was tut Ihnen leid?«

»Einfach alles.«

»Wollen Sie sich nicht lieber auf die Toilette setzen? Oder haben Sie Angst, sich erneut zu übergeben?«

Barbara schloss den Toilettendeckel, spülte noch einmal ab und zog sich hoch. »Eine Bemerkung meines Mannes hat mir gerade wahnsinnig Furcht eingejagt.«

»Welche?«

»Dass der Täter heute unter keinen Umständen versuchen wird, uns anzugreifen.«

»Das ist etwas Gutes«, erklärte Kraft. »Wir haben lange überlegt, ob wir die Überwachung heimlicher durchziehen sollen, uns aber dagegen entschieden. Befürchten Sie, er wird den Angriff einfach verschieben und warten, bis wir nicht mehr so viele Leute vor Ort haben?«

Barbara zögerte.

»Auch das haben wir bei unserer Taktik bedacht. Falls er nicht heute zuschlägt, lassen wir die Bewachung nur scheinbar auslaufen und wollen den Täter so in Sicherheit wiegen.«

»Das ist es nicht, wovor ich die meiste Angst habe«, erklärte die Frau.

Nun war Kraft endgültig alarmiert.

»Wovor dann?«

Barbara schaute sie mit großen Augen an. Ihre Lippen zitterten, und erste Tränen liefen ihr die Wangen hinab.

»Reden Sie mit mir«, bat Kraft.

Barbara blickte an ihr vorbei zur geschlossenen Badezimmertür.

»Wir sind unter uns. Sie können mir alles anvertrauen, was Sie belastet.«

»Was, wenn Sie von einer falschen Voraussetzung ausgehen? Hinsichtlich der Frage, wer mein Lieblingsmensch ist?«, wisperte sie.

Kraft konnte sie kaum verstehen. Sie ging in die Hocke, um auf Augenhöhe zu sein. »Was haben Sie uns verschwiegen?«

»Es tut mir leid. So wahnsinnig leid.« Barbara schluchzte. Sie konnte den Tränenausbruch nicht länger zurückhalten. Ihre Schultern bebten.

»Frau Guttenberger! Wer kommt sonst als Ihr Lieblingsmensch infrage? Es ist früher Vormittag. Noch können wir reagieren, wenn Sie uns ins Bild setzen. Aber wir dürfen keine weitere Zeit verlieren.« Sie packte die Frau bei den Schultern. »Reden Sie mit mir! Über wen wissen wir nicht Bescheid?«

»Das werden Sie nicht verstehen«, jammerte Barbara.

»Da irren Sie sich. Gibt es einen anderen Mann in Ihrem Leben?« Die Schlussfolgerung lag nahe.

Barbara nickte. »Ja«, sagte sie leise. »Rüdiger weiß nichts von ihm.«

* * *

Er erreichte das Haus, in dem sein nächstes Opfer lebte. Der Mann wohnte im Dachgeschoss. Nicht ideal für sein Vorhaben, denn auf dem Weg nach oben könnte er einem potenziellen Zeugen begegnen. Nicht zuletzt aus diesem Grund hatte er sich wieder für normale Alltagskleidung entschieden. Hätte er sich eine Polizeiuniform besorgt, wäre das zu auffällig gewesen. Er drückte die Klingel seiner Zielperson. Den Kopf hielt er zur Tür gerichtet und leicht gesenkt, nur für den Fall, dass gerade ein Nachbar aus dem Fenster schaute.

»Hallo?«, erklang seine Stimme.

»Herr Remme?«, vergewisserte er sich.

»Um was geht's?«

»Ich bin Hauptkommissar Schulz. Es geht um die Drohung gegen Barbara Guttenberger, über die Sie informiert sind, wenn wir uns nicht irren.«

»Geht es Babs gut?«

»Ja, alles wunderbar. Mein Besuch ist eine reine Vorsichtsmaßnahme. Lassen Sie mich bitte herein. Über die Gegensprechanlage möchte ich ein so sensibles Thema nicht besprechen.«

»Sie müssen nach ganz oben.«

Der Türsummer erklang. Er drückte mit der Schulter die Haustür auf und betrat den Flur. Zufrieden lächelnd steuerte er die erste Stufe an. Er hatte gepokert und gewonnen. Irgendwer musste Remme informiert haben, dass Barbaras Lieblingsmensch in akuter Gefahr schwebte. Langsam ging er nach oben. Ein letztes Risiko blieb. Warteten dort Polizisten auf ihn, um ihn festzunehmen? Vorstellen konnte er sich das nicht, aber er würde genau auf Remmes Verhalten achten. Falls die Bullen ihn eingespannt hatten, würde der Mann sich verraten.

* * *

»Um wen handelt es sich?«, fragte Kraft.

Barbara schaute zu Boden. »Er heißt Steffen. Steffen Remme.« Wieder schluchzte sie.

Kraft war sich nicht sicher, ob sie den Namen richtig verstanden hatte. Trotzdem erschien es ihr unklug, die Frau zu sehr unter Druck zu setzen. »In welcher Verbindung stehen Sie mit Herrn Remme?«

»Oh Gott«, flüsterte Barbara. »Rüdiger bringt mich um.«

»Das macht er garantiert nicht. Sie müssen uns helfen, einen Mord zu verhindern. Was hat es mit diesem Steffen und Ihnen auf sich? Haben Sie ihn frisch kennengelernt?«

»Wenn es bloß so wäre. Ich kenne ihn, seit ich 19 bin.«

Die Information beunruhigte Kraft. Jemand, mit dem sie so lange Kontakt hielt, käme durchaus als Lieblingsmensch infrage. »Frau Guttenberger, ich will Sie nicht unnötig belasten, aber wir dürfen keine weitere Zeit verlieren. Sagen Sie mir alles, was wichtig ist.«

»Steffen und ich waren ein Paar.«

»Wann?«

»Als ich 19 war. Das hat nicht funktioniert. Wir können nicht mit- und nicht ohneeinander.«

»Führen Sie mit ihm eine heimliche Affäre?«

Barbara schluchzte und stieß ein langgezogenes »Jaaa« aus.

»Wann haben Sie sich zuletzt getroffen?«

»Letzten Samstag.«

Kraft konnte das nicht glauben. »Sie waren nicht mit Ihrer Freundin im Kino?«

»Chrissy hat mir ein Alibi gegeben. Es tut mir leid.«

»Sagen Sie mir sofort die Adresse des Mannes.«

»Warum?«

»Weil wir einen Mord verhindern müssen!«

»Glauben Sie wirklich?« Stockend nannte Barbara die Anschrift.

»Einen kurzen Moment. Wir reden gleich weiter.« Kraft zog ihr Telefon aus der Hosentasche und wählte Sommers Nummer.

»Was gibt's?«, meldete der sich.

»Eventuell hat der Mörder es auf jemand anderen abgesehen. Der Mann heißt Steffen Remme. Einzelheiten nenne ich euch später. Fahrt so schnell wie möglich zu ihm.« Sie teilte ihm die Adresse mit. Dann beendete sie das Gespräch.

»Das kann nicht sein«, flüsterte Barbara. »Niemand wusste von uns. Außer Chrissy.«

»Sie sollten sich nicht zu sicher sein«, erwiderte Kraft. »Frau Guttenberger, Sie rufen ihn jetzt an und warnen ihn vor. Sagen Sie ihm, dass zwei Hauptkommissare auf dem Weg zu ihm sind. Sie heißen Drosten und Sommer. Ihnen soll er öffnen, sonst niemandem.«

»Aber dann bekommt Rüdiger alles mit.«

»Das ist unvermeidlich. Verhindern können Sie das sowieso nicht mehr. Sie können nur noch das Leben eines Mannes retten, der Ihnen offenbar viel wert ist.«

Barbara starrte sie an. In diesem Moment klopfte es an der Tür. Ohne dass jemand von ihnen ›Herein‹ rief, öffnete sie sich. Rüdiger schaute zu seiner Frau.

»Was ist hier los?«, wollte er wissen. »Irgendetwas stimmt nicht.«

»Herr Guttenberger, das muss warten«, sagte Kraft.

»Ich habe lange genug gewartet. Barbara, was verschweigst du mir?«

»Nichts.«

»Du lügst!«

Sein vorwurfsvoller Tonfall brachte Bewegung ins Spiel. Barbara erhob sich von der Toilette.

»Ich muss telefonieren.«

»Mit wem?«

»Herr Guttenberger, es ist wichtig. Lassen Sie Ihre Frau durch.«

»Ich will erst wissen, was hier aufgeführt wird. Mit wem musst du telefonieren?« Er machte sich im Türrahmen breit.

»Ich will vorbei!«

»Wen rufst du an?«

»Herr Guttenberger. Gehen Sie aus dem Weg!«, sagte Kraft barsch.

»In meinem Haus erteilt mir niemand Befehle!«

Unvermittelt schrie er erschrocken auf. Der Polizist, der die Nacht mit seiner Kollegin im Gästezimmer verbracht hatte, packte ihn von hinten und zog ihn aus der Tür.

»Loslassen!«, brüllte Rüdiger.

Seine Frau zwängte sich an ihm vorbei. Die beiden starrten sich einen kurzen Moment an, dann lief sie ins Wohnzimmer. Kraft ging auf ihn zu.

»Bleiben Sie bitte ruhig«, sagte sie leise. »Das alles wird sich klären. Nur muss Ihre Frau ein wichtiges Telefonat führen.«

»Mit wem?«

»Jemandem, der eventuell das eigentliche Ziel des heutigen Tages ist.«

»Von wem reden Sie? Einem Mann? Kenne ich ihn?«

»Später!« Auch sie ging an ihm vorbei und folgte Barbara Guttenberger ins Wohnzimmer.

»Lassen Sie mich endlich los«, beschwerte sich der betrogene Ehemann.

Kraft schaute über die Schulter und nickte dem Berliner Polizisten zu. Sie stellte sich so in den Durchgang zum Wohnzimmer, dass der Ehemann keine Chance hatte, sich an ihr vorbeizuzwängen. Seine Frau hielt bereits das Telefon ans Ohr.

17

Steffen Remme wartete an der Tür auf ihn. Die Wohnungstür stand weit offen. Der Mann wirkte in keiner Weise übertrieben nervös und schaute nicht ein einziges Mal in die Wohnung, als müsse er sich moralischen Beistand holen.

»Hallo«, sagte er. »Schulz von der Kripo Berlin Mitte.« Er präsentierte ihm eine Dienstmarke, die er in einem Spielwarengeschäft besorgt hatte.

Remme warf nur einen kurzen Blick darauf. »Was führt Sie zu mir?«

»Wie viel wissen Sie über die Bedrohungslage gegen Barbara Guttenberger?«

»Also ... ich ...«

»Wäre es möglich, dass wir uns in der Wohnung unterhalten?« Er senkte die Stimme. »Muss ja nicht jeder Nachbar mitbekommen.«

»Sie haben recht. Kommen Sie!« Remme bedeutete ihm einzutreten. »Gehen wir ins Wohnzimmer.«

Er hielt den Atem an. Nun kam der Moment der Entscheidung. Lauerten die Bullen ihm auf? Er würde sich nicht kampflos ergeben. Remme schloss die Tür. Er überschritt die Schwelle zum Wohnzimmer und schaute sich schnell um. Hier drohte keine Gefahr.

»Nehmen Sie auf der Couch Platz«, bat Remme ihn.

Er setzte sich hin. Remme ließ sich in den Sessel sinken.

»Sind wir uns schon einmal begegnet?«, fragte er. »Sie kommen mir ein bisschen bekannt vor.«

Die Frage überraschte ihn. Er nahm sich die Zeit, Remme lange in die Augen zu sehen. »Ihr Gesicht sagt mir nichts«, behauptete er.

»Hm. Vermutlich irre ich mich. Sie sind wegen Barbara hier. Ich weiß von der Entführung und dass Sie, also die Polizei, befürchten, jemand habe es auf Barbaras Lieblingsmenschen abgesehen. Was ja dann ziemlich sicher ihr Ehemann Rüdiger sein dürfte.«

»Da bin ich mir nicht so sicher«, erwiderte er. »Grundsätzlich haben Sie recht. Es geht um die Entführung und das eintätowierte Datum.«

»Wie kann man ihr nur so was antun?«

»Ach, wenn Sie wüssten, wozu Menschen in der Lage sind. Je länger ich den Beruf ausübe, desto schlimmere Sachen erlebe ich. In erster Linie schützen meine Kollegen mit großem personellen Aufwand die Familie Guttenberger. Aber bei einer letzten Lagebesprechung heute Morgen hat sie auch Ihren Namen genannt.«

»Wirklich? Was hat Rüdiger dazu gesagt?«

Er beugte sich vertrauensvoll vor. »Der hat das gar nicht mitbekommen. Das wurde sehr diskret gehandhabt.«

»Gott sei Dank.«

»In den letzten Stunden haben wir Ihr Wohnviertel heimlich bewacht, aber es gibt keine Anzeichen einer akuten Gefährdung. Ich bin nur hier, um Sie zu bitten, heute die Wohnung nicht mehr zu verlassen. Ist Ihnen das möglich, oder haben Sie unaufschiebbare Termine?«

Remme zögerte nur kurz. »Das kriege ich hin. Obwohl ich ... egal.«

»Fantastisch. Das erleichtert uns Ihren Schutz sehr.«

»Glauben Sie wirklich, Babs oder sonst jemand schwebt in Gefahr? Ich kann mir das nicht vorstellen.«

»Wissen Sie über die Vorgänge in Leipzig Bescheid?«

»Nur grob. Ich habe in den letzten Tagen nicht mit Babs telefoniert.«

»Natürlich nicht.«

Wie aufs Stichwort ertönte der Klingelton eines Handys. Beide Männer schauten gleichzeitig zur Geräuschquelle. Das Telefon lag nicht in unmittelbarer Reichweite, sondern auf dem kleinen Esstisch. Remme erhob sich.

»Das sind entweder meine Kollegen, die mit Ihnen das weitere Vorgehen besprechen wollen, oder Frau Guttenberger. Sie hatte Bedenken, Sie könnten die Bedrohung nicht ernst nehmen. Schalten Sie bitte den Lautsprecher ein. Dann kann ich mithören.«

Remme trat an den Esstisch und griff zum Telefon. »Das gibt's ja gar nicht. Es ist wirklich Barbara.« Er nahm den Anruf an und aktivierte den Lautsprecher.

»Hallo, Schatz.« Beim Kosenamen senkte er die Stimme.

»Steffen! Gott sei Dank, ich erreiche dich! Dein Leben ist in Gefahr. Der Mörder hat es vielleicht auf dich abgesehen.«

Als wäre diese panische Warnung der Startschuss für ihn, stand der falsche Polizist auf. Er lächelte Remme beruhigend zu.

»Hier ist alles in Ordnung. Vor zwei Minuten hat es geklingelt. Der Polizist, den du zu meinem Schutz geschickt hast, ist bei mir. Wir besprechen gerade die nächsten Stunden. Er meint, ich soll heute am besten die Wohnung nicht mehr verlassen. Wie geht's dir? Stehst du es durch?«

* * *

Hatte sie das richtig verstanden? Die Polizei war schon bei Steffen vor Ort und beschützte ihn? Ihr fiel ein Stein vom Herzen. Barbara blickte zu Hauptkommissarin Kraft. Die wirkte keineswegs erleichtert. Ganz im Gegenteil.

»Geben Sie mir das Telefon!«, bat sie eindringlich.

Überrumpelt reichte Barbara ihr das Smartphone.

»Herr Remme! Sind zwei Polizisten bei Ihnen?«

»Nein! Nur ...« Plötzlich schrie Remme überrascht auf. »Was soll das Messer?«

»Herr Remme!«, brüllte Kraft. »Das ist der Täter.«

Hilflos lauschte sie dem Schmerzensschrei des Mannes. Sie vernahm Gelächter, das sicher nicht von ihm stammte.

»Was passiert da?«, wollte Barbara wissen.

Kraft deaktivierte den eingeschalteten Lautsprecher. Sie winkte die Berliner Polizistin herbei, während sie angestrengt zuhörte. Wie weit waren Lukas und Robert noch entfernt?

Die Polizistin legte Barbara einen Arm um die Schulter. »Gehen wir ins Schlafzimmer«, sagte sie leise.

Aus dem Smartphone war der nächste Schmerzensschrei zu hören, trotz abgeschalteter Mithörfunktion. Es polterte. War gerade Steffen das Telefon aus der Hand gefallen?

Der Berliner Polizist drängte Rüdiger fast unmerklich in eine Ecke des Raumes und stellte ihn für den Moment ins Abseits.

»Was ist mit Steffen?«, fragte Barbara in jammerndem Ton.

»Wer ist dieser Mistkerl?«, schrie Rüdiger.

»Beruhigen Sie sich.« Der Polizist baute sich vor ihm auf.

»Wer ist das?«, wiederholte der Mann trotzdem.

Kraft presste sich das Telefon fester ans Ohr, vermutlich, um keinen Hinweis zu verpassen, der ihnen später weiterhelfen würde. Doch am anderen Ende war es mittlerweile still. »Hallo?«, sagte sie schließlich. »Sprechen Sie mit mir! Ich kann Ihnen helfen!«

Niemand antwortete ihr. Stattdessen ertönten drei leise Piepser, und die Verbindung brach ab. Kraft legte das Telefon beiseite, rief über ihr eigenes Telefon Robert Drosten an und schaltete den Lautsprecher auf Mithören. »Wie weit seid ihr noch entfernt?«, fragte sie, als er sich meldete.

»In sechs Minuten sind wir vor Ort, falls die Navianzeige stimmt.«

»Ich fürchte, der Mörder ist uns zuvorgekommen.« Grob fasste sie die Ereignisse zusammen. »Seid verdammt vorsichtig! Vielleicht ist er noch in der Wohnung.«

* * *

Er starrte auf die Leiche, die bäuchlings am Boden lag. Blut breitete sich unter ihr aus. Er hatte lediglich vier Messerstiche benötigt, um Remme zu erledigen. Einmal in den Hals, dreimal in den Bauch. An seinen Händen klebte Blut. Obwohl er ahnte, dass er nicht lange in der Wohnung bleiben durfte, musste er sich säubern. Rasch ging er ins Badezimmer und reinigte unter kaltem Wasser Messer und Hände, bis vom verräterischen Blut nichts mehr übrig blieb. Mit nassen Fingern drehte er den Hahn zu und wischte zuletzt mit dem Ellenbogen darüber. Das sollte reichen, um keine beweiskräftigen Spuren zu hinterlassen.

Er kehrte ins Wohnzimmer zurück. Am liebsten hätte er sich stundenlang an dem Anblick erfreut. Es tat so gut, am Ende gewonnen zu haben. Wenn er seinen Sieg nicht gefährden wollte, musste er verschwinden. Remme war weder sein letztes noch sein wichtigstes Opfer.

»Bastard!«, zischte er, als er sich abwandte.

An der Wohnungstür schaute er zuerst durch den Spion. In dem kleinen Ausschnitt des Hausflurs war nichts zu sehen. Er öffnete die Tür und lauschte. Kein einziges Geräusch drang zu ihm. Er warf einen letzten Blick zurück in die Wohnung. Hatte er irgendetwas vergessen? Sobald er die Tür zugezogen hätte, könnte er es nicht mehr korrigieren. Er beschloss, sie einfach offen zu lassen. Die Bullen waren auf dem Weg hierher. Was verlor er, wenn er sie nicht zuwarf? Im schlimmsten Fall könnte er sogar zurückkehren und sich verschanzen.

Mit gesenktem Kopf ging er die Treppe hinunter.

* * *

»Da vorne. Das gelb angestrichene Haus!« Drosten deutete zum Gebäude.

Sommer fuhr auf den Bürgersteig und parkte direkt vor der geschlossenen Haustür. Das mobile Blaulicht war auf dem Dach montiert und würde sie vor Scherereien beschützen. Von Kraft hatten sie in einem zweiten Telefonat erfahren, dass Streifenwagen zu ihnen unterwegs waren.

Trotzdem stiegen sie schon aus. Sommer rüttelte an der Haustür.

»Zu!«, rief er.

»Ob es einen Hintereingang gibt?« Drosten schaute sich um. Sechs Gebäude schlossen in der kleinen Seitenstraße aneinander an. »Bleib du hier!«

Drosten lief bis ans Ende der Gebäudereihe. Er umrundete sie über die angrenzende Stichstraße. Dreißig Schritte weiter hatte er endlich freie Sicht auf die Rückseite. Tatsächlich gehörte zu jedem Gebäude ein Hintereingang.

Drosten angelte das Telefon aus der Jackentasche und wählte Sommers Nummer. Der meldete sich prompt. »Es gibt einen Hinterausgang.«

»Scheiße!«, brummte Sommer.

»Warten wir auf die Verstärkung?«

»Nein! Das dauert mir zu lange. Wer weiß, wann die ankommt. Behalte du den Ausgang im Blick. Ich geh schon mal hoch.«

»Mach das!«

* * *

Sommer schob das Telefon in die Hosentasche. Er drückte die beiden untersten Klingeln und wartete. Nichts passierte.

»Kommt schon! Irgendwer wird wohl im Haus sein.«

Er betätigte die dritte Klingel. Frustriert schaute er auf die dicke Milchglasscheibe. Sollte er versuchen, sie einzuschlagen?

»Hallo?«, ertönte endlich eine verschlafen klingende Frauenstimme.

»Polizei! Öffnen Sie bitte!«

»Was?«

»Ich muss einfach nur in den Hausflur. Ihr Nachbar Remme schwebt in Lebensgefahr.«

»Steffen? Oh Gott.«

Der Türsummer erklang.

»Danke! Öffnen Sie nicht die Wohnungstür. Eventuell versteckt sich ein Mörder im Treppenhaus.«

Sommer betrat den Flur und lauschte. Es war nichts zu hören. Er zog seine Waffe und senkte den Lauf. Mit dem Rücken presste er sich so dicht wie möglich an die Wand. Vorsichtig brachte er die ersten Stufen hinter sich und erreichte das Hochparterre. Remme wohnte im Dachgeschoss, insgesamt lebten in dem Haus neun Parteien. Also vermutlich vier Etagen plus Dachgeschoss.

Sommer setzte seinen Weg fort. Alles blieb ruhig. Im ersten Stockwerk stand keine Tür offen. Als er an der rechten Wohnung vorbeiging, öffnete sich die Tür und eine Frau schaute hinter angelegter Kette heraus.

»Sind Sie der Polizist?«

»Ja! Verschließen Sie Ihre Tür wieder.«

Die Frau folgte dem Befehl. Sommer setzte seinen Weg fort. Er erreichte die nächsten Etagen ohne Zwischenfall. Am letzten Treppenabsatz ging er in die Hocke und warf einen Blick nach ganz oben.

Die Wohnungstür stand offen, Gefahr schien nicht zu drohen. Sommer ahnte, was das bedeutete. In normaler Haltung brachte er die letzten Stufen hinter sich.

»Herr Remme?«, rief er an der Türschwelle.

Der charakteristisch kupferne Geruch nach Blut drang schwach in seine Nase. Sommer betrat die Wohnung. Instinktiv wandte er sich nach links. Nach drei Schritten konnte er das Wohnzimmer überblicken.

Ein Mann lag reglos am Boden. Unter ihm hatte sich eine Blutlache ausgebreitet. Sommer griff zum Telefon, um Drosten zu informieren.

18

Verena Kraft sprach leise ins Handy. »Ja, ich übernehme das«, erklärte sie Drosten. »Ihr bleibt vor Ort. Howe und Tenkel stoßen zu euch. Die sollten in spätestens fünfzehn Minuten da sein.« Sie lauschte und nickte, dann trennte sie die Verbindung.

»Was ist mit Steffen?«, fragte Barbara Guttenberger. Sie saß am Esstisch und hielt sich mit den Händen an der Tischkante fest.

»Es tut mir sehr leid«, sagte Kraft.

»Nein!« Sie stöhnte wie ein verwundetes Tier. »Bitte nicht!«

»Meine Kollegen waren ein paar Minuten zu spät vor Ort. Sie haben Herrn Remme nicht mehr retten können.«

»Warum nicht? Wieso haben sie so lange gebraucht?« Barbara starrte sie vorwurfsvoll an.

Kraft hielt es für zwecklos, mit ihr darüber zu diskutieren, dass der Mord hätte verhindert werden können, wäre Guttenberger nur ehrlicher zu ihnen gewesen. Sie würde kein Salz in die Wunde streuen. Vor der Frau lagen schwere Tage und Wochen. Nicht nur, weil sie einen Menschen verloren hatte, der ihr viel bedeutete, sondern auch, weil sich das auf ihre Ehe auswirken würde. Der Ehemann saß momentan im Arbeitszimmer. Der Berliner Polizist verhinderte eine direkte Konfrontation der Ehepartner.

Guttenbergers Schultern bebten. Sie brach in Tränen aus und stieß den Namen ihres Geliebten aus. Kraft ging auf sie zu.

»Kommen Sie her«, sagte sie leise.

Barbara schob den Stuhl zurück, erhob sich schwerfällig und nahm die angebotene Umarmung dankbar an.

»Sie kriegen das hin«, flüsterte Kraft. »Der Schmerz wird kleiner werden.«

»Wann?«, fragte Barbara.

»Schon bald.«

Die Frauen standen nah beieinander. Kraft streichelte sanft den Rücken der Trauernden, die sich schließlich von ihr löste. Im Gehen strich sie sich die Tränen aus den Augen und steuerte die Diele an.

»Warum, Rüdiger?«, schrie sie.

Der Ehemann kam seinerseits bis zur Türschwelle, wo er von dem Polizisten aufgehalten wurde.

»Willst du mir endlich etwas beichten?«, fragte er nicht minder laut.

»Wieso hast du ihn umbringen lassen?«

»Spinnst du?«

Angespannt verfolgte Kraft das Wortgefecht. Sie stand nur zwei Schritte hinter der Ehefrau, griff jedoch nicht ein.

»Du hast einen Killer auf ihn angesetzt. Wie konntest du nur?«

»Du bist völlig verrückt!«, keifte er. »Ich mache dich bei der Scheidung fertig. Du kriegst keinen Cent von mir.« Er wollte sich an dem Polizisten vorbeizwängen, aber der hielt ihn zurück.

Auch Barbara Guttenberger machte einen weiteren

Schritt aufs Arbeitszimmer zu. »Dafür wirst du bezahlen!« Wieder schluchzte sie.

Kraft trat zu ihr und zog sie ein Stück zu sich. »Kommen Sie! Wir sollten uns alle beruhigen.«

* * *

Im Berliner Präsidium brachten sie das Ehepaar in getrennte Räume. Die Polizisten beobachteten die Befragungen über die automatische Videoaufzeichnung. Barbara Guttenberger kämpfte immer wieder mit den Tränen, ihr Ehemann saß mit verschränkten Armen auf dem Stuhl und starrte in die an der Decke hängende Kamera.

»War das ein kluger Schachzug, sie hier ins Präsidium zu bringen?«, fragte Hauptkommissar Tenkel. Die Zweifel in seiner Stimme waren nicht zu überhören.

»Ich bin froh, dass Sie uns die Räume zur Verfügung stellen«, erwiderte Kraft. »Die Stimmung im Haus war zu aufgeheizt. Wir lassen sie ein bisschen abkühlen und bekommen dann hoffentlich Antworten auf unsere Fragen.«

»Ob in dem Vorwurf der Ehefrau ein Körnchen Wahrheit steckt?«, wollte Drosten wissen.

»Ihr Vorwurf hat ihn definitiv überrascht«, antwortete Kraft. »Gleichzeitig ist er in seiner männlichen Eitelkeit verletzt und ziemlich bissig. Er hat ihr mit einer folgenschweren Scheidung gedroht.«

»Verbindungen von Rüdiger Guttenberger nach Leipzig haben wir bislang keine gefunden«, stellte Sommer fest. »Aber vielleicht sind wir ja gleich schlauer. Wie teilen wir uns auf? Gehen wir jeweils zu zweit zu den beiden?«

Tenkel hob die Arme. »Ich verzichte darauf. Bringt in diesem emotionalen Ausnahmezustand nicht viel.«

»Das sehe ich anders. Ich will dabei sein«, entgegnete seine Partnerin.

»Dann ist es recht einfach«, meinte Kraft. Sie wandte sich Howe zu. »Gehen wir beide zu Frau Guttenberger und punkten mit weiblichem Einfühlungsvermögen?«

»Einverstanden«, sagte die Berliner Hauptkommissarin.

»Lukas und ich übernehmen den Anwalt.«

Tenkel nickte. »Das ist ganz in meinem Sinne. Viel Erfolg!«

Drosten ging voran und hielt seinem Partner die Tür auf. Der Anwalt zog seine Mundwinkel noch mehr nach unten, als er sah, wer ihn befragen würde.

»Was soll das?«, erkundigte er sich.

Drosten und Sommer setzten sich nacheinander hin. Sie waren ein eingespieltes Team.

»Wieso stecken Sie mich wie einen Verdächtigen in ein Vernehmungszimmer? Wegen der lächerlichen Vorwürfe der kleinen ...« Er zähmte sich rechtzeitig und ließ die Arme sinken.

»Sie sind kein Beschuldigter«, stellte Drosten klar.

»Sonst hätten Sie mich schon längst über meine Rechte belehren müssen«, erwiderte Rüdiger.

»Zum Beispiel«, stimmte Drosten zu. »Wir haben Ihre Frau und Sie ins Präsidium gebracht, weil wir Sie hier in Ruhe befragen können. Der Täter hat ein zweites Mal gemordet. Wir müssen ihn aufhalten und hoffen, Sie können uns dabei helfen.«

»Wohl kaum. Ich hab ja anscheinend jahrelang gar nichts kapiert.«

»Sie hatten also nie den leisesten Verdacht, Ihre Frau könnte Sie betrügen?«, folgerte Sommer.

Der Anwalt schüttelte vehement den Kopf. »Sie können nicht glauben, wie dumm ich mir gerade vorkomme. Ich meine ...« Er stieß ein verzweifeltes Lachen aus. »Dieser Mist... Nebenbuhler ist Barbaras Lieblingsmensch? Verstehe ich das richtig?«

»Zumindest in den Augen des Täters«, sagte Drosten.

»Unfassbar! Einfach unfassbar! Wie blind muss ich gewesen sein?«

»Gehen wir am besten ein paar Jahre zurück«, schlug Sommer vor. »Wie haben Sie sich kennengelernt?«

Ein angedeutetes Lächeln umspielte Guttenbergers Lippen. »Das war richtig schön. Ich hatte mit einem furchtbaren Abend gerechnet und stattdessen ...« Sein Lächeln wurde breiter. »Barbaras Firma hatte zu einem Sommerfest eingeladen. Eine befreundete Anwältin, die manchmal beratend für die Versicherung tätig war, hatte eine Einladung erhalten, aber ihr fehlte eine Begleitung. So fragte sie mich. Verstehen Sie mich nicht falsch. Das war ein reiner Freundschaftsdienst. Und dort auf dem Fest sah ich Babs das erste Mal. Für mich war es Liebe auf den ersten Blick. Auch sie hat das immer behauptet. Ob es stimmt?« Die Ratlosigkeit stand ihm ins Gesicht geschrieben.

»Am Anfang Ihrer Beziehung haben Sie sich bestimmt über Ex-Partner unterhalten, oder?«, vermutete Sommer.

»Ist völlig normal.«

»Fiel je der Name Steffen Remme?«

Guttenberger zögerte. Sein Blick wurde glasig, als wäre er mit den Gedanken woanders. Versuchte er, sich an ihre Gespräche zu erinnern?

»Nein«, sagte er schließlich. »Nicht mal in einem Nebensatz. Ich schwöre Ihnen, den Namen habe ich heute das erste Mal gehört.« Er griff zu der Wasserflasche auf dem Tisch vor ihm und schüttete das Mineralwasser in einen Plastikbecher. Seine Hände zitterten, ein paar Tropfen landeten daneben. »Wie konnte sie mit dieser Lüge leben?« Er trank den Becher zur Hälfte leer. »Ich kapier's einfach nicht. Wir haben so viel durchgestanden. Sie ist nicht in der Lage, Kinder zu gebären. Mit medizinischen Einzelheiten will ich Sie nicht langweilen. Fragen Sie sie selbst, falls Sie das wichtig finden. Ich habe immer zu einhundert Prozent zu ihr gestanden. Nie den kleinsten Trennungsgedanken gehegt. Obwohl es in den Kreisen, in denen wir uns gesellschaftlich bewegen, normal ist, zwei oder sogar drei Kinder zu haben. Ich hatte den Eindruck, das würde uns zusammenschweißen. Und jetzt?«

»Haben Sie sich je, und sei es nur aus Neugierde, über einen Ex-Partner Ihrer Ehefrau informiert?«, wollte Drosten wissen.

»Sie meinen, außerhalb der Geschichten, die sie mir erzählt hat? Nein. Wieso hätte ich das tun sollen?«

»Manchmal ist man aus den nichtigsten Gründen eifersüchtig«, sagte Sommer.

»Das ist ein Wesenszug, der mir fremd ist. Nennen Sie mich naiv. Darauf läuft es wohl hinaus. Ich hätte viel misstrauischer sein sollen. Wie konnte ich glauben, sie würde mit einer Freundin in einen Monsterfilm gehen? So dumm!« Er stützte seine Arme auf den Tisch und barg sein Gesicht in den Händen.

Drosten musterte ihn. Nichts deutete darauf hin, dass er in die Morde verwickelt war. Er war seelisch schwer getroffen.

Der Anwalt senkte die Hände. »Wie geht es jetzt weiter?«

»Mit Ihnen beiden?«, vergewisserte sich Drosten.

»Auch, aber nicht nur. Sind Sie sicher, dass sie nicht mehr in Gefahr schwebt?«

»Ja«, antwortete Drosten. »Wir sorgen weiter für ihren Schutz, trotzdem können Sie in dieser Hinsicht unbesorgt sein.«

Rüdiger atmete tief ein und aus. »Wissen Sie, was ich nicht verstehe? Wieso sie sich damals für mich entschieden hat, wenn sie einen anderen Mann geliebt hat.«

»Ich bin sicher, unsere Kolleginnen werden das ansprechen.«

»Vielleicht will ich die Antwort gar nicht hören. Am besten fahre ich jetzt nach Hause, packe ein paar Sachen und schlafe im Hotel. Dann kann Barbara zurück in die Wohnung, sobald sie dazu in der Lage ist.«

»Das ist sehr großzügig von Ihnen«, stellte Sommer fest.

»Was ich vorhin im Streit gesagt habe, tut mir leid. Das war nicht so gemeint.«

»Darf ich Ihnen einen Rat geben?«, fragte Drosten. »Werfen Sie die Flinte nicht zu schnell ins Korn. Ich spüre, Sie empfinden noch immer viel für Ihre Frau. Ich selbst war vor ein paar Jahren in einer Situation, in der meine Ehe auf der Kippe stand. Wir hätten es fast nicht geschafft. Heute sind wir glücklicher denn je.«

»Danke für Ihre tröstenden Worte«, sagte der Anwalt. »War es das für uns? Ich wäre jetzt lieber eine Weile allein. Sobald ich im Hotel angekommen bin, teile ich Ihnen mit, wo ich untergekommen bin.«

»Eine Frage haben wir noch«, erwiderte Sommer. »Haben Sie berufliche oder private Verbindungen nach Leipzig?«

Guttenberger lächelte. »Das hat mich Barbara gestern auch gefragt. Da hat sie wohl zum ersten Mal einen Verdacht gegen mich gehegt. Nein! Meinen letzten Klienten aus Sachsen hatte ich vor sieben oder acht Jahren. Genauer könnte ich Ihnen das nur sagen, wenn ich im Büro nach der Akte suche. Vorausgesetzt, Sie respektieren meine berufliche Schweigepflicht. Glauben Sie mir, ich habe nichts mit dem zu tun, was in Leipzig passiert ist. Oder was diesem ...« Er presste die Lippen zusammen. »... Ehebrecher zugestoßen ist«, fuhr er fort. »Mitleid habe ich bloß mit meiner Frau, nicht mit ihm. Ich hoffe, Sie verstehen das.«

19

»Was können Sie uns über Herrn Remme erzählen?«, fragte Kraft mit sanfter Stimme.

Barbara Guttenberger hatte sich ein bisschen beruhigt. Trotzdem ging Kraft nicht zu forsch vor, um ihren Fortschritt nicht zu gefährden.

»Nennen Sie ihn bitte Steffen«, sagte sie leise. »Er hat seinen Nachnamen gehasst. Was an seinen Eltern, seiner Familie lag. Zu der hat er als 18-Jähriger den Kontakt abgebrochen.«

»Hat er Ihnen erzählt, warum es so weit kam?«

»Er war das ungewollte dritte Kind und wurde entsprechend behandelt. Seine Eltern haben ihn nie geschlagen, aber psychisch fertiggemacht.«

Kraft beschloss, dieser Abzweigung nicht weiter zu folgen. Ein Verwandter, zu dem das Opfer seit vielen Jahren keinen Kontakt mehr hatte, steckte mit ziemlicher Sicherheit nicht hinter dem Mord.

»Reden wir über Steffen und Ihre Anfangszeiten«, schlug Kraft vor.

»Ich habe ihn in einem Supermarkt kennengelernt. Da hat er als Aushilfe gearbeitet.« Sie lächelte. »Er war geschickt darin, mir als Kundin die Handynummer abzuluchsen.«

Sie erzählte von ihrer ersten Beziehung, die nach ein paar Monaten zerbrochen war.

»Das nächste Mal kamen wir zusammen, als wir beide Single waren. Wir waren uns einig, es langsam anzugehen. Wir verbrachten Zeit miteinander, landeten auch wieder im Bett und wollten beide keine neue Beziehung. Um nicht zu gefährden, was wir empfanden, wenn wir zusammen waren. Vielleicht war das unsere beste Phase. Na ja. Irgendwann endete sie, weil ich mich in jemand anderen verliebt habe. Und als es mit diesem neuen Freund kompliziert und stressig wurde, meldete ich mich bei Steffen. Er lud mich zu sich ein, und ich betrog zum ersten Mal einen Partner mit ihm.« Guttenberger verzog missmutig die Lippen. »So sehr ich mich schäme, aber das wurde für mich zur Normalität. Was bin ich bloß für ein Mensch?«

»Sie haben also mehrere Männer mit Steffen hintergangen?«, hakte Howe nach.

»Insgesamt vier. Rüdiger ist einer von ihnen.«

»Können Sie uns die Namen sagen?«, bat Kraft.

»Na klar. Sie kennen die auch schon von meiner Liste.«

»Da wussten wir bloß noch nicht über Steffen Bescheid.«

Guttenberger nickte schuldbewusst. »Es tut mir leid«, sagte sie. »Ich hatte bis heute Morgen gehofft, meine Ehe retten zu können. Rüdiger gegenüber habe ich Steffen nie erwähnt. Ich hatte geahnt, dass auch der Ehering nicht verhindern wird, was eines Tages zwangsläufig passieren musste.«

»Wussten Ihre betrogenen Ex-Freunde über Steffen Bescheid?«, wollte Howe wissen.

»Zweien von ihnen habe ich den Seitensprung gebeichtet. Mein schlechtes Gewissen ließ mir damals keine andere Wahl. Aber das hat sich im Laufe der Jahre verflüchtigt.« Sie lachte bitter auf. »Oh Gott! Was habe ich bloß getan?«

»Beginnen wir mit diesen beiden Freunden. Wie heißen sie?«, fragte Kraft. Sie zückte einen Kugelschreiber und einen Notizblock.

»Christopher Schulz war der Erste. Er war derjenige, für den ich die Freundschaftsphase mit Steffen beendet habe. Wir waren sechs Monate ein Paar, bis ich mich wieder mit Steffen getroffen hab.« Guttenberger seufzte. »Dann Nico Höhne. Mit ihm war ich über ein Jahr zusammen. Nach meiner Beichte des Seitensprungs war sofort Schluss. Ach so, Christopher und ich haben es danach noch vier Wochen probiert. Aber die Sache belastete unsere Beziehung zu sehr. Der letzte Mann vor Rüdiger war Lars Fudalla. Ihm gegenüber habe ich meine Seitensprünge nie erwähnt. Er hat irgendwann mit mir Schluss gemacht und behauptet, mich nicht mehr zu lieben. Das kam total überraschend. Keine Ahnung, ob er etwas herausgefunden hat. Ich habe nicht nachgebohrt und die Trennung akzeptiert. Damals waren Steffen und ich kurz davor, noch einmal eine Beziehung einzugehen. Bis wir zur Einsicht kamen, dass es keinen Sinn hätte. Ein paar Wochen später habe ich Rüdiger kennengelernt.«

»Wissen Sie, was aus diesen Männern geworden ist?«, fragte Kraft.

»Seit unserer Hochzeit habe ich mich mit ihnen nicht mehr beschäftigt. Das ist jetzt alles ewig her. Tut mir leid. Da kann ich Ihnen nicht wirklich weiterhelfen.«

»Macht nichts«, sagte Kraft. »Die Namen sind schon hilfreich. Bestimmt finden wir Informationen über sie im Internet.«

»Glauben Sie denn, dass einer von ihnen der Mörder ist? Ich kann mir das nicht vorstellen.«

Kraft überlegte, was sie preisgeben konnte. Noch standen sie am Anfang der Ermittlungen, und sie wollte nicht spekulieren. »Wenn Steffen das erste und einzige Opfer wäre, würde ich den Fokus stark auf Ihre Ex-Freunde legen. Verletzte männliche Eitelkeit, Rachegefühle, Untreue. Das sind oft Antriebsfedern, die am Ende in Katastrophen münden. Allerdings verkompliziert der Mord in Leipzig die Ermittlungen. Sie haben immer hier in Berlin gelebt, richtig?«

Guttenberger nickte. »Noch nie woanders. Wieso auch? Berlin ist Stadt und Dorf zugleich.«

»Hat einer der drei Männer eine Verbindung nach Leipzig?«

»Wenn, dann kann ich mich nicht daran erinnern. Aber ganz sicher hat keiner von ihnen mir je Leipzig als seine Heimatstadt zeigen wollen.«

»Fotos von Denise und Ursula Sand haben wir Ihnen ja schon vorgelegt«, erinnerte sich Kraft. »Die haben nichts bei Ihnen ausgelöst. Oder wollen Sie das noch einmal überdenken, jetzt, da wir über Sie und Steffen Bescheid wissen?«

»Nein«, antwortete sie. »Mir kam keine der Frauen bekannt vor. Das kann ich ausschließen. In diesem Punkt habe ich Ihnen nichts verschwiegen.«

Kraft glaubte ihr. Endlich schien Guttenberger bereit zu sein, alles aufzudecken. Es war zwar zu spät, um Remme zu retten, aber vielleicht rechtzeitig genug, um eine dritte Entführung und einen weiteren Mord zu verhindern.

»Wir werden auch noch mit Frau Urban ausführlich sprechen müssen. Können Sie sich vorstellen, dass Ihre Freundin mit jemandem über Sie und Steffen geredet hat?«, wollte Howe wissen.

»Nein. Wieso hätte sie das tun sollen und mit wem? Chrissy hat mir immer versprochen, mein Geheimnis zu wahren. Hätte ich bloß auf sie gehört!«

»Wieso?«, fragte Kraft.

»Sie hatte schon gestern die Sorge, Steffen könnte das Opfer sein. Ich habe das abgetan, weil ich überzeugt war, dass niemand von uns wusste.«

»Wie war das bei Ihren Ex-Freunden, denen Sie den Seitensprung gestanden haben?«, erkundigte sich Kraft. »Haben Sie denen Steffens Namen genannt?«

»Das ist so lange her«, murmelte Guttenberger. Sie fuhr sich mit der flachen Hand durchs Gesicht und massierte die Stirn. »Ich weiß es nicht mehr genau. Christopher wollte nichts über ihn wissen. Nico? Ja, ich glaube, er hat sich nach Steffen erkundigt. Stimmt! Ich erinnere mich wieder. Er hat von mir verlangt, mit ihm zu sprechen, was ich abgelehnt habe. Das wäre in einer Prügelei geendet.«

Kraft notierte diese Einzelheiten unter der Namensliste. Ob das etwas zu bedeuten hatte, würden sie und ihre Kollegen in mühseliger Kleinarbeit herausfinden müssen.

Barbara Guttenberger unterdrückte ein Gähnen. Obwohl es erst Nachmittag war, hatten die Ereignisse der letzten Stunden viel Kraft gekostet.

»Entschuldigen Sie bitte«, sagte sie verlegen.

»Alles in Ordnung«, erwiderte Kraft. »Vielleicht sollten wir eine Pause einlegen, damit Sie sich ausruhen können.«

»Das wäre schön, auch wenn ich gar nicht weiß, wo ich hinsoll. Rüdiger lässt mich bestimmt nicht ins Haus.«

»Sind Sie beide im Grundbuch eingetragen?«, fragte Howe.

»Ja.«

»Dann kann er Sie nicht einfach rauswerfen.«

»Wir klären das für Sie«, schlug Kraft vor. »Zumal wir

auch organisieren müssen, wie wir Sie in den nächsten Tagen beschützen werden.«

»Ist das denn noch nötig?«, fragte sie erschrocken.

* * *

Kraft und Howe trafen sich mit Sommer und Drosten in Howes Büro.

»Ich habe ein anderes Anliegen, bevor wir uns gegenseitig auf den neuesten Stand bringen«, begann Kraft. »Frau Guttenberger stellt die berechtigte Frage, wo sie heute schlafen soll.«

»Ihr Mann hat sich bereit erklärt, ihr das Haus zu überlassen und in ein Hotel zu gehen. Er verzichtet auf Polizeischutz, weil er glaubt, dass die Gefahr vorüber ist«, sagte Drosten.

»Wirklich?« Mit der einlenkenden Reaktion des Ehemanns hatte Kraft nicht gerechnet.

»Ja, seine Wut ist verraucht«, meinte Sommer. »Ich denke, in ein paar Tagen hat er Interesse an einem klärenden Gespräch. Wir haben ihn übrigens schon gehen lassen.«

»Das wird sie sehr freuen zu hören. Ihr hegt keinen Verdacht gegen ihn?«, vergewisserte sich Kraft.

»Nein. Stand jetzt nicht.«

Kraft reichte Drosten den Zettel mit den Namen der Ex-Freunde.

»Was ist das?«, fragte er.

»Diese Männer hat Guttenberger auch mit Remme betrogen. Alles Ex-Freunde. Den oberen beiden hat sie es gebeichtet, der unterste hat zu ihrer Überraschung mit ihr Schluss gemacht. Sie vermutet, er könnte etwas geahnt haben. Wenn der Ehemann das Präsidium schon verlassen hat, könntet ihr eine erste Suche nach den Männern starten.

Ich gehe zurück zu ihr und teile ihr mit, dass sie in die Wohnung kann.«

»Ich kümmere mich darum«, versprach Drosten.

Kraft nickte ihm zu. Gemeinsam mit Howe verließ sie das Büro und ging zu dem Zimmer, in dem Barbara Guttenberger bei offener Tür saß.

»Wir haben gute Nachrichten für Sie«, sagte Kraft. »Ihr Ehemann überlässt Ihnen in den nächsten Tagen das Haus.«

»Wirklich?«

»Außerdem halten unsere Kollegen ihn nicht für verdächtig«, fuhr Kraft fort. »Sie können nach Hause und zur Ruhe kommen. Auf der Straße wird es weiter Polizeipräsenz geben, aber machen Sie sich keine Sorgen. Nichts deutet darauf hin, dass der Täter Sie erneut ins Visier nimmt. Ihr Mann ist übrigens auch an einem klärenden Gespräch interessiert. Vielleicht sollten Sie sich ein paar Tage Zeit lassen und dann mal alles auf den Tisch legen. Wenn Sie ihm gegenüber ehrlich sind, wer weiß? Entweder verzeiht er Ihnen sogar, oder Sie haben zumindest eine Grundlage für sich geschaffen, wie es weitergehen kann. Selbst, falls es am Ende auf eine Scheidung hinauslaufen sollte.«

»Ja. Das klingt gut.«

Kraft musterte die Ehefrau. Der Gedanke, sich mit ihrem Mann zu versöhnen, schien ihr neue Stärke einzuhauchen. Vielleicht ließ auch schon der Einfluss ihres Liebhabers nach. Oder war es noch zu früh, das zu bestimmen?

Guttenberger schaute Kraft bittend an. »Können Sie mich heimfahren?«

Kraft unterdrückte den Wunsch, lieber nach Informationen über die drei Ex-Freunde zu suchen. Sie lächelte. »Das mache ich sogar sehr gerne.«

»In welchem Hotel übernachtet Rüdiger?«

»Das will er uns noch mitteilen«, antwortete Howe. »Bislang wissen wir das nicht.«

»Soll ich ihm eine Whatsapp schreiben und mich bedanken, weil er mir das Haus überlässt?«

»Vielleicht keine schlechte Idee«, erwiderte Kraft.

20

Am Montagmorgen lud Drosten Mückenberg und Grimm zu einer Videobesprechung ein. Um zehn Uhr loggten sich alle Beteiligten ein.

»Wunderbar, dass das so zeitnah geklappt hat«, begrüßte Drosten alle. »Ich denke, wir sollten uns gegenseitig auf den neuesten Stand bringen, was unsere Bemühungen übers Wochenende gebracht haben. Verena, übernimmst du?«

Kraft lächelte. »Im Fokus stehen die drei Ex-Freunde, die Frau Guttenberger mit Remme betrogen hat. Je mehr wir über sie herausfinden, desto besser. Vor allem, falls es Bezüge nach Leipzig geben sollte. Leider gestaltet sich die Suche als schwierig. Beginnen wir mit dem Mann, der einen weitverbreiteten Namen trägt. Christopher Schulz. Wenn man den Namen in den sozialen Medien sucht, kommen zahlreiche Ergebnisse heraus. Außerdem müssen wir berücksichtigen, dass er sich auch bloß Chris nennen könnte, was zu weiteren Resultaten führt. Wir haben viele davon anhand von Postings in den sozialen Medien oder aufgrund des Alters ausschließen können. Trotzdem reden wir noch immer über eine zweistellige Anzahl. Grenzen wir das auf in Berlin oder Umgebung gemeldete Personen ein, bleiben vier übrig. Das BKA ist eingeschaltet und unterstützt uns, weil die Kollegen ja ganz andere Möglichkeiten der Suche haben. Wir hoffen, den Personenkreis in den nächsten achtundvierzig Stunden weiter einschränken zu können. Idealerweise auf einen Kandidaten.«

»Kommen wir auf den zweiten Ex-Freund zu sprechen«, übernahm Sommer das Wort. »Nico Höhne. Frau Guttenberger hatte uns ja mitgeteilt, dass Höhne sich damals nach Remme erkundigt habe. Als Einziger der Betrogenen. Über ihn haben wir sogar etwas gefunden. Er ist ein großer Manga-Fan.«

»In seinem Alter?«, fragte Mückenberg. »Ist das nicht eher was für jüngere Menschen?«

»Im Regelfall schon. Höhne betreibt Kanäle auf Tiktok, Snapchat, Facebook und Instagram. Er ist also wirklich omnipräsent im Netz unterwegs. Seine Postings drehen sich sehr oft um Verkleidungen, die teils richtig aufwendig sind. Das ist ein großes, zeitintensives Hobby für ihn. Wahrscheinlich auch mit einigen Kosten verbunden. Aufgefallen ist uns, dass im Laufe der letzten Jahre die Postings deutlich nachgelassen haben.«

»Er verkleidet sich also«, hakte Grimm nach.

»Richtig«, sagte Sommer.

»Macht ihn das verdächtiger?«, fragte Grimm. »Immerhin hat sich ein vermeintlicher Polizist Zugang zu Remmes Wohnung verschafft.«

»Den Gedanken hatten wir auch schon«, erklärte Sommer. »Allerdings ist es nicht erwiesen, dass er eine Uniform anhatte. Wir haben einen Zeugen in der Nachbarschaft ausfindig gemacht, der zur fraglichen Zeit einen Mann in Lederjacke am Hauseingang gesehen hat. An mehr konnte er sich nicht erinnern. Wenn das zufällig unser Mörder war, fällt die Theorie der Verkleidung flach.«

»Und trotzdem halten wir Höhne aus einem anderen Grund für interessant«, sagte Drosten. »Seine Vorliebe für Manga-Kostüme schafft eine Verbindung nach Leipzig.«

»Zur Buchmesse«, spekulierte Mückenberg. »Denn zeitgleich findet jedes Jahr die Manga-Comic-Con statt. Viele verkleidete Menschen auf dem Messegelände und in der Innenstadt.«

»Richtig«, erwiderte Sommer. »Wir haben sogar ein paar Fotos von ihm gefunden, die ihn eindeutig in eurer Stadt zeigen.«

»Wenn ihr uns alles Material weiterleitet, würde ich das Denise Sand vorlegen.«

»Überhaupt kein Problem«, antwortete Sommer. »Wir haben auch Höhnes Adresse herausgefunden. Er lebt in Berlin, und wir suchen ihn am späten Nachmittag auf. Unangekündigt. In der Hoffnung, ihn zeitnah anzutreffen.«

»Bleibt der dritte betrogene Ex-Freund« übernahm nun wieder Drosten. »Lars Fudalla. Über ihn haben wir noch gar nichts. Kein Profil in den sozialen Medien, und ein Namensabgleich hier in Berlin hat auch nichts erbracht.«

»Ich übernehme das für Leipzig. Vielleicht haben wir mehr Glück«, sagte Mückenberg. »Und wir gehen zu Denise Sand, bevor ihr diesen Manga-Fan zu kontaktieren versucht. Hauptsache, ihr schickt uns rasch das Material.«

»Schon so gut wie unterwegs«, erwiderte Drosten.

21

»Nicht das Ergebnis, das wir uns erhofft hatten, trotzdem wichtig zu wissen«, sagte Drosten. »Danke fürs schnelle Erledigen.« Er beendete das Telefonat.

»Keine positiven Nachrichten aus Leipzig«, folgerte Sommer, der am Steuer des Fahrzeugs saß. In zwanzig Minuten würden sie die Adresse erreichen, unter der Höhne gemeldet war.

»Nein. Sand konnte mit den Fotos von Höhne nichts anfangen. Sie kennt auch niemanden, der die Manga-Comic-Con besucht«, sagte Drosten, der die Informationen aus dem Gespräch mit Mückenberg hatte.

»Schade«, brummte Sommer. »Wäre zu schön gewesen.«

Der Mann wohnte in einem Mehrfamilienhaus mit insgesamt fünf Etagen. Drosten schaute auf seine Uhr. Es war halb vier nachmittags. Ob sie ihn antreffen würden? Der Name stand auf einem Klingelschild in der zweiten Reihe von unten. Drosten drückte den Knopf etwas länger.

Kurz darauf meldete sich jemand durch die Gegensprechanlage.

»Hallo?«

»Kriminalhauptkommissar Drosten. Herr Höhne?«

»Das bin ich. Worum geht's? Kriminalhauptkommissar? Habe ich das richtig verstanden?«

»Haben Sie. Weswegen wir hier sind, würden wir am liebsten nicht über die Gegensprechanlage erklären.«

»Und Sie können sich ausweisen?«

»Selbstverständlich.«

»Kommen Sie hoch in die erste Etage.« Der Türsummer ertönte.

Drosten und seine Kollegen betraten den Hausflur.

»Oh«, sagte Höhne, als er die drei Polizisten sah. »Jetzt wird's spannend. Mit drei Beamten hätte ich nicht gerechnet. In Fernsehkrimis sieht man meistens nur zwei.«

Drosten musterte den Mann flüchtig. Er hatte die Tür der Wohnung weit geöffnet und deutete ein Lächeln an. Nervosität strahlte er trotz des unverhofften Besuchs nicht aus. Drosten zeigte ihm den Dienstausweis und stellte seine Kollegen vor, die sich ebenfalls auswiesen.

»Was führt Sie zu mir?«, wollte Höhne wissen.

»Es geht um eine Ex-Freundin von Ihnen. Barbara Guttenberger, geborene Diesenbeck.«

Höhne zog die Augenbrauen zusammen. »Barbara? Kommen Sie rein. Gehen wir ins Wohnzimmer.« Er wartete, bis alle in der Wohnung waren, dann schloss er die Tür. »Von Barbara habe ich schon ewig nichts mehr gehört. Geht's ihr gut?«

Drosten betrat zuerst das verhältnismäßig kleine Wohnzimmer, von dem aus man auf den Balkon gelangte und den Garten überblickte. Höhne deutete auf einen schmalen Esstisch, an dem vier Stühle standen.

»Setzen wir uns.«

Die Polizisten folgten der Aufforderung.

»Möchten Sie Wasser oder Kaffee?«

»Nichts, danke«, antwortete Drosten.

Höhne zog den letzten freien Stuhl zurück und nahm ebenfalls Platz.

»Barbara hat also geheiratet«, hakte er nach. »Das wusste ich gar nicht.«

»Schon vor vielen Jahren«, sagte Kraft.

»So ist das wohl, wenn man sich aus den Augen verliert. Man bekommt vom Leben des anderen nichts mehr mit. Geht's ihr gut?«

»Wir untersuchen einen Überfall auf sie«, erwiderte Sommer.

»Was? Oh Gott. Lebt sie noch?«

»Ja«, antwortete Drosten.

»Gott sei Dank.« Er schien erleichtert zu sein. »Jetzt mal von vorn. Warum führt Sie ein Überfall auf Barbara zu mir? Wie lange ist das her, seit wir zusammen waren?« Kurz bewegten sich seine Lippen, ohne dass er etwas sagte. »Wow, schon elf Jahre. Also, was habe ich mit der Sache zu tun?«

»Wie endete damals Ihre Beziehung?«, fragte Kraft.

»Unschön. Barbara hat mich betrogen und es mir gebeichtet. Danach habe ich Schluss gemacht. Sie hat mich sehr verletzt.«

»Wie hieß der Mann, mit dem sie Sie betrogen hat?«, wollte Drosten wissen.

»Das ist ewig her«, erwiderte Höhne. »Warum interessiert Sie das? Ist der Kerl Ihr Verdächtiger?«

»Nein. Er wurde getötet«, erklärte Drosten.

»Was? Sie sagten, es hätte einen Angriff auf Barbara gegeben. Jetzt verstehe ich gar nichts mehr.«

»Wie war der Name des Mannes?«

Höhne schnaubte. »Stefan, nein, Steffen.«

»Und der Nachname?«, hakte Drosten nach.

Ratlos hob Höhne eine Hand. »Wie Sie sich denken können, habe ich nicht allzu viel über ihn nachgedacht. Irgendwas mit R. Keine Ahnung! Vergessen! Wieso ist er tot, und was habe ich damit zu tun?«

»In welcher Verbindung stehen Sie zu Denise Sand?«, wechselte Sommer abrupt das Thema.

»Zu wem?«, fragte Höhne. »Tut mir leid. Ich kapier rein gar nichts. Reden Sie endlich Klartext!«

»Wie häufig sind Sie in Leipzig?«, erkundigte sich Drosten.

Höhne lächelte. »Mindestens einmal im Jahr. Auch wenn ich es diesmal nicht geschafft habe. Leider. Ich bin regelmäßiger Besucher der Manga-Comic-Con. Dieses Jahr ging's nicht.«

»Warum nicht?«, wollte Kraft wissen.

»Habe keinen Urlaub bekommen. Im Betrieb wird gerade viel umstrukturiert. Tja, Angestelltenschicksal. Also, verzeihen Sie mir, vielleicht bin ich einfach zu blöd. Sie kommen wegen eines Überfalls auf meine Ex zu mir, der es angeblich gut geht. Dafür ist der Mann ermordet worden, der Auslöser unseres Beziehungsendes war. Außerdem fragen Sie mich nach einem Namen aus Leipzig, den ich nicht kenne. Zu allem Überfluss interessiert es Sie, wie oft ich in Leipzig bin. Warum klären Sie mich nicht auf? Oder ist das Ihre Masche, Ihr Gegenüber im Unklaren zu lassen?«

»Vorab würde uns Ihr Alibi für verschiedene Tage interessieren. Danach können wir Sie gerne chronologisch aufklären«, versprach Drosten.

»Wofür brauche ich ein Alibi? Na ja. Egal. Um welche Tage geht es?« Er griff zu seinem auf dem Tisch liegenden Smartphone und öffnete den Kalender.

Drosten nannte zunächst den Tag des Überfalls auf Denise Sand.

»Das war ein Samstagabend«, stellte Höhne fest. »Den habe ich allein zu Hause verbracht.«

An dem folgenden Freitag hatte er angeblich mit einem Magen-Darm-Virus krank im Bett gelegen. Für den Angriff auf seine Ex konnte er wieder kein überzeugendes Alibi vorweisen.

»Ich habe mir abgewöhnt, wochenends auszugehen. Da gucke ich mir lieber einen Film an und habe meine Ruhe.«

»Und wie sieht's mit letztem Freitag aus?«, hakte Drosten nach. »Zur Mittagszeit?«

»Ich habe seit Mittwoch Urlaub. Insgesamt zweieinhalb Wochen mit Überstundenabbau. Freitag zur Mittagszeit? Ich war vormittags frühstücken in einem Café, einen halben Kilometer von hier entfernt. Danach bin ich an die Spree gefahren, habe das schöne Wetter ausgenutzt.«

»Haben Sie jemanden getroffen?«, fragte Drosten.

Höhne schüttelte den Kopf.

»Und mit dem Magen-Darm-Virus waren Sie auch nicht beim Arzt?«, spekulierte Sommer.

»An einem Freitag? Ganz sicher nicht. Am Sonntag ging es mir wieder gut. Sagen Sie schon! Was ist passiert? Wofür brauche ich ein Alibi?«

Drosten und seine Kollegen setzten ihn abwechselnd ins Bild.

»Scheiße«, murmelte er. »Arme Barbara. Nicht falsch verstehen. Auch wenn wir im Streit auseinandergegangen sind, das gönne ich niemandem.«

»Sind Sie schon zur Manga-Comic-Con gefahren, als Sie noch mit Barbara zusammen waren?«, fragte Drosten. »Sie hat davon gar nichts erzählt.«

Er lächelte wehmütig. »Nein. Mangas lese ich, seit ich ein Kind bin. Keine Ahnung, ob sie das noch weiß.

Als ich vor neun Jahren das erste Mal in Leipzig verkleidet zur Buchmesse war, hat mich das Fieber gepackt.«

»Wir haben auf Ihren Social-Media-Profilen gesehen, dass Sie sehr viele Kostüme besitzen«, sagte Kraft.

Er strahlte stolz. »Oh ja. Daran habe ich richtig Spaß gefunden. Wollen Sie die mal sehen? Kommen Sie!«

Ohne eine Antwort abzuwarten, stand er auf. Drosten und Kraft folgten ihm, Sommer blieb sitzen. Im Schlafzimmer öffnete er die linke von insgesamt drei Doppeltüren eines wandbreiten Schranks. Dahinter hingen rund ein Dutzend Kostüme.

»Das ist mein ganzer Stolz«, sagte er.

Drosten musterte die Verkleidungen. Eine Polizeiuniform fand er nicht.

»Habe ich mir in den letzten Jahren zusammengesucht. Ist nicht einfach, so etwas zu einem akzeptablen Preis zu finden. Manche schneidern die sich selbst. Das kann ich leider nicht. Wieso zeige ich Ihnen die überhaupt? Interessiert Sie das?«

»Ihre Sammlung ist sehr beeindruckend«, sagte Kraft.

Er lächelte und schloss die Schranktür wieder. Sie gingen zurück ins Wohnzimmer.

»Barbara hat uns erzählt, Sie hätten sich damals nach Herrn Remme erkundigt«, erklärte Drosten.

»Remme! So hieß er! Ja, mag sein. Ich war sauer. Barbara und ich hatten eine schöne Beziehung, so schätzte ich es zumindest ein, aber sie hat es kaputtgemacht.«

»Haben Sie Remme irgendwann aufgesucht?«, wollte Sommer wissen.

»Das hatte ich mir sogar vorgenommen. Um ihm die Fresse zu polieren.« Er blickte kurz nach unten. »Tschuldigung. Natürlich habe ich mich nicht getraut. Ganz ehrlich! Verdächtigen Sie mich? Das ist elf Jahre her. Wieso hätte ich so lange warten sollen? Inzwischen ist mir Barbara total egal.«

»Ist das so?«, fragte Sommer.

»Kann es sein, dass Sie im Trüben fischen?«, erwiderte Höhne. »Okay, ich habe keine tollen Alibis für die vier genannten Tage. Was Sie nicht wissen konnten, als Sie hergekommen sind. Na und? Barbara Diesenbeck ...«

»Guttenberger«, korrigierte Kraft.

»Ist mir völlig egal. Tut mir leid, dass sie angegriffen wurde. Und die Sache mit ihrem Liebhaber. Das hat er vermutlich nicht verdient. Trotzdem habe ich damit nichts zu tun. Elf Jahre! Ich bitte Sie!«

»Wer ist Ihr Lieblingsmensch?«, wollte Sommer unvermittelt wissen.

»Wie meinen Sie das schon wieder? Einen Lieblingsmenschen habe ich nicht. Wieso fragen Sie?«

Sommer schüttelte lediglich den Kopf. Drosten griff in seine Anzugtasche und zog eine Visitenkarte heraus.

»Wenn Ihnen noch etwas einfällt, was für uns wichtig sein könnte, melden Sie sich einfach. Eventuell müssen wir bei Ihrem Arbeitgeber nachfragen, wegen Ihrer Krankmeldung.«

»Machen Sie das.« Er nannte den Namen der Firma, bei der er arbeitete. »Wenn Sie nichts dagegen haben, würde ich jetzt wieder meinen Urlaubstag genießen. Der ganze Urlaub ist schneller vorbei, als mir recht ist.«

Drosten erhob sich zuerst. Kraft und Sommer folgten.

»Ich bringe Sie noch zur Tür«, sagte Höhne.

»Nicht nötig«, erwiderte Drosten. »Wir finden alleine raus.« In der Diele befand sich eine Garderobe mit verschiedenen Jacken. Eine Lederjacke entdeckte er nicht.

22

Am Dienstagvormittag hatten Drosten und seine Partner Christopher Schulz mit Hilfe des BKA identifiziert. Er wohnte nur acht Kilometer von Höhne entfernt. Die meisten seiner Postings im Internet bezogen sich auf seinen Fußballverein, für den er in der Altherrenmannschaft spielte, als einer der jüngsten Spieler. Auf der Homepage des Clubs war er als Verantwortlicher im Sinne des Pressegesetzes aufgeführt. Er war verheiratet und hatte ein Kind, das demnächst den neunten Geburtstag feiern würde.

Zur späten Mittagszeit versuchten sie erstmals, ihm einen Besuch abzustatten. Kraft stellte den Wagen vor der leeren Garagenauffahrt ab.

»Alle Fenster geschlossen«, sagte Sommer. »Wohl eher kein gutes Zeichen.«

Sie stiegen aus. Sommer drückte den Klingelknopf. Im Briefkasten steckte Post. »Sollen wir die Briefe mal rausziehen?«, fragte er.

»Untersteh dich«, erwiderte Drosten.

Sommer zwinkerte ihm zu. Sie warteten, nach ein paar Sekunden klopfte Drosten an die Tür. Nichts passierte.

Auch in den umliegenden Häusern entdeckten sie niemanden hinter den Fenstern, der sie beobachtete und den sie hätten befragen können.

Drosten schaute auf seine Uhr. »Suchen wir uns ein Restaurant und machen Mittagspause.«

* * *

Um halb vier kehrten sie zurück. Die Garagenauffahrt war noch immer unbesetzt und auch die Fenster waren noch geschlossen. Da es draußen schon beinahe frühsommerlich warm war, ließ das den Schluss zu, dass der Bewohner das Wetter für einen Ausflug oder dergleichen nutzte. In der unmittelbaren Nachbarschaft war ein bisschen Leben eingekehrt. Allerdings hatte Drostens Team beschlossen, die Nachbarn erst zu befragen, nachdem sie mit Schulz gesprochen hatten.

Den Wagen hatten sie diesmal nicht vor dem Grundstück geparkt, sondern ein paar Häuser weiter entfernt. Ein Gerüst stand an der Vorderseite, das Dach schien neu eingedeckt zu werden, doch erspähten sie niemanden bei der Arbeit. Auf ihrer Parkposition würden sie hoffentlich keinem Nachbarn auffallen.

Die Minuten verstrichen ereignislos.

»Klingeln wir?«, fragte Sommer.

Drosten grinste. Die Ungeduld seines Freundes war schon nahezu legendär. »Ich habe gerade eben ein neues Foto von unserem Beagle bekommen«, erklärte er. »Dana schickt mir jeden Tag welche. Wollt ihr sie sehen? Oder nerve ich euch als stolzer Hundevater?«

Kraft ließ sich das Smartphone geben und scrollte durch die Schnappschüsse. »Wie süß«, entfuhr es ihr zweimal. Einmal kicherte sie. Schließlich reichte sie das Telefon Sommer.

»Wirklich niedlich«, sagte der mit einem Lächeln auf dem Gesicht. »Aber was habt ihr euch bloß bei dem Namen gedacht?« Er gab Drosten das Smartphone zurück.

»Das kommt dabei heraus, wenn man einem Teenager die Wahl überlässt«, erwiderte Drosten. »Happy bin ich darüber nicht. Na ja. Hauptsache, die beiden Hunde verstehen sich. Melanie meint, Rocky wirkt zwei Jahre jünger, seit der Welpe im Haus ist. Ich bekomme davon gerade ja mal wieder viel zu wenig mit.«

Ein Wagen fuhr die Straße entlang und kam an ihnen vorbei. Ohne zu blinken, rollte er in die Garagenauffahrt der Familie Schulz. Drei Personen saßen im Fahrzeug.

»Bingo«, sagte Sommer.

»Geben wir ihnen ein bisschen Zeit und beobachten sie«, schlug Drosten vor.

Eine Frau mit schulterlangem, braunem Haar stieg zuerst aus. Sie öffnete ihrer jungen Tochter die hintere Autotür und legte ihr einen Arm um die Schulter. Der Vater verließ den Wagen. Er trat an den Kofferraum, der von allein aufging.

»Die Eheleute würdigen sich keines Blickes«, stellte Sommer fest.

»Und sprechen nicht miteinander«, fügte Kraft hinzu.

Tatsächlich wartete Christopher Schulz zwei Schritte entfernt, bis seine Frau und seine Tochter ein paar Einkaufstüten aus dem Kofferraum genommen hatten und zur Haustür gingen. Schulz holte die letzten schweren Tüten heraus und folgte seiner Familie.

»Dicke Luft zwischen dem Ehepaar?«, fragte Sommer.

»Vielleicht sind sogar Mutter und Tochter gemeinsam auf den Vater sauer. Normalerweise versuchen Kinder, ihre Eltern miteinander zu versöhnen. Danach sah das gerade nicht aus.« Drosten starrte zur Haustür, die mittlerweile zugeworfen war. »Was wohl vorgefallen ist?«

»Sollen wir?« Sommers Hand lag bereits am Türgriff.

»Warte noch ein bisschen. Geben wir ihnen zehn Minuten, damit sie die Einkäufe einräumen können.«

Vor Ablauf der Frist öffnete sich die Haustür wieder. Schulz lief mit einer Sporttasche zum Auto, die er auf die Rückbank stellte.

»Nutzen wir seine Abwesenheit, oder folgen wir ihm?«, wollte Kraft wissen.

»Folgen«, entschied Drosten. »Ich will zuerst mit ihm sprechen. Musst du auch nicht unauffällig machen. Er darf das ruhig mitbekommen. Hauptsache, wir verlieren ihn nicht unterwegs.«

Mit drei Wagenlängen Abstand folgte Kraft dem Fahrzeug. An einer roten Ampel standen sie direkt hintereinander. Schulz warf einen Blick in den Rückspiegel, richtete jedoch schnell wieder die Augen auf die Straße. Er fuhr immer knapp über der erlaubten Höchstgeschwindigkeit und machte auf der ganzen Strecke keine Anstalten, sie abzuschütteln.

Nach ungefähr zehn Minuten blinkte er. Als sie abgebogen waren, erblickte Drosten ein kleines Fußballstadion.

»Bestimmt will er dahin«, sagte er.

Tatsächlich steuerte Schulz auf den Stadionparkplatz.

»Stell dich direkt hinter ihn«, schlug Sommer vor.

Schulz stieg zuerst aus. Er schaute misstrauisch herüber, als Drosten und seine Kollegen ebenfalls ihren Wagen verließen.

»Haben Sie mich verfolgt?«, fragte Schulz. Er ließ die Sporttasche auf der Rückbank. »Den Eindruck hat es gemacht.«

»Ja, wir wollten Sie nicht unnötig zu Hause aufhalten«, erklärte Drosten. Er zog seinen Dienstausweis aus dem Jackett und präsentierte ihn. Kraft und Sommer folgten seinem Beispiel.

»Was wollen Sie von mir?«

»Haben Sie ein paar Minuten Zeit?«, erwiderte Drosten.

»Jetzt? Ungünstig. Wer nicht pünktlich auf dem Platz steht, muss in die Mannschaftskasse einzahlen.«

»Wir versuchen, uns kurz zu halten«, versprach Drosten.

Schulz stöhnte genervt. »Um was geht's denn?«

»Barbara Guttenberger. Ihnen vielleicht besser bekannt als Barbara Diesenbeck.«

»Oh«, sagte Schulz. »Ich weiß, wie Barbara seit der Hochzeit heißt.«

»Woher?«, fragte Sommer.

»Facebook? Keine Ahnung! Irgendwo habe ich es mitbekommen. Trotzdem verstehe ich nicht, wieso die Polizei mich nach ihr fragt. Ich war in einem ganz anderen Leben mit ihr zusammen. Das ist jetzt dreizehn Jahre her.«

»Das wissen Sie so genau aus dem Stegreif?«, wunderte sich Kraft.

»Bin halt gut mit Zahlen«, sagte Schulz. »Was soll das alles?«

»Wollen Sie gar nicht erfahren, wie es ihr geht, wenn die Polizei einfach so bei Ihnen auftaucht und nach ihr fragt?«

Ein weiteres Auto fuhr auf den Parkplatz. Schulz schaute hin. Der Fahrer stieg aus.

»Hey, Chris«, begrüßte er ihn. »Alles gut bei dir?«

»Ja, sag dem Coach, es könnte bei mir ein bisschen später werden.«

»Die Mannschaftskasse freut sich.« Der Mann warf im Vorbeigehen einen neugierigen Blick zu Drosten und seinen Partnern.

»Prima«, brummte Schulz, als er außer Hörweite war. »Jetzt brodelt's in der Gerüchteküche. Soll ich ehrlich sein? Mir ist egal, wie es Barbara geht. Aber da Sie es angesprochen haben: Ist etwas passiert?«

»Frau Guttenberger wurde vor ihrem eigenen Haus überfallen und verschleppt«, sagte Drosten. »Der Täter hat sie betäubt. Als sie wieder zu sich kam, hatte sie ein Datum eintätowiert.«

»Was für ein Datum?«

»Das lag zu dem Zeitpunkt fünf Tage in der Zukunft«, fuhr Drosten fort. »An dem Tag hat der Täter erneut zugeschlagen und einen Mord begangen.«

»Barbara ist tot?«, fragte Schulz mit monotoner Stimme.

»Nein«, antwortete Sommer. »Der Täter hat sich durch einen Trick Zutritt in die Wohnung eines gewissen Herrn Remme verschafft und ihn kaltblütig ermordet.«

Ein leichtes Lächeln umspielte Schulz' Lippen. »Also ist Remme tot?«, vergewisserte er sich.

»Sie können etwas mit dem Namen anfangen«, folgerte Kraft.

»Natürlich! Glauben Sie, ich lasse mir Hörner aufsetzen und ziehe keine Erkundigungen ein? Trotzdem verstehe ich eines nicht. Die beiden hatten vor dreizehn Jahren eine Affäre. Sagen Sie nicht, die waren noch immer ...« Er suchte nach dem richtigen Ausdruck. »... miteinander verbandelt. Barbara hat geheiratet. Oder lebt sie getrennt?«

Drosten beschloss, relativ viel preiszugeben, um Schulz' Reaktion zu testen. »Guttenberger und Remme sind trotz diverser Partnerschaften nie ganz voneinander losgekommen.«

Schulz lachte ungläubig. »Was für ein Miststück. Ich kann's nicht glauben. Sie hat nicht bloß mich mit diesem Wichser betrogen? Unfassbar! Und jetzt ist er tot. Karma ist wirklich eine Schlampe!«

»Ihre Reaktion ist aufschlussreich«, stellte Sommer fest.

»Soll ich so tun, als wäre ich tief betrübt? Tut mir leid,

so ein guter Schauspieler bin ich nicht. Wer die Gefahr sucht, kommt darin um. Wenn Sie mich entschuldigen ...«

»Wo waren Sie am Freitag zwischen acht Uhr morgens und zwölf mittags?«, unterbrach Sommer ihn.

»Ihr Ernst? Sie verdächtigen mich? Ich bin seit vielen Jahren glücklich verheiratet und habe eine Tochter.«

Drosten verzichtete darauf, ihm zu sagen, dass er und seine Familie bei ihrer Rückkehr nicht sonderlich innig gewirkt hatten.

»Das ist leider kein Alibi«, entgegnete Sommer. »Haben Sie was Besseres zu bieten?«

»Freitagvormittag? Tja, da kann ich tatsächlich was Besseres bieten. Meine Frau und ich waren zu Hause und haben uns um die Vorbereitung einer Gartenparty gekümmert, die wir Ende Mai für Freunde und Familie ausrichten. Da wir nicht nur unseren zehnten Hochzeitstag feiern, sondern auch den neunten Geburtstag unserer Kleinen, wird das ein aufwendiges Fest. Sonst noch Fragen? Dann müssen Sie aber die Strafe für die Mannschaftskasse übernehmen.«

»Gehen Sie ruhig. Vielen Dank für das Gespräch«, erwiderte Drosten.

Der Mann holte seine Tasche von der Rückbank und eilte zum Stadioneingang.

»Wieso hast du ihn nicht nach Leipzig gefragt?«, wollte Kraft wissen.

»Er hätte sowieso alles abgestritten«, sagte Drosten.

»Rufen wir die Ehefrau an und lassen uns das Alibi bestätigen«, schlug Sommer vor. »Die Festnetznummer haben wir ja.«

»Ich würde lieber persönlich vorbeifahren«, erwiderte Drosten. »Allerdings will ich wissen, ob Schulz verspätet auf dem Platz erscheint. Je länger er in der Kabine bleibt, desto wahrscheinlicher, dass er sie über unser Auftauchen informiert. Setzen wir uns schon mal in den Wagen.«

Sie mussten nur fünf Minuten warten, bis Schulz mit seinen Mannschaftskameraden aus der Umkleidekabine auf den Platz trabte. Er war in ein Gespräch mit einem Mitspieler vertieft. Einen Blick zum Parkplatz warf er nicht.

»Lange wird er nicht telefoniert haben«, folgerte Sommer. »Zumal er keine Ruhe dazu hatte. Aber eine Nachricht hätte er in der Zeit verschicken können.«

Drosten nickte. »Fahren wir zu seiner Frau.«

* * *

Schulz' Ehefrau öffnete ihnen die Tür und runzelte beim Anblick dreier fremder Menschen die Stirn.

»Hallo! Wie kann ich Ihnen helfen?«

Drosten und seine Partner stellten sich vor und legitimierten sich mit ihren Ausweisen.

»Polizei?«, fragte sie. »Was wollen Sie von mir?«

»Wir haben gerade mit Ihrem Ehemann gesprochen«, sagte Drosten.

»Mit Chris? Das kann nicht sein. Der ist beim Fußball.«

»Genau da haben wir ihn erwischt. Auf unsere Frage, wo er letzten Freitag am Vormittag war, gab er an, mit Ihnen Ihre Mai-Gartenparty vorbereitet zu haben.«

»Was interessiert Sie, was Chris und ich getan haben?«

»Können Sie die Aussage bestätigen?«

»Ja«, sagte sie. »Wir haben mit dem Metzger und einer Partyausstattungsfirma gesprochen. Außerdem grob die Gästeliste zusammengestellt. Die viel zu lang geworden ist. Wieso interessiert Sie das?«

»Was ist mit seiner Verbindung nach Leipzig?«, wechselte Sommer abrupt das Thema.

»Wovon reden Sie?«

»Er hat gesagt, wir sollen bei Ihnen nachfragen wegen Leipzig«, behauptete Sommer.

»Ich habe keinen blassen Schimmer. Leipzig? Da müssen Sie ihn selbst fragen. Soweit ich weiß, kennen wir dort niemanden.«

Im Auto tauschten sie sich über das kurze Gespräch mit der Ehefrau aus.

»Sie hat sich überhaupt nicht erkundigt, ob ihrem Mann etwas passiert ist«, stellte Kraft fest. »Ist das nicht meistens die erste Frage von Angehörigen, wenn die Polizei unangekündigt auftaucht?«

»Ich habe erwähnt, wir hätten mit ihm gesprochen. Vielleicht war das eine ungeschickte Formulierung«, meinte Drosten.

»Auf jeden Fall hatte sie schnell auf dem Schirm, was sie Freitag gemacht haben. Obwohl das ja keine große Sache ist. Ich wette, ihr Mann hat ihr eine Nachricht geschickt und sie vorgewarnt«, sagte Sommer.

»Wenn das so ist, muss es dafür einen Grund geben«, erwiderte Drosten.

»Schicken wir die Fotos, die wir von ihm haben, nach Leipzig. Mückenberg soll Denise Sand fragen. Vielleicht kann sie etwas mit seinem Gesicht anfangen.«

Drosten schaute aus dem Fenster. Sie konnten sich auf Mückenberg und ihren Elan verlassen. Trotzdem hatte er das Bedürfnis, selbst nach Leipzig aufzubrechen. Wo war die Verbindung zwischen Denise Sand und dem Mörder? Die Leipzigerin war neun Jahre jünger als Barbara Guttenberger. Die Ex-Freunde Guttenbergers hatten nichts mit Sand zu tun. Trotzdem musste es einen Zusammenhang geben.

Das Klingeln seines Handys riss ihn aus den Gedanken.

»Das ist Wiesbaden«, sagte er nach einem Blick aufs Telefon. Er nahm das Gespräch entgegen. Im Rückspiegel begegnete er Krafts Blick und lächelte ihr zu, während er hörte, was das BKA aufgrund ihrer Anfrage herausgefunden hatte.

23

Das nächste Mal würde es deutlich schwieriger werden. Allerdings hatte er das von Anfang an eingeplant. Und sich deshalb etwas Besonderes ausgedacht. Wieder ein Schachzug, den die Bullen nicht vorhersehen würden. Ganz gewiss nicht.

Er schaute auf den Kalender. Sie hatte schon vor Monaten damit geprahlt, was sie an diesem Wochenende unternehmen würde. So leicht hatten es ihm die beiden anderen nicht gemacht.

Wen würde sie als ihren Lieblingsmenschen titulieren?

Es war fast schon bedauerlich, dass er das niemals erfahren würde.

Er lachte. Die Bullen würden ihr blaues Wunder erleben. Und danach ...

Oh ja! Wenn sich der Rauch erst mal legte und sie jeden seiner Schritte verstanden, war es längst zu spät. Dann wäre er weit weg und der Schaden nicht mehr gutzumachen.

24

Das BKA hatte Fudalla ausfindig gemacht. Der Mann lebte in dem kleinen Ort Linthe in Brandenburg und damit südwestlich von Berlin, irgendwo auf dem Weg nach Leipzig. Er hatte vor fünf Jahren bei der Hochzeit seinen Geburtsnamen abgelegt und den Nachnamen seiner Frau angenommen. Seit der standesamtlichen Trauung hieß er Quiring.

Drosten und seine Partner fuhren los, sobald sie die Informationen erhalten hatten. Falls sie ihn nicht antreffen würden, bot der Ort genügend Hotels für die Nacht. Und selbst eine Rückkehr nach Berlin oder eine Weiterfahrt nach Leipzig wäre zeitlich möglich. Drosten tendierte zu dieser Alternative, ohne es bislang mit seinen Partnern besprochen zu haben.

Sie erreichten die Adresse, die der BKA-Ansprechpartner ihnen mitgeteilt hatte. Quiring lebte auf einem Grundstück in Alleinlage. Vor der Doppelgarage stand ein dunkelblauer Luxus-SUV. Hinter einigen Fenstern des Flachbaus brannte Licht. Kraft stellte den Wagen am

Bürgersteig ab. Sie gingen auf den Eingang zu, Drosten klingelte.

»Komme schon«, erklang nach ein paar Sekunden die gedämpfte Stimme eines Mannes durch die Tür. »Kleinen Augenblick.«

Schließlich öffnete Quiring ihnen. Er trug ein weißes T-Shirt und Jogginghose. Um den Kopf hatte er sich ein Handtuch geschlungen, mit dem er sich rasch die Haare trocken rubbelte und es dann achtlos Handtuch zu Boden warf.

»Oh«, sagte er überrumpelt. »Ich hatte eher mit einem Nachbarn gerechnet.«

Drosten stellte sich und seine Partner vor.

»Kriminalpolizei? Worum geht's?«

»Können wir reinkommen?«, fragte Drosten.

»Sagen Sie mir erst, um was es sich dreht.«

»Es geht um Ihre Ex-Partnerin Barbara Guttenberger. Beziehungsweise Diesenbeck, wie sie vor der Hochzeit hieß.«

»Barbara? Ist ihr etwas passiert?«

»Nein, aber wir untersuchen eine Verbrechensserie, in die auch Frau Guttenberger involviert ist.«

»Klingt ja furchtbar. Okay. Kommen Sie rein. Und entschuldigen Sie die Unordnung. Meine Haushaltshilfe hatte diese Woche frei und ich ... egal. Hereinspaziert!«

Er trat beiseite und ließ sie ein. Im Hausflur hingen gerahmte Fotografien, die ihn glücklich mit einer Frau zeigten. Sie schienen spannende Unternehmungen gemeistert zu haben. Auf einem Bild standen sie vor einem startbereiten Heißluftballon, ein anderes zeigte sie auf Safari, mit einer Elefantenherde im Hintergrund.

»Ich vermute, das ist Ihre Ehefrau, deren Namen Sie angenommen haben?«, hakte Drosten nach. »Es war gar nicht so einfach, Sie ausfindig zu machen. Frau Guttenberger kannte Sie bloß unter dem Namen Fudalla.«

»So wie ich Barbara nur als Diesenbeck kenne.« Er zog die Mundwinkel ein bisschen nach unten. Vor einem der Fotos blieb er stehen und schaute es lange an. »Ja, das ist Julia.«

Drosten nahm die Veränderung in seiner Stimmlage wahr.

»Sie ist vor sechzehn Monaten gestorben. Ein Flugzeugunglück in Westafrika.« Seine Stimme brach, und er räusperte sich. »Puh. Entschuldigen Sie. Das ist noch immer hart für mich.«

Er führte sie in ein stilvoll eingerichtetes Wohnzimmer. Bodentiefe Fenster, ein großer Kamin mit Sessel, eine schöne Sitzlandschaft. Außerdem waren afrikanische Skulpturen an verschiedenen Stellen des Raums platziert. Er nahm an einem Esstisch Platz, auf dem eine gefüllte Wasserkaraffe und eine halb volle Flasche Weißwein standen.

»Soll ich für Sie Gläser holen?«, fragte er. »Ich würde beim Wein bleiben.«

»Nicht nötig«, sagte Drosten.

Quiring griff zur Flasche und schüttete sich ein. Seine Hand zitterte leicht.

»Das mit Ihrer Frau tut mir sehr leid«, erklärte Kraft.

»Danke. Manchmal werde ich nachts wach und taste nach ihr. Ich würde alles dafür geben, dass sie wieder neben mir liegen könnte. Wirklich alles.«

»Was genau ist passiert?«, fragte Drosten.

»Meine Frau war Fotojournalistin. Sie hatte sich einen Namen in der Branche gemacht, deswegen kam es für sie nicht infrage, meinen Nachnamen bei der Hochzeit anzunehmen. Mir hat Fudalla nie etwas bedeutet, und einen Namen, der mit Q anfängt, fand ich cool. Ich war zu dem

Zeitpunkt kaufmännischer Angestellter. Julia hat viel mehr Geld verdient als ich. Deshalb haben wir irgendwann den Deal gemacht, dass ich meinen Job aufgebe, um sie zu unterstützen und zu begleiten. Die Reise nach Westafrika konnte ich aus gesundheitlichen Gründen nicht mitmachen. Mich hatte ein heftiger Infekt erwischt. Keine Ahnung, ob wir beide gestorben wären, oder ob ich sie wegen eines angekündigten Unwetters von dem Flug abgehalten hätte. Weil sie zum Zeitpunkt des Absturzes beruflich unterwegs war, zahlte mir ihre Risikolebensversicherung eine Million als Schadenssumme aus. Zusammen mit den Versicherungen, die wir gemeinsam abgeschlossen hatten und dem, was ich noch immer mit dem Rechteverkauf an ihren Bildern verdiene, kann ich es mir leisten, den ganzen Tag hier traurigen Erinnerungen nachzuhängen. Bis ich weiß, was ich mit dem Rest meiner Tage anstellen will.« Er trank einen Schluck Wein. »Aber deswegen sind Sie ja nicht zu mir gekommen. Sie sprachen von einer Verbrechensserie, in die Barbara verwickelt ist. Wohl kaum als Täterin, oder?«

»Nein, jemand hat sie entführt, ihr das Bewusstsein geraubt und durch eine Botschaft einen Mord angekündigt«, erklärte Drosten.

»Wie schrecklich! Konnten Sie das Schlimmste verhindern?«

»Leider nicht. Ein Mann namens Steffen Remme ist gestorben.«

»Wer ist das?« Quiring wich den Blicken der Polizisten aus, indem er einen weiteren Schluck trank.

»Das wissen Sie nicht?«, vergewisserte sich Sommer.

»Woher?« Nun schaute er sie an.

»Wieso haben Sie sich damals von Ihrer Freundin getrennt?«, erkundigte sich Kraft. »Frau Guttenberger meinte, das wäre überraschend gekommen.«

»Hat sie das gesagt? Wundert mich. Unsere Beziehung

war am Ende schon lange nicht mehr liebevoll, und ich gehöre zu der Sorte von Männern, die dann rasch einen Schlussstrich ziehen.«

»Wieso haben Sie die Beziehung nicht mehr als liebevoll empfunden?«, hakte Drosten nach.

»Das ist ewig her. An Barbara habe ich seit Jahren nicht mehr gedacht. Meine Gedanken drehen sich nur um Julia und meinen Verlust.« Er schenkte sich nach und schnaubte. Da die Polizisten schwiegen, redete er nach einer kurzen Pause weiter. »Kommen Sie! Jeder von Ihnen hatte garantiert schon Beziehungen, die zu Ende gegangen sind. Man macht nichts Nettes mehr füreinander, geht nicht mehr rücksichtsvoll miteinander um, hat zu wenig Sex. Solche Dinge.«

»Genau wegen so was hat Ihnen ja Steffen Remme dazwischengefunkt«, behauptete Sommer.

»Wer zum Teufel ist das?«

»Ein Mann, mit dem Barbara Guttenberger Sie am Ende Ihrer Beziehung betrogen hat«, erwiderte Drosten. »Sie ging davon aus, Sie hätten es herausgefunden und sich deswegen von ihr getrennt.«

»Wow!«, sagte er. »Erfahre ich die Wahrheit also so viele Jahre später.«

»Sie haben damals etwas geahnt?«, folgerte Kraft.

»Ja«, gab er zu. »Als mir der Verdacht kam, hatte ich ohnehin schon Trennungsgedanken. Wussten Sie, dass Barbara und ich in Berlin zusammengelebt haben? Gegen Ende der Beziehung hat ab und zu ihr Handy geklingelt, ohne dass sie den Anruf angenommen hätte. Sie hat sich auch häufiger ins Badezimmer zurückgezogen und eingeschlossen. Vor allem, nachdem zuvor ihr Handy geklingelt hat. Außerdem fing sie an, sich mit Freundinnen zu treffen, die ich nicht kannte. Das war für mich alles zu viel.«

»Und trotzdem können Sie angeblich mit Remmes

Namen nichts anfangen«, sagte Sommer. »Klingt für mich nicht sehr glaubwürdig.«

»Mir egal«, erwiderte er. »Ich habe den Namen gerade zum ersten Mal von Ihnen gehört. Glauben Sie's oder nicht.«

»Haben Sie für letzten Freitag ein Alibi?«

»Nein«, antwortete er prompt, ohne erst nach der Uhrzeit zu fragen. »Ich verlasse das Haus seit Julias Tod nur noch für die notwendigsten Dinge. Letzten Freitag war ich den ganzen Tag hier.«

»Kann das jemand bestätigen?«, hakte Drosten nach. »Vielleicht ein Postbote? Oder ein Nachbar?«

»Nein, ich hatte keine Kontakte. Und ehrlich gesagt, wird mir das mit Ihnen langsam auch zu viel. Ich versichere Ihnen, nie in meinem Leben einen Menschen ermordet zu haben. Das, was ich nach dem Tod meiner Frau durchgemacht habe, würde ich niemandem antun. Und schon gar nicht jemandem, von dessen Existenz ich nichts wusste. Tut mir leid, Ihnen nicht helfen zu können. Darf ich Sie jetzt bitten, mein Haus zu verlassen?«

»Haben Sie Verbindungen nach Leipzig?«, wollte Drosten wissen.

Quiring runzelte die Stirn. »Meine Frau war da immer auf der Buchmesse. Einer der Verlage, mit denen sie zusammengearbeitet hat, hat in der Stadt seinen Sitz. Ich habe sie meistens begleitet. Mir gefällt Leipzig. Wieso?«

»Und vor Ihrer Ehe?«

»Da war ich zwei- oder dreimal zu Besuch dort. Weihnachtsmarkt und ein Konzert des Gewandhausorchesters. Solche Dinge. Was soll das jetzt?«

»Nichts weiter«, behauptete Drosten. »Vielen Dank für Ihre Zeit.«

* * *

»Was haltet ihr von ihm?«, fragte Drosten im Auto.

»Schwierig«, antwortete Kraft. »Er scheint wirklich sehr um seine verstorbene Ehefrau zu trauern. Das war nicht aufgesetzt. Trotzdem ist er zu oft unseren Blicken ausgewichen, seine Hand hat gezittert, und er hat in der kurzen Zeit viel getrunken. Alles Anzeichen von Nervosität. Warum haben wir ihn nervös gemacht?«

»Andererseits hat er wegen Leipzig nicht geblockt«, meinte Drosten.

»Hat jedoch nur Dinge gesagt, die harmlos klingen«, erwiderte Sommer. »Seien wir ehrlich. Er lebt allein, ist finanziell abgesichert. Muss nicht arbeiten. Ein Täterprofil, wie es im Buche steht.«

»Was wäre seine Motivation?«, fragte Drosten.

»Das Schicksal hat ihm seinen Lieblingsmenschen geraubt. Und er rächt sich dafür an Menschen, die es in seinen Augen verdient haben, das Gleiche zu erleiden«, antwortete Sommer.

»Hm«, brummte Drosten. »Passt das zu einem trauernden Witwer?«

Seine Partner widersprachen nicht.

»Mir geht seit Stunden ein Gedanke durch den Kopf«, fuhr er fort. »Ich würde gern nach Leipzig zurück. Ist Denise Sand der Schlüssel zur Lösung des Falles? Sie ist Jahre jünger als Frau Guttenberger, und wenn wir die betrogenen Ex-Partner berücksichtigen, dann auch zu jung für diese Männer. Zumal sie mit den Bildern von ihnen nichts anfangen kann.«

»Und was willst du in Leipzig erreichen, was Mückenberg uns nicht abnehmen könnte?«, erkundigte sich Kraft.

»Wie hat der Täter von dem engen Verhältnis zwischen Großmutter und Enkelin erfahren? Ursula Sand wohnte seit Jahrzehnten in ihrer Wohnung. Vielleicht finden wir noch mehr Leute aus ihrem Dunstkreis, die schon seit vielen

Jahren dort leben. Ihnen würde ich die Fotos der Männer zeigen. Und ich weiß, Mückenberg und Grimm würden uns das abnehmen. Ich will ihnen das bloß nicht aufbürden, weil es zeitintensiv ist. Wenn es sich als Fehlschlag herausstellt, ginge es auf meine Kappe, dass sie ihre Arbeitszeit verschwendet haben. Außerdem sehe ich nicht, was wir sonst noch unternehmen können.«

»Wieder zu deiner Familie nach Hause fahren?«, schlug Kraft vor.

»Wenn wir in Leipzig nicht weiterkommen, wäre das eine gute Alternative.«

Kraft startete den Motor. »Mir ist's recht.«

Sommer brummte zustimmend.

25

Nach vielen Fehlschlägen trafen sie am Freitagvormittag endlich die Nachbarin von Ursula Sand an, die seit vierzehn Jahren in ihrem Haus lebte. Mefalda Schwarz ließ sie in die Wohnung, nachdem sie erfahren hatte, wonach Drosten und seine Kollegen suchten.

»Schreckliche Sache mit Ursula. Herrje! Ich vermisse sie. Und die Vorstellung, was ihr zugestoßen ist. Unglaublich! Wer tut so etwas? Haben Sie noch niemanden verhaftet?«

»Nein«, antwortete Drosten. »Und in Berlin hat sich leider etwas Ähnliches zugetragen.«

»Oh Gott, wie furchtbar«, murmelte Mefalda.

»Wenn Sie schon so lange hier leben, erinnern Sie sich bestimmt noch daran, dass die Enkelin zwei Jahre im Nachbarhaus gelebt hat«, spekulierte Drosten.

»Auf jeden Fall«, antwortete Schwarz. »Das war eine bittersüße Zeit für Ursula. Zum einen hat sie sich wahnsinnige Sorgen um ihre Enkelin gemacht. Hatte Angst, sie könnte sich in einer Kurzschlussreaktion etwas antun. Zum anderen hat es ihr selbst richtig gutgetan, wieder für einen

Menschen verantwortlich zu sein. Der überraschende Tod ihres Ehemanns ein … nein … zwei Jahre zuvor hatte ihr schwer zugesetzt.«

»Haben Sie damals Denise Sand oft auf der Straße gesehen?«, fragte Kraft.

»In den ersten Monaten nicht. Da war sie wohl nur in dem Zimmer, das Ursula ihr eingerichtet hat. Nach einiger Zeit wurde das besser. Sie ist im Laufe der beiden Jahre zu einem großen Fan der Eisdiele hier an der Ecke geworden«, erinnerte sich Schwarz.

»Das kann ich verstehen«, sagte Kraft. »Was gibt's Besseres als eine köstliche Eisportion, vor allem im Sommer? Hat Frau Sand Ihnen je von einem Mann erzählt, der an ihrer Enkelin Interesse gezeigt hat?«

»Oh je«, erwiderte Schwarz. »Das ist so lange her. Daran erinnere ich mich nicht.«

»Trotzdem möchten wir Ihnen die Fotos dreier Männer zeigen«, sagte Drosten. »Vielleicht weckt das bei Ihnen eine schlummernde Erinnerung.«

»Okay«, sagte Mefalda.

Drosten zeigte ihr nacheinander die Bilder von Schulz, Höhne und Quiring. Schwarz musterte jedes einzelne aufmerksam und schüttelte stets nach einer Weile den Kopf. »Tut mir leid. Ich kann nicht behaupten, mich an einen der Männer zu erinnern.«

Drosten überspielte seine Enttäuschung. »Das macht nichts. Der Hinweis auf die Eisdiele war sehr wertvoll. Da gehen wir jetzt sofort hin. Ohne Sie wären wir gar nicht auf die Idee gekommen.«

Schwarz lächelte. »Schade, dass Kurt nicht da ist. Der lebt nebenan, zwei Etagen über Ursula. Schon länger als ich. Vielleicht könnte der sich besser erinnern. Er hat ab und zu mit Denise geredet.«

»Sie sprechen von Herrn Bellot«, vermutetet Drosten.

Der vollständige Name des Mannes stand auf dem Klingelschild, doch Bellot war bisher nicht erreichbar gewesen.

»Genau«, sagte sie. »Kurt ist Tourmusiker und immer viel unterwegs. Momentan mit einem bekannten Sänger in der Schweiz und in Österreich. Er müsste bald wieder zu Hause sein. Früher hat er in seiner Abwesenheit auch mal die Wohnung untervermietet. Das macht er nicht mehr. Und an die paar Mieter im Laufe der Jahre kann ich mich nicht erinnern.«

»Haben Sie eine Telefonnummer, unter der wir ihn erreichen?«, fragte Drosten.

»Nein. Ich nicht. Vielleicht unser Hausmeister. Der wohnt Hausnummer zehn. Hasan Trogrlic.« Schwarz schaute auf die Uhr. »In zwei Stunden dürften Sie ihn antreffen. Man erreicht ihn immer erst nach der Mittagszeit.«

Drosten erinnerte sich an den Mann, mit dem sie bereits gesprochen hatten. Allerdings hatte er ihnen bislang nicht weiterhelfen können, weil er erst vor drei Jahren nach Leipzig gezogen war.

In der Eisdiele stand eine junge Frau hinter dem Tresen. Zwei weitere Bedienungen kümmerten sich darum, Eisbecher und Getränke zu servieren und die Tische abzuräumen, sobald sie frei wurden. Zu der frühen Uhrzeit war es im Eiscafé noch nicht sehr voll.

Drosten wandte sich an die Frau, die für die Zubereitung der Eisbecher zuständig war, und trug ihr sein Anliegen vor.

»Tut mir leid«, antwortete sie sofort. »Ich bin nur zur Aushilfe hier. Meine Eltern könnten Ihnen bestimmt weiterhelfen. Die sind seit zwanzig Jahren die Besitzer.«

»Wie erreichen wir Ihre Eltern?«

»Erst ab Montag. Die sind zu einer Familienfeier in Süddeutschland. Sie kommen Sonntagabend spät zurück. Montag stehen Mama und Papa wieder hier.«

Drosten fragte sich, ob es Sinn hätte, sie um die Telefonnummer der Eltern zu bitten. Es war unwahrscheinlich, dass sie sich intensiv mit den Fotos dreier Männer beschäftigen würden, wenn sie abgelenkt waren. Er schaute auf seine Uhr. Bis der Hausmeister nach Hause käme, würde es noch dauern.

»Sollen wir uns ein paar Eisbecher gönnen?«, fragte er seine Partner.

»Hab nichts dagegen«, antwortete Kraft.

»Mir würde ein Kaffee reichen«, erwiderte Sommer. »Ist mir noch zu früh für Eis.«

»Das wäre ein großer Fehler«, klärte ihn die Frau auf. »Ich bereite Ihnen das beste Eis der Stadt zu.« Sie zwinkerte ihm zu und schob sich mit einer Hand eine Haarlocke aus der Stirn.

»Wie könnte ich da widerstehen«, sagte Sommer.

Die Frau strahlte. »Wunderbar. So mag ich die Männer.«

26

Barbara Guttenberger saß auf der Couch und versuchte, sich mit einem Buch abzulenken. Doch schon nach wenigen Seiten verlor sie die Konzentration. Steffens Ermordung lag eine Woche zurück. Sie hatte keine Ahnung, wie es weitergehen würde, sobald die Polizei die Leiche freigab. Steffens Eltern und Geschwister lebten zwar noch, zumindest vermutete sie das, aber sie hatten seit Jahrzehnten keinen Kontakt mehr zu ihm gehabt. Würden sie sich trotzdem um die Beerdigung kümmern? Barbara wusste es nicht. Ihr graute vor der Vorstellung, Steffen würde anonym begraben werden, weil die Eltern verstorben sein könnten. In dem Fall würde sie alles in die Wege leiten, um ihm das zu ersparen. Auch wenn sie es sich in ihrem Zustand eigentlich nicht zutraute.

Das Piepen ihres Handys riss sie aus ihren Gedanken. Sie klappte das Buch zu, ohne die Stelle zu markieren. Im nächsten Moment wurde sie sich des Fehlers bewusst.

»Oh nee. Du bist so dumm!«

Barbara griff zum Smartphone und entsperrte das Display. Zu ihrer Überraschung hatte ihr Rüdiger eine

Videonachricht geschickt. In den letzten Tagen hatte zwischen ihnen Funkstille geherrscht. Ihr hatte die Kraft gefehlt, den ersten Schritt zu unternehmen. Und sei es nur, um sich zu entschuldigen. Nun war er ihr zuvorgekommen.

Barbara spielte die Datei ab. Rüdiger hatte sie in dem Hotelzimmer aufgenommen, in dem er derzeit lebte, was sie am Hintergrund erkannte.

»Hallo, Barbara«, sagte er und klang zerknirscht. »Ich möchte dich um Verzeihung bitten.«

Sie war überrascht. Damit hätte sie nicht gerechnet.

»Nach ein paar meist schlaflosen Nächten habe ich eingesehen, dass ich zu emotional reagiert habe. Der Schock hat mich tief getroffen, aber das soll nicht als Ausrede herhalten.« Er wandte kurz den Blick ab und schien sich zu sammeln. Dann sah er wieder in die Kamera. »Anfangs habe ich geglaubt, unsere ganze Ehe wäre ein Fake gewesen. Deswegen war ich so verletzt. Inzwischen habe ich eingesehen, dass das so nicht stimmt. Klar, es gab in deinem Leben einen Menschen, mit dem ich nicht konkurrieren konnte, und streite das bitte erst gar nicht ab. Davon abgesehen ...« Er lächelte. »Wir haben eine gute Ehe geführt, oder? In den letzten Nächten habe ich vor allem viel an unsere gemeinsamen Reisen gedacht. Was haben wir von der Welt gesehen, Wahnsinn! Ohne dich wären die Erinnerungen daran nur halb so schön. Ich will nicht abschweifen. Der Grund für diese Nachricht ist ein anderer. Was hältst du davon, wenn wir beide essen gehen? Vielleicht sogar schon morgen? Hier im Hotel gibt es ein gutes Restaurant, bestimmt erinnerst du dich. Wir waren hier mal zum Hochzeitstag. Dinner ist ab achtzehn Uhr möglich. Ich würde nicht zu spät anpeilen, denn je später es wird, desto lauter wird es ja in solchen Restaurants immer. Natürlich können wir auch in jedes andere Lokal, das dir vorschwebt. Wir sollten uns aussprechen und gucken, wie es mit uns beiden weitergeht. Wo, ist mir ziemlich egal. Meine Drohung, dich im Scheidungsprozess fertigzumachen, war dumm. Entschuldige bitte. Selbst wenn wir beschließen, uns zu trennen, verspreche ich dir einen fairen Schlussstrich. Meld dich bei mir, ob dir morgen überhaupt passt. Oder schlag einen anderen Tag vor. Mach's gut.«

Er schien ihr die Hand entgegenzustrecken, dann endete die Nachricht.

»Wow«, sagte sie leise. Damit hatte sie nicht gerechnet. Ganz im Gegenteil. Sie hatte jeden Tag befürchtet, ein offizielles Schreiben im Briefkasten zu finden. Stattdessen überlegte er, ob er ihnen eine zweite Chance geben sollte. Konnte das wirklich sein?

Bestimmt achtete Rüdiger darauf, ob sie die Nachricht bereits gesehen hatte. Also sollte sie nicht zu lange mit einer Antwort zögern. Was wollte sie? Weiter mit ihm zusammen sein und um ihre Ehe kämpfen? Oder einen völligen Neustart, jetzt, wo Steffen keine Rolle mehr spielte?

Sie erinnerte sich an ihre Gefühle nach der letzten Verabredung mit Steffen. Hatte sie nicht sowieso mit dem Gedanken gespielt, die Daueraffäre endgültig zu beenden, weil sie ihre Ehe nicht weiter gefährden wollte? Eigentlich lag die Antwort klar vor ihr. Aber wie würde er reagieren, falls sie ihm mitteilte, sich für Steffens Beerdigung verantwortlich zu fühlen?

27

Sandra Messmer musterte sich im Spiegel. Hatte sie es mit dem Make-up übertrieben? Immerhin würde ihre älteste Tochter sie gleich sehen, mit der sie seit über einem Jahr regelmäßig darum zankte, wie wichtig Schminke sei. Sie trat einen Schritt vom Waschbecken zurück, ohne den Blick vom Spiegel abzuwenden. Ihr Aussehen stimmte sie zufrieden, und Lotta würde bestimmt nichts einzuwenden haben.

Als könnte ihre Tochter Gedanken lesen, klopfte es an der Tür.

»Komm rein!«, rief Sandra.

Lotta trat ein und warf einen Blick auf das Outfit ihrer Mutter, das sie für das anstehende Konzert ausgesucht hatte. Ein knielanger, schwarzer Rock und eine schwarze Bluse. Kombinieren würde sie das mit weißen Sneakern. Das Outfit schien auf jeden Fall die Stilkontrolle des Teenagers zu bestehen.

»Mama, warum darf ich nicht mit? Ich höre die Band genauso gerne wie du.«

»Weil ich schon vor deiner Geburt Fan war.«

»Das ist kein Grund.«

Sandra drehte sich zu ihrer Tochter um. »Da hast du sogar recht. Der wahre Grund ist dein Alter. Du bist erst dreizehn. Da geht man noch nicht auf Konzerte.«

»Hallo? Ich bin fast vierzehn, und wir waren auch schon auf einem Konzert. Hast du das vergessen?«

Nein!, dachte sie. Die vielen kreischenden Mädchen waren ihr in bester Erinnerung geblieben. Sie hatten ihrem Youtube-Star auf der Bühne zugejubelt, den Sandra nur dank ihrer Ältesten kannte. »Das hattest du dir zum Geburtstag gewünscht.«

»Na toll! Dann wünsche ich mir das jetzt auch.«

»Lotta, das Konzert ist ausverkauft. Es gibt also keine Chance für dich mitzukommen.«

»Krasse Ausrede! Hättest dich ja rechtzeitig drum kümmern können.«

»Schatz, wenn die das nächste Mal nach Deutschland kommen, nehme ich dich mit. Einverstanden? Falls du das dann noch willst.«

Lotta zog einen Schmollmund. Es klingelte an der Wohnungstür, bevor sie etwas erwidern konnte.

»Das wird Leni sein«, sagte Sandra. »Machst du ihr bitte auf? Ich bin gleich bei euch.«

Lotta verschränkte die Arme vor der Brust.

»Schatz?« Sie schlug einen strengeren Tonfall an.

Nun drehte sich ihre Große um und verließ das Badezimmer. Diese Diskussion war schon mal überstanden. Sie setzte sich auf die Toilette. Sobald sie mit der Babysitterin alles besprochen hatte, würde sie sofort aufbrechen. Sie wollte sich nicht mit weiterem Teenager-Genöle die Vorfreude auf den Abend verderben.

Die 17-jährige Leni wartete im Wohnzimmer. Sandras Töchter hatten sie bereits in Beschlag genommen. Die siebenjährige Mila drückte sich an sie und hielt dabei ihr Lieblingsbuch in der Hand, und die zehnjährige Ella redete auf Leni ein. Nur Lotta stand ein bisschen abseits und versuchte, einen coolen, desinteressierten Eindruck zu vermitteln. Dabei wusste Sandra genau, was Lotta über das Nachbarmädchen dachte. Bewunderung wäre ein viel zu schwaches Wort dafür.

»Hallo, Frau Messmer«, begrüßte Leni sie.

»Hi, Leni. Danke, dass du so überpünktlich da bist.«

»Gern geschehen.«

»Die Mädchen und ich haben vorhin zwei Pizzen belegt. Sie stehen im Kühlschrank. Ihr müsst sie nur noch aufbacken.«

»Machen wir das jetzt sofort?«, fragte Mila. »Bitte!«

Leni lächelte. »Gleich. Wenn deine Mama gegangen ist.«

Mila drehte sich zu ihr um. »Wann gehst du?«

»Bin schon fast weg. Aber erst, wenn ich von allen eine dicke Umarmung bekommen habe. Und dann muss ich Leni noch erklären, wie lange jeder von euch höchstens am Tablet sein darf und wann ihr ins Bett müsst.«

»Na klar!«, brummte Lotta. »So typisch!«

Kurz darauf hatte sich Sandra von ihren Kindern verabschiedet und sie ermahnt, lieb zu Leni zu sein, die sie bereits für den Abend bezahlt hatte. Sie hoffte, nicht später als um halb zwölf wieder zu Hause zu sein. Würde es nach Mitternacht werden, müsste sie einen Nachschlag zahlen. Daran wollte sie gar nicht denken. Nichts sollte ihr diesen Samstagabend verderben.

Wann war sie das letzte Mal auf einem Konzert einer Band gewesen, die sie mochte? War das vor zwei Jahren? Sandra ging auf ihren Wagen zu. Unfassbar, wie wenig Zeit man als Alleinerziehende für sich selbst hatte. Vor allem mit drei Töchtern. Auch ihr letzter Kinobesuch, bei dem sie einen anspruchsvollen Erwachsenenfilm gesehen hatte, lag ewig zurück. Trotzdem würde sie um keinen Preis dieser Welt ihre Kinder hergeben.

Sie entriegelte das Fahrzeug und setzte sich hinein. Wenn sie überhaupt etwas bedauerte, dann, dass ihr ein Partner fürs Leben fehlte. Mit dem sie heute Abend hätte ausgehen können. Der ihr in anderen Lebenslagen den nötigen Rückhalt gab. Aber wie sollte sich ein Mann in ihr chaotisches Familienleben integrieren lassen? Da würde jeder Reißaus nehmen.

Sandra griff nach dem Sicherheitsgurt. Aus dem Augenwinkel bemerkte sie eine Bewegung. Es klopfte an der Fensterscheibe, und sie stieß vor Schreck einen spitzen Schrei aus.

Lotta hatte geklopft. Sandra öffnete die Tür.

»Schatz, was ist los?«

»Mama«, sagte sie vorwurfsvoll. »Du hast dein Ticket vergessen.«

Fassungslos schaute Sandra auf die Eintrittskarte in der Hand ihrer Tochter. Sie lachte ungläubig. »Oh Gott, wie konnte mir das passieren? Das wäre ja was geworden. Danke, mein großes Mädchen.« Hatte sie es gar nicht abwarten können, die Wohnung zu verlassen? Wie peinlich!

Lotta reichte ihr die Karte. »Ich bin neidisch. Morgen musst du mir alles erzählen. Und mach ja viele Videos!«

»Versprochen.«

28

Unsicher, ob sie sich richtig entschieden hatte, betrat Barbara das Restaurant, das spärlich besucht war. Sie entdeckte ihren Mann auf Anhieb. Er erhob sich vom Tisch. Rüdiger trug den dunkelblauen Anzug, der ihr so an ihm gefiel. Sie ging auf ihn zu, froh darüber, das Kleid angezogen zu haben, das er ihr vor einem Jahr bei einem Bummel im KaDeWe geschenkt hatte.

»Hallo«, sagte sie zu ihm.

Er gab ihr einen Wangenkuss, ein Ausdruck der Zuneigung, ohne es gleich zu übertreiben wie bei einem richtigen Kuss.

»Gut siehst du aus.«

»Danke, du auch.«

Formvollendet zog er ihren Stuhl zurück, damit sie sich setzen konnte. Als er Platz nahm, lächelte er ihr zu.

»Ich war gestern echt happy über deine Antwort.«

»Und ich war ziemlich überrascht von deiner Nachricht.«

»Ja.« Er senkte den Blick. »Ach, keine Ahnung.« Er schaute wieder auf. »Ich hab versucht, mich mit Arbeit abzulenken. Richtig gelungen ist mir das nicht. Und dann …«

Eine Kellnerin trat an ihren Tisch. »Herzlich willkommen«, sagte die Frau zu Barbara. In der Hand hielt sie bereits eine Flasche Weißwein, deren Etikett sie präsentierte.

»Ist es okay, dass ich den Wein ausgesucht habe?«, fragte er.

»Klar. Du kennst dich damit ja viel besser aus.«

Die Kellnerin schenkte Rüdiger einen kleinen Schluck ein, und er kostete ihn.

»Wunderbar.«

Die Kellnerin füllte ihre Gläser. »Ich bringe Ihnen sofort die Speisekarte«, sagte sie, bevor sie sich umdrehte und davoneilte.

Rüdiger hob das Glas. »Auf heute Abend, egal, was er bringt.«

Barbara nickte und stieß mit ihrem Mann an. Er schien auf Versöhnungskurs zu sein. Ihr zu Hause gefasster Entschluss, absolut offen zu ihm zu sein, geriet ins Wanken. Die Wahrheit könnte endgültig alles einstürzen lassen.

Es dauerte nicht lange, bis die Kellnerin mit den Speisekarten zurückkehrte. In aller Ruhe studierte Barbara sie und traf ihre Entscheidung.

»Was nimmst du?«, fragte Rüdiger. »Vermutlich den Lachs, oder?«

»Und du das Kalbsfilet, richtig?«

Die beiden lächelten, denn sie hatten den Nagel auf den Kopf getroffen. Nach so vielen gemeinsam verbrachten Jahren kannte man die Vorlieben des anderen in- und auswendig.

Die Kellnerin kehrte erneut zurück und hielt zu Barbaras Überraschung ein verpacktes Geschenk in der Hand. Rüdiger nahm es ihr ab und bedankte sich. Er legte die längliche Packung auf den Tisch und forderte Barbara auf, zuerst zu bestellen. Als die Kellnerin wieder gegangen war, beäugte Barbara das Geschenk.

»Ist das für dich von der jungen Frau?« Sie klang skeptisch.

Rüdiger schmunzelte. »Nach dem Motto: Sieh her, wie begehrt ich bin. Nein. Das ist für dich. Ich hatte sie bloß gebeten, das kurz aufzubewahren, weil ich dich überraschen wollte.«

»Für mich?«

»Ja. In der Hoffnung, dass du nach diesem Abend überhaupt noch Geschenke von mir annimmst. Allerdings würde ich dich bitten, es erst später aufzumachen. Am besten zu Hause. Das ist keine Bestechung. Selbst wenn du unser Dinner vorzeitig beendest, kannst du es haben. Es drückt aus, was ich für dich empfinde.«

»Danke«, sagte sie leise.

Rüdiger lächelte liebevoll.

Barbara beschloss, ihr Hauptanliegen nicht weiter auf die lange Bank zu schieben. »Ich möchte mich bei dir entschuldigen. Du hättest über Steffen Bescheid wissen müssen. Spätestens, als du mir den Antrag gemacht hast, hätte ich dir von ihm erzählen sollen. Damals habe ich zwar geglaubt, unsere Liebe könnte ihn endgültig überflüssig machen, aber das war kein Grund, ihn dir zu verschweigen.« Sie trank ein Schluck des bereitstehenden Wassers, um ihre trockene Kehle zu befeuchten. »Weißt du, ich habe so häufig gemerkt, dass mir Steffen immer nur für kurze Phasen guttut. Es wäre so viel besser gewesen, den Kontakt zu ihm schon vor langer Zeit abzubrechen. Es tut mir leid, dass ich dafür zu schwach war.«

»Wann hast du mich das erste Mal mit ihm betrogen?«

»Nach unserer Odyssee wegen unseres Kinderwunsches. Als klar war, dass es nicht klappen wird. Du hast dich in die

Arbeit vergraben ...« Er öffnete den Mund, weshalb sie rasch die Hand hob. »Das heißt nicht, dass ich dir die Schuld gebe. *Ich* hätte es auch so handhaben sollen. Stattdessen war ich ja damals drei Wochen krankgeschrieben, und irgendwann griff ich zum Telefon. Dumm von mir.«

»Eine Ausnahmesituation«, sagte er.

»Leider hat er danach wieder vollkommen mein Denken beherrscht.«

»Und wie oft habt ihr euch in den folgenden Jahren ... gesehen?«

Barbara hatte sich vorgenommen, ehrlich zu sein. Auch wenn es ihr schwerfiel. »Es war nie eine längere Pause als acht Monate dabei. Manchmal kam es nur zwei-, dreimal zu Treffen, dann war wieder Funkstille. Manchmal dauerte das Wochen.« Sein verletzter Blick tat ihr im Herzen weh. »Es tut mir so leid, Rüdiger. Ich wollte, ich könnte es rückgängig machen. Als mich Chrissy von dem angeblichen Kinoabend nach Hause gefahren hat, habe ich mit ihr darüber gesprochen, es endgültig zu beenden. Er ... das alles ... es fühlte sich so falsch an.«

»Und was hat dich an ihm so viele Jahre fasziniert? Ist er so gut im Bett?«

»Rüdiger, ich kann das kaum in Worte fassen. Der Sex mit dir ist genauso schön. Steffen. Na ja. Irgendwas ...« Ratlos hob sie die Hände.

»Ich verstehe«, erwiderte ihr Mann.

»Wirklich?«

»Nein, ehrlich gesagt nicht. Aber noch weniger kapiere ich, warum es mir nie aufgefallen ist. Ich hatte nicht den leisesten Verdacht. Was sagt das aus über mich?«

»Du bist beruflich so erfolgreich und stark eingespannt. Mich wundert das gar nicht. Außerdem scheine ich eine perfekte Lügnerin zu sein. Du solltest nicht darunter leiden müssen, aber ich kann es nicht ungeschehen machen.«

»Nein, kannst du nicht«, bestätigte er. Er trank einen Schluck Wein und wich ihrem Blick aus. »Hat der Mörder die richtige Wahl getroffen?«, fragte er schließlich. »Ist er dein Lieblingsmensch? Das quält mich seit Tagen. Ich muss es wissen. Und sei bitte ehrlich.«

»Es hätte auch dich treffen können«, antwortete sie. »Ich liebe dich. Aber ja, die Auswahl des Mörders ergibt Sinn. Die Polizei glaubt, es könne jemand sein, den ich früher mit Steffen betrogen habe. Ein Ex-Freund. Falls das stimmt, wäre es nur logisch, dass er Steffen für meinen Lieblingsmenschen gehalten hat, weil ich nicht von ihm losgekommen bin.«

»Kannst du dir das vorstellen?«

»Einen meiner Ex-Freunde als Mörder? Schwierig. Zumindest so, wie ich sie damals erlebt habe. Andererseits sind so viele Jahre vergangen. Wer weiß schon, was einem von ihnen heutzutage durch den Kopf geht?«

»Verrückt.«

Die Kellnerin brachte einen Korb mit Brotauswahl und drei verschiedenen Dips. Sie stellte alles auf den Tisch und erklärte, um welche Dips es sich handelte. Danach schenkte sie ihnen Wein nach und zog sich erneut zurück.

»Ich will dir eine Sache nicht verheimlichen«, fuhr Barbara fort. »Vielleicht beendest du deshalb den Abend sofort. Ich könnte es verstehen.«

»Egal, was du sagst, wir ziehen das Dinner durch.« Er lächelte gequält.

»Es geht um Steffens Beerdigung. Er hat schon mit achtzehn den Kontakt zu seiner Familie abgebrochen. Seine Eltern oder Geschwister werden sich vielleicht nicht darum kümmern. Die Vorstellung, dass er anonym vom Ordnungsamt beerdigt wird, ertrage ich nicht. Ich hoffe auf einen Verwandten, falls aber keiner mehr existiert, will ich das übernehmen. Kannst du das ...«

»Das verstehe ich sehr gut«, erwiderte er.

»Löst das nichts bei dir aus?«

Rüdiger zögerte. »Ganz ehrlich? Ich glaube, ich würde dich dabei sogar unterstützen. Denn das wäre auch für mich ein Schlussstrich. Falls du das überhaupt willst. Klar, je näher die Beerdigung rücken würde, desto weniger Garantie könnte ich für mein Gefühlschaos übernehmen. Trotzdem kann ich dich absolut verstehen. Das passt zu dir. Und nach all den Jahren ... Jahrzehnten ... na ja.« Er schmierte sich mit seinem Vorspeisenmesser etwas Avocado-Dip auf eine kleine Brotscheibe.

Barbara überraschte seine Reaktion. Mit so viel Großmut hätte sie nicht gerechnet. War der größte Stolperstein für eine Fortsetzung ihrer Ehe gerade aus dem Weg geräumt worden? Auch sie nahm sich eine Scheibe Brot.

* * *

Zwei Stunden später saß Barbara im Taxi. Das eingepackte Geschenk lag auf ihrem Schoss. Die Versuchung, es zu öffnen, war groß. Nur die Anwesenheit des Taxifahrers hielt sie davon ab.

Sie rekapitulierte den Abend. Einmal war es ihm gelungen, sie zu überraschen. Er hatte von einer Mandantin berichtet, die er vor rund drei Jahren vor Gericht vertreten hatte. Die attraktive Frau, die wegen Drogenhandels angeklagt war, hatte wohl heftig mit ihm geflirtet. Rüdiger hatte sich dazu bekannt, in Versuchung geraten zu sein. Sein beruflicher Ehrenkodex hatte ihn abgehalten. Als die Frau mit einer glimpflichen Geldstrafe davongekommen war, hatte sie noch einmal richtig Gas gegeben, um ihn herumzubekommen. Rüdiger meinte, es hätte nicht viel gefehlt, dann wäre er schwach geworden. Sie wünschte sich, er hätte der Versuchung nachgegeben. Das hätte eine Fortsetzung der Ehe leichter gemacht. Sie wäre nicht die einzige Sünderin gewesen.

In ihr kämpften verschiedene Emotionen miteinander. Die Hoffnung überwog, dass sie in den nächsten Monaten wieder zusammenfinden könnten. Doch sie hatten beide beschlossen, es nicht zu überstürzen. Wenn sie sich eine zweite Chance geben wollten, mussten sie erst die Vergangenheit hinter sich gelassen haben. So schnell ging es weder bei ihm noch bei ihr.

Barbara hob das längliche Geschenk an. Was mochte darin stecken? Für ein Schmuckstück war es zu schwer, außerdem gab es keinen Grund, warum ihr Rüdiger Schmuck schenken sollte.

Ungeduldig schloss Barbara die Haustür auf. Sie musste dringend zur Toilette. Das Geschenk legte sie zusammen mit dem Smartphone auf der Dielenkommode ab und benutzte das kleine Gästeklo. Als sie sich erleichtert hatte, kehrte sie in die Diele zurück. Sie verriegelte die Haustür und nahm das Geschenk mit ins Wohnzimmer. Ihre Aufregung und die Vorfreude stiegen. Was hatte Rüdiger für sie besorgt?

Barbara setzte sich an den Esstisch. Vorsichtig löste sie die Klebestreifen vom Geschenkpapier und faltete es auseinander. Ein schwarzer, unbeschrifteter Karton kam zum Vorschein. Der Deckel war ebenfalls mit Klebefolie am Rest der Verpackung befestigt, und sie knibbelte sie mühsam ab. Mit höherem Puls nahm sie den Deckel ab.

Sie brauchte ein paar Sekunden, um zu begreifen, was sie da vor sich sah.

»Nein!«, stieß sie aus. »Nein!«

Das konnte nicht wahr sein! Angeekelt schob sie den Karton von sich. Wo war ihr Handy? Sie erhob sich und lief mit zittrigen Beinen zurück in die Diele. Barbara scrollte durch die Telefonkontakte, bis sie endlich die Nummer gefunden hatte. Hoffentlich würde sie den Anruf rasch entgegennehmen. Das Freizeichen erklang. Zu ihrer Erleichterung dauerte es nicht lange, dann meldete sich die weibliche Stimme.

»Hallo, Frau Guttenberger. Alles in Ordnung?«, fragte Hauptkommissarin Kraft.

»Nichts ist in Ordnung«, kreischte Barbara. »Er ... Rüdiger ... er ist der Mörder.«

»Wo sind Sie?«

»Zu Hause.«

»Mit Ihrem Mann?«

»Nein. Allein. Wir hatten uns zum Dinner verabredet. In dem Hotel, in dem er schläft. Da ist ein gutes Restaurant. Rüdiger hat mir ein Geschenk mitgegeben und mich gebeten, es erst zu Hause auszupacken. Das habe ich gerade getan. Sie müssen ihn verhaften. So schnell wie möglich. Bestimmt taucht er unter.«

»Was hat er Ihnen geschenkt?«

»Ich kann's nicht fassen.«

»Frau Guttenberger, was hat er Ihnen geschenkt?«

»Das ist ... ich glaube ... ja ... ich bin mir sicher. Das ist eine Tätowierpistole. Wie konnte er mir das antun? Warum?«

29

Hauptkommissarin Howe und ihr Partner Tenkel erreichten fünfundzwanzig Minuten nach Krafts Anruf das Berliner Hotel. Die KEG war noch immer in Leipzig und hatte deshalb die Verhaftung des Verdächtigen an sie delegiert. Nicht zuletzt für den dramatischen Effekt hatte Tenkel das mobile Blaulicht nicht ausgeschaltet, als er vor dem Hoteleingang geparkt hatte.

Die junge Rezeptionistin hatte das beobachtet und blickte ihnen verunsichert entgegen, als sie auf sie zustürmten.

»Guten Abend, wie kann ich Ihnen helfen?«

»Hauptkommissar Tenkel.« Er präsentierte ihr seinen Dienstausweis der Kripo Berlin.

Howe stellte sich ebenfalls vor und wies sich aus.

»In welchem Zimmer wohnt Ihr Gast Rüdiger Guttenberger?«, fragte Tenkel.

»Wieso wollen Sie das wissen?«, erwiderte die Frau. »Ich kann nicht einfach die Zimmernummer …«

Tenkel schlug mit der flachen Hand auf den Holztresen.

»Es besteht dringender Mordverdacht gegen den Gast. Wollen Sie sich der Beihilfe schuldig machen?«

Aus dem hinteren Teil der Rezeption kam ein Mann auf sie zu.

»Ist hier alles in Ordnung?«, fragte er.

»In Ihrem Hotel wohnt ein gewisser Rüdiger Guttenberger, den wir wegen dringenden Mordverdachts sprechen müssen«, erklärte Howe. »Begleiten Sie uns sofort zu seinem Zimmer und öffnen uns die Tür.«

»Können Sie mir den Haftbefehl zeigen?«, fragte der Hotelmanager.

»Hier ist Gefahr im Verzug«, erwiderte Tenkel. »Wenn Sie nicht wollen, dass Ihre Hotelgäste oder Mitarbeiter gefährdet sind, sollten Sie uns begleiten. Unverzüglich!«

»Zimmer 427«, sagte die junge Frau, nachdem sie ihrem Vorgesetzten einen fragenden Blick zugeworfen und er genickt hatte.

»Na gut. Kommen Sie!«

* * *

»Hier ist es.« Der Manager zog eine Schlüsselkarte aus der Anzugtasche.

»Sobald Sie uns geöffnet haben, treten Sie beiseite und lassen uns unseren Job machen«, wies Tenkel ihn an.

Der Mann hielt die Zugangskarte vor das Schloss. Ein kurzer Summton erklang, und ein grüner Lichtstreifen leuchtete auf. Tenkel legte die Hand auf den Griff. Der Manager wich zwei Schritte zurück.

»Ich sitze am Schreibtisch und bin unbewaffnet«, rief Guttenberger.

Trotz dieser Behauptung zogen Howe und Tenkel ihre Waffen, hielten aber den Lauf gesenkt. Sie betraten das Zimmer. Wie Guttenberger angekündigt hatte, saß er am

Schreibtisch. Er hatte die Hände hinter dem Kopf verschränkt.

»Bitte legen Sie Ihre Waffen weg. Es gibt keinen Grund für eine Kurzschlussreaktion. Ich habe Sie schon erwartet. Es geht um mein Geschenk, richtig? Inzwischen dürfte Barbara es geöffnet haben. Hat sie den Schrecken ihres Lebens bekommen?«

Howe schob als Zeichen des guten Willens ihre Waffe zurück ins Holster.

»Gustav!«, sagte sie.

Tenkel verstand sofort, was sie von ihm wollte. Auch er deeskalierte die Situation.

»Danke«, murmelte Guttenberger.

»Lassen Sie ja Ihre Hände verschränkt«, befahl Tenkel.

»Gar kein Problem. Sie finden auf dem Schreibtisch eine Quittung über den Kauf der Tätowierpistole. Ich habe sie erst vor ein paar Tagen bestellt, sie ist gestern geliefert worden. Das kann Ihnen die Rezeption bestätigen. Sofort danach habe ich mich bei Barbara gemeldet und um die Verabredung gebeten. Wie gerne hätte ich ihr Gesicht gesehen.« Er lachte dreckig. »Sie müssen wissen, ich reiche am Montag die Scheidung ein. Die Hure hat mich jahrelang betrogen. Das wird sie bitter bereuen. Aber ich wollte ein bisschen Spaß, bevor ich die Scheidung beantrage.« Er grinste.

»Und das sollen wir Ihnen glauben?«, sagte Tenkel. »Also alles ganz harmlos?«

»Ob Sie's mir glauben, ist mir erst mal ziemlich egal. Ich wusste, dass Sie kommen werden. Ich trage noch immer denselben Anzug und die Schuhe wie im Restaurant. Wieso hätte ich das anbehalten sollen, wenn ich Sie nicht erwartet hätte? Sie können mich festnehmen, und wir setzen das Gespräch im Präsidium fort. Ich versichere Ihnen, mit dem Mord an Remme habe ich nichts zu tun. Mit den Ereignissen in Leipzig sowieso nicht. Nein. Es ging mir nur darum, ihr ein bisschen von dem Schmerz zurückzuzahlen, den sie mir zugefügt hat. Wie wäre das für Sie, wenn Sie erführen, dass Ihre Ehefrau Sie jahrelang hintergangen hat?« Er schaute Tenkel in die Augen.

»Das steht jetzt nicht zur Debatte«, erwiderte Tenkel.

»Aber Sie können sich in mich hineinversetzen. Das spüre ich.«

»Genug gelabert. Stehen Sie langsam auf, die Hände behalten Sie vorläufig hinter dem Kopf verschränkt. Ich lege Ihnen jetzt Handschellen an. Dann fahren wir ins Präsidium. Sollen wir einen Anwalt für Sie organisieren?«

»Nein. Ich vertrete mich selbst.« Guttenberger erhob sich. Er leistete keinen Widerstand, als Tenkel ihm Handschellen anlegte.

30

Leni Hoppe schaute um zwanzig nach elf auf die Handyuhr. Lange dauerte es hoffentlich nicht mehr, bis Frau Messmer zurückkehren würde. Der Abend war nicht sonderlich anstrengend gewesen. Die kleine Mila hatte am meisten gemeckert, weil sie zuerst ins Bett musste. Nachdem das erledigt war, hatte sie das Geld spielend leicht verdient. Trotzdem freute sich Leni auf zu Hause. Sie brauchte keinen Zuschlag. Mit dem Lohn würde sie sich morgen ein paar In-App-Käufe bei ihrem aktuellen Lieblingsspiel leisten.

Die Minuten verstrichen. Um zwanzig vor zwölf wurde Leni ungeduldig. Das war untypisch für die dreifache Mutter. Ob die Band später als erwartet mit der Show begonnen hatte?

Um Mitternacht überprüfte Leni, ob ihr Telefon einwandfrei funktionierte. Sie hätte zumindest mit einer Nachricht gerechnet, dass es deutlich später werden würde. Sie wartete weitere fünf Minuten, dann wählte sie die Nummer von Frau Messmer. Die Mailbox sprang sofort an.

Da Leni nicht darüber nachgedacht hatte, was sie sagen sollte, trennte sie die Verbindung.

Um Viertel nach zwölf wusste sie sich nicht mehr anders zu helfen. Leni rief ihre Mutter an. Das Freizeichen ertönte eine Weile, bis sie sich endlich meldete.

»Alles okay, Schatz?«, fragte ihre verschlafen klingende Mutter.

»Mama, Frau Messmer ist noch nicht zurück. Eigentlich wollte sie schon vor einer Stunde hier sein.«

»Hast du sie mal angerufen?«

»Da lande ich sofort auf der Mailbox. Was würdest du an meiner Stelle tun?«

»Wie spät ist es?«

Leni verdrehte die Augen. Ihre Mutter brauchte immer ein paar Minuten, bis sie nach dem Schlaf auf Sendung war. »Bald ist es halb eins. Sie hat gemeint, sie ist spätestens um halb zwölf hier.«

»Ich versuche auch mal, sie zu erreichen.«

»Mach das. Ich warte in der Leitung.«

* * *

Um zehn nach eins öffnete Leni ihrer Mutter die Tür. Die hatte beschlossen, zu ihrer Tochter zu kommen, um sie zu unterstützen.

Leni umarmte sie. »Danke, dass du gekommen bist.«

»Schlafen Sandras Kinder?«, fragte sie leise.

»Zum Glück.«

»Dann gehen wir ins Wohnzimmer.«

Auf Zehenspitzen schlichen sie in den Raum und schlossen die Tür.

»Mama, was tun wir bloß?«

»Hast du im Internet nach Berichten über das Konzert

gesucht? Vielleicht steht irgendwo etwas von einem medizinischen Notfall.«

»Gute Idee!«

Sie setzten sich beide auf die Couch und begannen zu recherchieren. Leni fand rasch Informationen. Die ersten begeisterten Besucher hatten auf Tiktok Videos hochgeladen. Keiner erwähnte einen Abbruch wegen eines Vorfalls. Leni schielte zum Handy ihrer Mutter. Die suchte auf klassischen Nachrichtenseiten.

»Nichts«, sagte sie nach einer Weile.

»Bei mir auch nicht«, erklärte Leni. »Es ist auf jeden Fall zu Ende. Auf Tiktok finde ich Videos von der Zugabe und dem Schlussapplaus.«

»Wie lange ist das her?«

»Schon über eine Stunde.«

Ihre Mutter brummte etwas Unverständliches.

Plötzlich öffnete sich die Wohnzimmertür. Lotta kam herein und rieb sich die Augen.

»Frau Hoppe«, sagte sie überrascht. »Was machen Sie hier? Wo ist Mama?«

»Hallo, Lotta. Komm mal zu uns. Wir erreichen deine Mutter nicht. Aber ich bin sicher, sie kommt gleich.«

* * *

Die Zentrale hatte Polizeikommissarin Fanny Duckert und ihrer Partnerin Hilke Peter den Auftrag gegeben, zu dem Veranstaltungsgelände zu fahren. Stunden zuvor hatte dort ein Konzert einer ehemaligen Boyband stattgefunden, die sich nach fast zwei Jahrzehnten für eine neue Welttournee vereint hatte.

»Vielleicht ist die vermisste Mutter im Backstagebereich gelandet und hat die Nacht ihres Lebens mit den alternden Herren«, sagte Duckert auf der Fahrt dorthin.

Peter lachte. »Oh Gott. Ich mag mir gar nicht ausmalen, was solche Künstler heutzutage mit ihren in die Jahre gekommenen Fans anstellen, die sich willig zeigen.«

»Kopfkino! Brr«, erwiderte Duckert. »Quatsch! Bestimmt sind das alles inzwischen brave Familienväter, die von der Bühne direkt ins Bett fallen.«

»Was wissen wir über die vermisste Frau?«, fragte Peter. Sie hatte sich gerade an einer Tankstelle einen Coffee-to-go besorgt, als Duckert die Meldung entgegengenommen hatte.

»Angeblich sehr zuverlässig. Alleinerziehend. Drei Töchter. Die 17-jährige Babysitterin und ihre Mutter haben sich gemeldet.«

»Vielleicht nur eine Lebenskrise? Drei Töchter alleine großziehen? Oh Gott! Das will ich mir gar nicht ausmalen.«

»Zu einem Vater würde so etwas passen, aber nicht zu einer Mutter. Meine hätte mir das nie angetan«, sagte Duckert. »Auch wenn es oft echt hart für sie war. Und das, obwohl meine Schwester und ich ihr viel geholfen haben.«

Sie erreichten das Konzertgelände. Auf dem Parkplatz standen vereinzelt noch Fahrzeuge, in denen größtenteils niemand saß.

»Ein roter Passat mit Berliner Kennzeichen«, murmelte Duckert.

Langsam fuhren sie die Reihen ab.

»Das da könnte er sein«, sagte Peter nach einer Weile.

Duckert steuerte den Wagen hinüber. Sie hatten das gesuchte Fahrzeug gefunden.

»Liegt neben der Fahrertür etwas auf dem Boden?«, fragte Peter.

»Du hast recht. Ist das eine Handtasche?«

Duckert stellte den Streifenwagen drei Parkbuchten entfernt ab. Sie stiegen aus.

»Shit!«, brummte Peter. »Das ist wirklich eine Handtasche.« Aus ihrer Jacke zog sie ein Paar Handschuhe, streifte sie über und hob die Tasche auf. Darin waren unter anderem ein Schlüsselbund, ein Lippenstift und ein Führerschein, ausgestellt auf den Namen Sandra Messmer.

»Informier die Zentrale«, sagte Peter. »Das hier ist gar nicht gut.«

31

Am Sonntagmorgen um halb sechs erreichten Drosten und seine Kollegen das Berliner Präsidium, wo Tenkel und Howe auf sie warteten. Beide wirkten stark übermüdet. Howe trank einen Kaffee, Tenkel einen Energydrink.

Sie berichteten zunächst von dem Anruf, der bei der Polizei eingegangen war, woraufhin eine Streifenwagenbesatzung das Auto auf dem Konzerthallengelände entdeckt hatte.

»Zwei Stunden später kam der nächste Anruf«, sagte Tenkel. »Diesmal von Sandra Messmer selbst. Sie war an einer Litfaßsäule aufgewacht, übrigens genau unter einem Plakat des Konzerts, das sie besucht hatte. Der Täter hatte ihr Handy zwar ausgeschaltet, ihr aber nicht abgenommen.«

»Geht es ihr gut?«, fragte Drosten.

»Die Blutwerte stehen noch aus«, antwortete Howe. »Die gynäkologische Untersuchung deutet nicht auf einen Missbrauch hin. An ihrem Arm ist das Datum vom kommenden Freitag eintätowiert. Die Machart ist wie in den anderen Fällen«.

»An was kann sie sich erinnern?«, fragte Kraft.

»Frau Messmer ist vor den Zugaben der Band gegangen. Das macht sie wohl immer so, weil sie bei der Abfahrt nicht im Stau stecken will.«

»Hätte der Täter das herausfinden können?«, wollte Sommer wissen.

»Nicht auszuschließen«, übernahm Tenkel wieder das Wort. »Außerdem parkt Messmer bei solchen Gelegenheiten lieber etwas weiter weg vom Eingang, um auf dem Rückweg schneller vom Gelände zu kommen. Jedenfalls stand ein weißer Lieferwagen direkt neben ihr, der bei ihrer Ankunft dort nicht gestanden hatte. Als sie ihre Fahrertür erreichte, hörte sie Geräusche hinter sich, schaute über die Schulter, und ab da setzt ihre Erinnerung aus.«

»Also wird der Täter sie betäubt und in den Lieferwagen verschleppt haben«, folgerte Drosten.

Die Berliner Polizisten nickten.

»Damit ist er das bislang größte Risiko eingegangen«, sagte Sommer. »Er eskaliert.«

»Was haben Sie über Frau Messmers Lieblingsmenschen herausgefunden?«, erkundigte sich Kraft.

»So konkret haben wir noch nicht nachgefragt. Sie war sehr unruhig und wollte zu ihren Kindern. Sie ist alleinerziehend und hat drei Töchter im Alter von sieben bis dreizehn«, berichtete Howe. »Wir haben ihr einen Besuch zur Mittagszeit angekündigt und Sie schon vorangekündigt.«

»Haben Sie sie wegen der Ex-Freunde von Frau Guttenberger befragt?«, erkundigte sich Drosten.

»Nein«, sagte Tenkel. »Das wäre der falsche Zeitpunkt gewesen.«

Sommer schaute auf seine Uhr. »Wann fängt die Mittagszeit an. Ab elf ungefähr?«

* * *

Um halb zwölf saßen Drosten, Sommer und Kraft der Frau in deren Wohnzimmer gegenüber. Howe hatte angeboten, sich in Lottas Zimmer um die drei Mädchen zu kümmern. Tenkel stand im Präsidium auf Abruf bereit und organisierte schon die ersten Maßnahmen zum Schutz der Entführten.

»Mir geht's ganz gut«, sagte Messmer. »Der Arm tut ein bisschen weh. Vor allem aber ... na ja ... Mich macht das mental fertig. Was hätte der mir alles antun können! Ich war so froh, meine Kinder wieder in die Arme zu schließen.«

»Das verstehen wir«, erwiderte Kraft. »Sie müssen eines wissen. Wir werden alles unternehmen, damit weder Ihnen noch einem nahestehenden Menschen etwas passiert.«

»Was soll jetzt noch passieren? Hat das mit dem Datum zu tun?«

»Sie sind leider nicht die erste Frau in den letzten Wochen, die für einige Stunden entführt wurde«, erklärte Drosten. »Es hat zwei vergleichbare Fälle in Leipzig und Berlin gegeben.«

»Und dann?«

»Am Tag des eintätowierten Datums wurden zwei Menschen ermordet. Allerdings nicht die entführte Frau ...«

»Sondern?«

»In einem Fall die Großmutter, im anderen Fall ein Mann, der eine große Bedeutung für die Frau hatte«, fuhr er fort. »Wir befürchten, der Täter hat es jeweils auf den Lieblingsmenschen der Entführten abgesehen.«

»Nein! Das ist ...« Fassungslos starrte die dreifache Mutter Drosten an.

»Wen würden Sie als Ihren Lieblingsmenschen bezeichnen?«, fragte Kraft.

»Meine Kinder! Wen sonst? Schweben sie in Gefahr? Bitte nicht!«

»Gibt es außer Ihren Kindern noch jemanden, auf den

das zutrifft?«, hakte Sommer nach. »Ein Mann, Ihre Eltern oder …«

»Nein! Ich liebe meine Kinder über alles. Sie sind meine Lieblingsmenschen.«

»Und wen von ihnen ganz besonders?«, erkundigte sich Kraft.

»Was ist das für eine Frage? Alle drei gleich. Was denn sonst? Ich habe doch keine Rangliste. Haben Sie keine eigenen Kinder, oder wieso …«

»Je mehr Informationen wir haben, desto leichter fällt es uns, Schlimmeres zu verhindern«, erklärte Drosten. »Bei den beiden anderen Fällen lagen uns keine oder falsche Informationen vor. Deswegen haken wir nach.«

»Meine drei Kinder«, sagte sie entschlossen.

»Das ist gut«, meinte Kraft. »So fällt es uns leichter, Sie alle zu beschützen. Wir besprechen die Einzelheiten mit Ihnen und den Berliner Kollegen. Bis Freitag sollten Sie sich bei Ihrem Arbeitgeber krankmelden, außerdem dürfen Ihre Kinder nicht in die Schule gehen.«

»Wir sollen alle vier die nächste Woche zu Hause bleiben? Bitte nicht!«

»Zu Ihrem Schutz führt daran kein Weg vorbei. Idealerweise sollte auch mindestens eine Beamtin die ganze Zeit in der Wohnung sein«, erwiderte Drosten. »Einzelheiten besprechen wir in aller Ruhe.«

»Was für ein Albtraum«, flüsterte Messmer. »Das ist ja wie Quarantäne.«

»Wechseln wir vorläufig das Thema«, schlug Drosten vor. »Ich möchte Ihnen einige Männernamen nennen, die uns in anderen Fällen beschäftigt haben. Interessant wäre für uns, ob Ihnen einer dieser Namen etwas sagt. Sind Sie dazu bereit?«

»Natürlich.«

»Kommt Ihnen der Name Lars Fudalla bekannt vor?«

»Nein«, antwortete sie sofort.

»Und wie sieht es mit Lars Quiring aus? Herr Fudalla hat nämlich bei der Hochzeit den Namen seiner Ehefrau angenommen. Fudalla ist also der Geburtsname.«

»Auch den kenne ich nicht«, erwiderte sie.

»Okay. Sagt Ihnen Nico Höhne etwas?« Drosten registrierte sofort, dass sich der Gesichtsausdruck der dreifachen Mutter änderte.

»Nico Höhne?«, wiederholte sie.

»Kennen Sie ihn?«, wollte Drosten wissen.

»Ja. Nicht sehr gut, trotzdem. Er war der Lebensgefährte einer Arbeitskollegin. Bis sie sich getrennt haben. Das ist jetzt zwei Jahre her.«

»Haben Sie den Mann jemals gesehen?«, fragte Sommer. »Könnten Sie ihn beschreiben?«

Messmer nickte. »Das war auf dem Sommerfest unserer Firma.«

Sie beschrieb den Mann. Das, was sie sagte, passte zu dem Ex-Freund von Barbara Guttenberger. Drostens Aufregung stieg. War das der Durchbruch?

»Wissen Sie Genaueres über die Trennung? Wie heißt Ihre Arbeitskollegin?«, fragte er.

»Fabienne Alber. Wie ›albern‹, nur ohne n am Ende. Ich weiß tatsächlich einiges. Fabienne hat nach der Trennung mit ihrem Kind zwei Wochen bei uns gewohnt. Nico hatte sie aus der Familienwohnung geschmissen.«

»Die beiden haben ein Kind?«, hakte Sommer nach.

Messmer schnaubte. »Darauf kann ich nicht einfach mit Ja oder Nein antworten. Ja, sie hatten ein Kind, aber wie sich herausgestellt hat, war Nico nicht der leibliche Vater von Melissa. Böse Geschichte. Fabienne ist von einem One-Night-Stand schwanger geworden. Das hat Nico erst nach Melissas Geburt erfahren. Da war die Kleine schon zwei. Wutentbrannt hat er sie vor die Tür gesetzt. Aus der gemeinsamen Wohnung geschmissen. Die beiden waren ja nicht verheiratet, was die Trennung vereinfacht hat.«

»Wo haben sie gewohnt?«, wollte Kraft wissen.

Messmer nannte die Adresse, an der sie Höhne angetroffen hatten.

»Das verstehe ich nicht«, erwiderte Drosten. »Hat die Familie zu dritt in einer Zweizimmerwohnung gelebt?«

»Wie kommen Sie denn darauf? Die hatten ein Vierzimmer-Dachgeschossapartment. Fabienne hat da total gerne gewohnt. Sie hat den Verlust der Wohnung mehr bedauert als das Ende ihrer Beziehung.«

Drostens Gedanken rasten. Sie hatten Höhne in einer kleineren Wohnung angetroffen, die nicht im Dachgeschoss lag. War er nach der Trennung im selben Haus umgezogen? Außerdem fragte er sich, wie die alleinerziehende Mutter in Höhnes Visier geraten war. »Sie haben Fabienne und Melissa Unterschlupf gewährt.«

»Zwei Wochen, dann hatte sie zum Glück eine passende Ersatzwohnung gefunden.«

»Wusste Herr Höhne davon?«

Messmer zuckte mit den Achseln. »Das weiß ich nicht. Vermutlich schon.«

»Gibt es noch einen anderen Grund, warum Herr Höhne Ihnen eine gewisse Schuld an der Trennung geben könnte?«

Messmer zögerte. Allein das fand Drosten aufschlussreich.

»Eigentlich sollte das alles Fabienne beantworten. Sie hat sich von einem Typen schwängern lassen, den sie bei einem Musikfestival kennengelernt hat. Das Festival dauerte drei Tage. Ich schätze, Fabienne hat nie den Nachnamen von Melissas biologischem Vater erfahren. Ich war damals mit ihr dort. Nico wusste das. Da war ich noch mit meinem Mann zusammen, er hat an dem Wochenende auf die

Kinder aufgepasst. Getrennt haben wir uns ein Jahr später. Allerdings nicht, weil ich den gleichen Fehler gemacht habe wie Fabienne. Mein Mann wollte sich lieber auf seine junge Angestellte einlassen. Er ist Zahnarzt. Falls Sie mal jemanden brauchen, gehen Sie nicht zu Doktor Messmer. Er ist ein Arschloch.«

»Ist vermerkt.« Drosten dachte nach. Sie mussten dringend mit Fabienne Alber sprechen. Noch wichtiger wäre es, Höhne ins Präsidium zu bringen, um ihn zu vernehmen. »Ich würde Ihre Kinder und Hauptkommissarin Howe zu uns bitten, damit wir Schutzmaßnahmen für Sie besprechen können.«

Messmer nickte unmerklich. Der Gedanke, ihre Töchter über die Situation aufzuklären, bereitete ihr offensichtlich Unbehagen.

32

Bei Höhne öffnete ihnen niemand. Sommer klingelte dreimal, jedes Mal drückte er den Knopf etwas länger, doch am Resultat änderte sich nichts.

»Und jetzt?«, fragte er ungeduldig. »Verschaffen wir uns Zutritt zur Wohnung?«

»Mit welcher Begründung?«, wollte Drosten wissen.

»Wir können eine Verbindung zu zwei der drei Entführungsopfer nachweisen.«

»Das dürfte keinen Richter überzeugen.«

Frustriert drückte Sommer ein viertes Mal die Klingel. Es dauerte ein paar Sekunden, bis der Türsummer ertönte. Überrascht sahen sich die Polizisten an. Sommer verschaffte ihnen Zutritt zum Hausflur. Sie liefen zu Höhnes Wohnung, deren Tür geschlossen war. Stattdessen stand ein Mann in der Nachbarwohnung und schaute sie grimmig an.

»Nichts für ungut«, sagte er. »Aber was soll der Krach an einem Sonntag? Nico ist doch offensichtlich nicht zu Hause.«

Sommer zeigte seinen Dienstausweis vor. »Wissen Sie, wann er gegangen ist? Oder wann er wiederkommt?«

»Er meldet sich normalerweise nicht bei mir ab«, murmelte der Nachbar. »Was wollen Sie von ihm? Steckt er in Schwierigkeiten?«

Drosten schob sich vor Sommer. »Hallo. Wir müssen Herrn Höhne in einer wichtigen Angelegenheit sprechen.«

»Ich weiß nicht, wann Sie ihn wieder erreichen.«

»Wohnen Sie hier schon länger?«

»Seit vielen Jahren. Wieso?«

»Haben Herr Höhne, seine Partnerin Fabienne und ihre Tochter Melissa früher in der Dachgeschosswohnung gelebt?«

»Klar«, antwortete der Nachbar. »Bis er Frau und Kind rausgeworfen hat. Bittere Geschichte für Nico. Ein Kuckuckskind untergejubelt zu bekommen. Puh! Wenigstens hatte er Glück. Die Müllers, die jetzt oben wohnen, erwarteten Zwillinge. Beide haben also von dem Wohnungstausch profitiert. War's das, was Sie von Nico wissen wollten? Ich habe einen Auflauf im Backofen.«

Wie aufs Stichwort ertönte in der Wohnung ein Küchenwecker.

»Gehen Sie ruhig zu Ihrem Essen. Vielen Dank.«

Der Nachbar nickte und schloss die Tür.

»Hoch zu den Müllers?«, fragte Sommer.

»Probieren kann man's«, erwiderte Drosten.

* * *

Nach dem erfolglosen Versuch, die Familie mit den Zwillingen zu erreichen, kehrten Drosten und seine Partner zu ihrem Auto zurück.

»Sollen wir hier warten?«, fragte Kraft. »Vielleicht machen die Müllers einen Familienspaziergang.«

»Was sollen sie uns schon großartig erzählen?«, sagte Drosten. »Sie haben die Wohnung mit Höhne getauscht.

Dabei wird er ihnen kaum erzählt haben, was er in Zukunft plant.« Ihm ging ein anderer Gedanke durch den Kopf. Er zog das Telefon aus dem Anzug und überprüfte die neu eingegangenen Nachrichten. »Ich warte schon seit Tagen auf die Rückmeldung des Leipziger Musikers.«

»Du meinst den Nachbarn von Ursula Sand? Kurt Bellot?«, fragte Kraft.

Drosten nickte. »Ich habe ihn zweimal auf der Mailbox um Rückruf gebeten. Wie ich das hasse! Ich versuch's noch mal.« Er wählte die Nummer. Wie bei den letzten Malen erklang das Freizeichen. Die Sekunden verstrichen. Drosten rechnete bereits damit, eine weitere Rückrufbitte hinterlassen zu müssen, als der Anruf angenommen wurde.

»Bellot«, meldete sich ein Mann mit krächzend-heiserer Stimme.

Sofort schaltete Drosten den Lautsprecher ein. »Herr Bellot, Kriminalhauptkommissar Drosten. Schön, Sie zu erreichen.«

»Ah ja, Sie wollte ich auch noch anrufen. Entschuldigung. Es ist ...« Der Mann stöhnte. »Mein Schädel«, brummte er. »Sorry. Fürs Tourleben werde ich zu alt. Hier geht's drunter und drüber. Wie kann ich Ihnen helfen?«

»Es geht um den Mord an Ursula Sand«, erklärte Drosten.

»Arme Ursula. Herrje! Wer tut so etwas? Sie war ein so guter Mensch. Immer zu allen freundlich und hilfsbereit. Haben Sie den Täter?«

»Noch nicht. Wir hoffen, Sie können uns helfen.«

»Ich? Wie?«

»Stimmt es, dass Sie früher Ihre Wohnung untervermietet haben, wenn Sie länger auf Tour waren?«

»Von wem wissen Sie das? Lassen Sie mich raten. Sie haben mit Mefalda gesprochen.«

»So ist es.«

»Seit Ursulas Tod wohnt keiner in unserem Viertel länger als Mefalda und ich. Es stimmt, was sie sagt. Früher habe ich die Wohnung untervermietet. Da war ich manchmal drei, vier oder sogar sechs Monate am Stück auf Tour. War immer gut, wenn ich jemand Zuverlässigen gefunden habe. Heute mache ich das nicht mehr. Bin froh, wenn ich Mittwoch nach Hause in eine leere Wohnung komme und ...«

»Können Sie sich noch an die Zeit erinnern, als Denise Sand bei ihrer Großmutter gewohnt hat?«, unterbrach Drosten ihn.

»Ja klar. Ach, das war was. So ein nettes Mädchen, aber so traurig wegen ihrer Freundin. Ursula hatte Angst, sie würde sich etwas antun. Ist zum Glück nie passiert.«

»Haben Sie damals auch Ihre Wohnung untervermietet?«

»Lassen Sie mich nachdenken«, murmelte er. »Das war ... ja klar, das muss gewesen sein als ... passt das ... hm ... ja, doch, kommt hin. Genau. Ich erinnere mich wieder. Da war ich sogar für ein halbes Jahr auf zwei Tourneen hintereinander als Gastmusiker gebucht. War wahrscheinlich meine erfolgreichste Zeit.« Er seufzte.

»An wen haben Sie damals vermietet? Haben Sie Unterlagen darüber aufbewahrt?«

»Irgendwo im Keller bewahre ich die alten Untermietverträge auf. Bei mir wird nichts weggeschmissen. Mittwoch bin ich zurück. Reicht Ihnen das? Dann gucke ich nach. Das war ein junger Mann. Großer Manga-Fan, das weiß ich noch. An seinen Namen erinnere ich mich nicht mehr.«

Drosten sah Sommer lächeln. Die Schlinge zog sich enger um ihren Verdächtigen zusammen. »Hieß Ihr Untermieter Nico Höhne?«

»Ja!«, sagte Bellot sofort. »Woher wissen Sie das?«

»Erinnern Sie sich, ob Höhne Kontakt zu Denise und Ursula Sand hatte?«

»Jetzt, wo Sie's sagen. Da war was. Am Tag, als ich die Wohnung wieder übernahm, hat er mich zu einem Eis eingeladen. Ursula und Denise hat er ebenfalls gefragt, ob sie mitkommen wollen. Am Ende haben wir bloß zu zweit in der Eisdiele gesessen. Ursula hatte sich und ihre Enkelin entschuldigt.«

»Das würden Sie auch vor Gericht aussagen?«

»Ist Nico der Täter?«

»Nicht ausgeschlossen.«

»Verdammt! Alles, was ich gesagt habe, ist die Wahrheit. Wieso sollte ich das nicht vor Gericht wiederholen?«

»Herr Bellot, melden Sie sich bitte, sobald Sie wieder in Leipzig sind. Falls Sie noch den Untermietvertrag mit Herrn Höhne besitzen oder etwas anderes, was seine Anwesenheit in Ihrer Wohnung beweist, ist das sehr hilfreich.«

»Versprochen. Sie hören am Mittwoch, spätestens Donnerstag von mir.«

Drosten trennte die Verbindung.

»Wir haben ihn«, sagte Sommer. »Jetzt können wir einen Bezug zu allen drei Entführungsopfern herstellen. Tenkel und Howe sollen sich um einen Durchsuchungsbeschluss kümmern.«

»Ich habe eine andere Idee. Kleinen Moment.« Drosten suchte die Nummer von Denise Sand heraus.

»Hallo?«, meldete sich die junge Frau.

»Frau Sand, Hauptkommissar Drosten. Erinnern Sie sich an Kurt Bellot?«

»Ein Nachbar von Oma. Was ist mit ihm?«

»Als Sie bei Ihrer Großmutter gewohnt haben, hat er seine Wohnung für ein halbes Jahr an Nico Höhne untervermietet. Sie haben zwar schon gesagt, sich nicht an diesen

Namen zu erinnern, aber was ist mit Bellots Untermieter? Klingelt's da bei Ihnen?«

Sand schwieg. Drosten gab ihr die Zeit, die sie brauchte.

»Nein«, sagte sie zu seiner Enttäuschung. »Tut mir leid. Ich kann mich ganz schwach an einen jungen Mann in Kurts Wohnung erinnern. Ich würde lügen, wenn ich behaupte, mir wäre sein Name jetzt wieder eingefallen. Sie müssen verstehen, ich habe damals Antidepressiva genommen und oft im abgedunkelten Zimmer im Bett gelegen. Tut mir leid.«

»Macht nichts«, sagte Drosten.

»Haben Sie diesen Höhne festgenommen? Ist er Omas Mörder?«

»Das versuchen wir gerade herauszufinden. Wir melden uns wieder bei Ihnen.«

33

Am frühen Sonntagabend erreichten sie die Adresse, unter der Fabienne Alber gemeldet war. Ihr Name stand auf dem untersten Klingelschild des Sechsparteienhauses. Hinter den Fenstern beider Erdgeschosswohnungen brannte Licht.

Drosten klingelte einmal kurz. Er schloss um diese Uhrzeit nicht aus, dass die kleine Melissa schon im Bett lag. Tatsächlich dauerte es nicht lange, bis sie hinter einer Gardine in der linken Wohnung eine Bewegung ausmachten. Eine Frau zog den Vorhang zurück und schaute zu ihnen. Drosten bat sie gestenreich, das Fenster zu öffnen. Zum Glück verstand Fabienne Alber rasch, was er von ihr wollte.

»Schläft Ihre Tochter schon?«, fragte Drosten.

Alber sah ihn überrascht an. »Müsste ich Sie kennen?«

Er zog den Dienstausweis hervor. »Kriminalhauptkommissar Drosten. Wir sind wegen Ihres Ex-Partners hier. Nico Höhne. Es ist für uns sehr wichtig, noch heute mit Ihnen zu reden.«

»Über Nico? Was hat er angestellt?«

Drosten entging nicht, dass sie nicht nachfragte, ob Höhne etwas zugestoßen war.

»Haben Sie einen Raum, in dem wir miteinander reden können, ohne Melissa zu wecken?« Er nannte ihr Kind bewusst beim Namen. Alber sollte sich weiterhin über seinen Kenntnisstand wundern.

»Hier im Wohnzimmer. Sie müssen leise sein. Melissas Zimmer liegt direkt links neben der Eingangstür. Es dauert immer ewig, bis sie einschläft. Sie darf nicht aufwachen.«

»Versprochen.«

Alber schloss das Fenster wieder. Kurz darauf ertönte der Türöffner. Sie betraten die Wohnung so leise, als wenn sie auf Eiern laufen würden. Alber drückte behutsam die Wohnungstür zu, ehe sie stumm voranging. Im Wohnzimmer deutete sie auf die Couch, die gerade eben genug Platz für drei Personen bot.

»Wie kann ich helfen?«, fragte sie mit gedämpfter Stimme, nachdem sie auch die Wohnzimmertür geschlossen hatte. »Warum interessieren Sie sich für Nico?«

»Ihre Kollegin Sandra Messmer ist letzte Nacht entführt worden«, begann Drosten.

Alber riss die Augen auf. »Ist sie verschwunden?«

Abwechselnd erzählten die Polizisten in groben Zügen von den Umständen des Falles.

»So ein Albtraum! Und Sie kommen wegen Nico? Verdächtigen Sie ihn?«

»Herr Höhne ist die einzige Person, die eine Verbindung zu allen drei Entführungsopfern hat«, erwiderte Drosten. »Sie kennen ihn sicher besser als alle anderen Menschen, mit denen wir bislang gesprochen haben. Wir würden das chronologisch angehen. Was wissen Sie über seine Verbindung zu Leipzig?«

»Hören Sie bloß auf. Dieser Kindskopf. Wie kann man sich als Erwachsener in Kinderkostüme quetschen? Ist ja nicht mal Fasching. So lächerlich. Als ich ihn kennengelernt habe, hat er mir stolz seine Comicsammlung gezeigt, von seinen Kostümen erzählt und dass er jedes Jahr zur Buchmesse fährt. Ich habe mir meine Meinung darüber nicht anmerken lassen. Wir hatten deswegen erst Streit, als Melissa auf der Welt war. Mein Schatz ist im Mai geboren, und als sie zehn Monate alt war, wollte er für ein langes Wochenende nach Leipzig. Da habe ich ihm die Hölle heiß gemacht.«

»Wann genau hat Ihre Tochter Geburtstag?«, fragte Sommer.

»In zwölf Tagen.« Sie lächelte stolz.

Eine Woche nach dem eintätowierten Datum, dachte Drosten. *Wahrscheinlich hat das nichts zu bedeuten.*

»Wie ging es dann mit Ihnen und Herrn Höhne weiter?«, wollte Kraft wissen.

Alber zögerte. »Lassen Sie mich nachdenken. Irgendwann schien er einen Verdacht zu haben, dass Melissa nicht sein leibliches Kind ist. Keine Ahnung, was sein Misstrauen geweckt hat. Mir gegenüber angesprochen hat er das nie. Nico hat heimlich einen Vaterschaftstest gemacht. Als er das Ergebnis in der Hand hielt, war der Teufel los. Was haben wir uns gestritten!«

»Wer ist der Vater des Kindes?«, fragte Kraft.

»Tja, ich kenne nur seinen Vornamen. Lutz. Wir hatten nicht mal Telefonnummern ausgetauscht. Sein Glück! Wissen Sie über das Musikfestival Bescheid, das ich mit Sandra besucht habe?«

Drosten nickte.

»Ich hab damals die Pille genommen. Aber während des Wochenendes floss so viel Alkohol, dass ich die Einnahme vermutlich vergessen habe. Und an ein Kondom habe ich auch nicht gedacht. Tja! So kommt's. Als ich den positiven Schwangerschaftstest in der Hand hielt, hatte ich so eine

Ahnung. Allerdings habe ich Nico nie von Lutz erzählt. Wie schon gesagt, keinen Schimmer, was ihn misstrauisch gemacht hat.«

»Sie haben erwähnt, Sie hätten sich damals heftig gestritten. Gab es auch körperliche Auseinandersetzungen?«, fragte Drosten. »Hat er Sie je geschlagen, geschubst oder ...?«

»Nein. Niemals! Das hätte er sich nicht getraut.«

»Irgendwann hat er Sie aus der Wohnung geworfen?«, vergewisserte sich Kraft.

Alber nickte. »Was für ein Arschloch. Wirft eine Mutter mit ihrem Kleinkind raus. Leider lief der Mietvertrag allein auf seinen Namen. Dummer Fehler von mir. Mache ich nie wieder. Ohne Sandra hätte ich echte Probleme gehabt. Sie hat uns zum Glück aufgenommen. Und meine Eltern waren auch eine große Hilfe. Zwar wollte ich nicht bei ihnen unterkommen, aber zumindest haben sie mir über Vitamin B diese Wohnung besorgt. Sie gehört einem Freund von ihnen.«

»Weckt der Name Denise Sand Erinnerungen?«, erkundigte sich Drosten.

Alber schüttelte den Kopf. »Wer ist das?«

»Sie ist das erste Entführungsopfer. Wir haben herausgefunden, dass Ihr Ex und Frau Sand einige Monate in einem Haus gelebt haben.«

»Als Paar? Nico hat mir von seiner Zeit in Leipzig erzählt, aber nie eine Frau erwähnt.«

»Nein. Zusammen waren sie nicht. Was sagt Ihnen der Name Barbara Diesenbeck?« Drosten nannte absichtlich den Geburtsnamen.

»Die kenne ich namentlich. Eine Ex-Partnerin von Nico. Er hat von ihr erzählt. So wie man halt in der Anfangszeit einer Beziehung über die Exen redet.«

»Also wissen Sie, dass Herr Höhne von ihr mehrfach betrogen wurde?«

»Was? Nein!« Alber lachte ungläubig. »*Das* hat er mir verschwiegen. Jetzt tut er mir ja fast leid. Andererseits, wenn man immer wieder dasselbe Schicksal erleidet, sollte man sich vielleicht mal an die eigene Nase fassen.«

Sommer brachte den Namen des zweiten Mordopfers ins Spiel. Von Steffen Remme hatte Alber noch nie gehört. Sie erkundigte sich nach Einzelheiten. Drosten und seine Partner setzten sie teilweise ins Bild.

»Zu mir hat er immer gesagt, sie hätten sich auseinandergelebt, und irgendwann habe er Schluss gemacht. Wie verlogen kann man sein?«

»Stehen Sie eigentlich noch mit ihm in Kontakt?«, fragte Kraft. »Zum Beispiel wegen finanzieller Verpflichtungen. Er hat bestimmt die Vaterschaft anerkannt, oder?«

»Ja, nach der Geburt. Aber er hat jeden Kontakt zu uns abgebrochen.«

»Also zahlt er auch keinen Unterhalt?«, vergewisserte sich Sommer.

»Wo denken Sie hin? Er hat seit der Trennung keinen einzigen Cent bezahlt.«

»Dazu ist er verpflichtet, sobald er die Vaterschaft anerkannt hat«, sagte Kraft. »Das wissen Sie hoffentlich. Er müsste das sonst gerichtlich anfechten. Oder hat er das gemacht?«

»Weder das Amt noch das Familiengericht haben mich je diesbezüglich angeschrieben.« Sie winkte ab. »Ist auch egal. Meine Eltern unterstützen mich finanziell. Ich hätte damals bei ihnen unterkommen können, wollte aber nicht in meine alte Rolle des abhängigen Kindes zurückfallen. Außerdem hatte die Trennung auch etwas Gutes. Klar, Melissa wird leider nie erfahren, wer ihr biologischer Vater ist. Ich hoffe, eines

Tages einen Mann kennenzulernen, der die Verantwortung für sie übernimmt und sie vielleicht sogar adoptiert. Damit sieht es zwar aktuell mau aus, aber wer weiß? Und in der Zwischenzeit wird das Verhältnis zwischen mir und Melissa immer enger. Das finde ich sehr schön.« Sie lächelte versonnen.

Drosten ließ das sacken. Was könnten sie sonst noch über Höhne in Erfahrung bringen? Als ehemalige Partnerin wusste Alber wahrscheinlich mehr als jeder andere über ihn. »Wie sieht es mit seinem Freundeskreis aus? Können Sie uns da vielleicht Namen nennen?«

»Viele waren es nicht. Nico ist seit der Schule mit Julius Braun ganz dicke. Allerdings habe ich letztes Jahr durch gemeinsame Freunde erfahren, dass Julius irgendwo nach Südamerika ausgewandert ist.«

»Südamerika?«, vergewisserte sich Drosten.

»Ja. Nageln Sie mich nicht aufs Land fest. Ich glaube, nach Paraguay. Was er da will? Ich weiß es nicht. Hat Nico wahrscheinlich ziemlich getroffen, seinen einzigen Freund zu verlieren. Tja, irgendwie selbst schuld. Er ist nicht der umgänglichste Mann. Keine Ahnung, wieso er auf diese Manga-Sache steht. Das passt überhaupt nicht zu ihm. Ich habe ihn nie vollständig durchschaut. Nicht gewusst, was in seinem Kopf vor sich geht. Wäre mir nicht dieser folgenreiche Fehltritt passiert, hätte ich mich trotzdem irgendwann von ihm getrennt. Das wäre unvermeidlich gewesen. Nico ist kein Traummann.«

»Und wie sieht es mit seinen Arbeitskollegen aus?« Drostens Team hatte sich aus guten Gründen noch nicht bei Höhnes Arbeitgeber erkundigt. Was hätte es ihnen schon gebracht, bestätigt zu bekommen, dass er sich einen Tag krankgemeldet hatte?

Alber nannte den Namen des Arbeitgebers, der ihnen bereits bekannt war. »Die Arbeit fand er okay. Ist ein kleiner Betrieb. 20 Mitarbeiter. Jeder kennt jeden. Ich glaube, das gefiel ihm immer am meisten. Vorausgesetzt, er arbeitet da noch. Ist ja viel Zeit seit der Trennung vergangen.«

»Er hat uns gegenüber gesagt, er wäre da angestellt«, erklärte Sommer.

»Was ist jetzt mit Nico?«, wollte sie wissen. »Wie hat er sich zu den Vorwürfen geäußert?«

»Als wir das erste Mal bei ihm waren, wirkte er kooperativ«, meinte Drosten. »Heute haben wir ihn leider nicht angetroffen. Wir fahren direkt von hier noch mal zu ihm. Vorab sollten wir über Sie und Ihren Schutz sprechen.«

»Schutz?«

»Wir wollen kein Risiko eingehen«, erwiderte Kraft. »Jede der entführten Frauen hatte irgendwie mit Herrn Höhne zu tun. Die engste Verbindung haben Sie zu ihm. Falls er eine Liste abarbeitet ...«

»Ihr Ernst?«, fragte sie kaum hörbar.

Drosten nannte ihr das Datum, das der Täter dem letzten Opfer eintätowiert hatte.

»Nein«, sagte sie nachdenklich. »Da muss ich nur zur Arbeit. Ist ja ein ganz normaler Freitag.«

»Wo ist Ihre Tochter, während Sie arbeiten?«, wollte Sommer wissen.

»In der Kita. Ich hole sie immer zwischen drei und vier Uhr ab.«

»Okay. Vielleicht ist es besser, in den nächsten Wochen vorsichtig zu sein. Der Täter schlägt in immer kürzeren Zeitabständen zu und ...«

»Eines finde ich an nächstem Freitag komisch«, unterbrach sie Drosten. »Melissa ist eine Woche zu spät auf die Welt gekommen. Ihr errechneter Geburtstermin wäre nächsten Freitag gewesen.«

34

Nachdem sie Höhne weder Sonntagabend noch Montagfrüh in seiner Wohnung antrafen, fuhren Drosten und seine Partner zu der Firma, in der ihr Verdächtiger als kaufmännischer Angestellter arbeitete.

Drosten war gespannt, ob Höhne bei der Arbeit erscheinen würde. Die Firma hatte ihren Sitz in einem Gewerbegebiet in Charlottenburg-Wilmersdorf. Für Gäste gab es drei ausgewiesene Parkplätze. Sommer stellte den Wagen auf einem davon ab. Sie gingen auf den Eingang des Gebäudes zu, vor dem ein Firmenschild angebracht war. Die Eingangstür stand offen, der Empfangstresen war verwaist.

»Hallo?«, rief Drosten. »Jemand da?«

Eine junge Frau kam aus einem Hinterraum, den Drosten zuvor nicht gesehen hatte. Sie lächelte freundlich. Die Polizisten zeigten ihre Dienstausweise vor, und das Lächeln der Frau fiel ein wenig in sich zusammen.

»Wir müssen mit jemandem reden, der fürs Personal zuständig ist. Oder mit dem Geschäftsführer«, erklärte Drosten.

»Das wäre Frau Schönwalder. Ich muss Sie telefonisch ankündigen. Sagen Sie mir, worum es geht?«

»Wir brauchen Informationen über Ihren Mitarbeiter Nico Höhne.«

Die Frau zog die Augenbrauen hoch. »Kleinen Moment«, murmelte sie und griff zum Telefon. »Corinna«, sagte sie kurz darauf leise. »Hier sind zwei Herren und eine Dame von der Polizei. Sie kommen wegen Höhne.« Sie hörte zu und nickte. »Mache ich.« Die Mitarbeiterin legte den Hörer wieder auf. »Ich bringe Sie zu ihr.«

Schönwalder war die Geschäftsführerin des Betriebs. Ihr großes Büro lag in der dritten Etage des dreistöckigen Gebäudes.

»Sie kommen wegen Herrn Nico Höhne zu uns?«, vergewisserte sie sich. »Nehmen Sie Platz.« Schönwalder deutete zu einem runden Besprechungstisch.

»Das ist richtig«, antwortete Drosten. »So wie Sie und Ihre Mitarbeiterin reagieren, rechnen Sie wohl mit Ärger?«

»Ärger ist nicht das treffende Wort«, erwiderte die Geschäftsführerin. »Ich fürchte eher, ich erfahre gleich Dinge über einen ehemaligen Angestellten, die ich gar nicht wissen will.«

»Ehemalig?«, hakte Drosten nach. »Seit wann arbeitet er nicht mehr bei Ihnen?«

»So etwas erlebt man nicht alle Tage. Für unsere Firma arbeiten dreiundzwanzig Personen. Teilweise schon seit über einem Jahrzehnt. Der Mitarbeiter mit der jüngsten Betriebszugehörigkeit hat vor rund zwei Jahren bei uns angefangen. Ich bin stolz auf unser faires und gutes Betriebsklima. Letzten Mittwoch stürmt Herr Höhne in mein Büro, während ich gerade in einem Videocall mit einem Lieferanten stecke. Was daran besonders seltsam war:

Eigentlich hatte er Urlaub. Er ließ sich nicht dazu bewegen, mein Büro zu verlassen. Also habe ich mich ihm gewidmet und seinetwegen den Call unterbrochen. Ich wollte von ihm wissen, was los ist. Da warf er mir unflätige Beleidigungen an den Kopf und kündigte fristlos. Ich war fassungslos. Habe geglaubt, er stände unter Medikamenten- oder Alkoholeinfluss. Er hat sich in letzter Zeit häufig krankgemeldet. Er stritt das ab, zog seinen Mitarbeiterausweis aus der Hosentasche und schmiss ihn auf den Boden. Mit den Worten ›blöde Fotze‹ hat er dann mein Büro verlassen, ist fluchend an Natalie vom Empfang vorbeigestürmt und verschwunden. Seitdem hat er sich nicht mehr gemeldet. Was hat er angestellt, dass die Kripo ihn sucht?«

»Er ist Hauptverdächtiger in einer Verbrechensserie«, sagte Drosten.

»Ist er deswegen abgehauen?«, wollte Schönwalder wissen.

»Nicht ausgeschlossen.« Drosten nannte ihr das Datum, an dem er sich angeblich wegen eines Magen-Darm-Infekts krankgemeldet hatte.

»Das kann ich am PC überprüfen.« Sie ging zu ihrem Schreibtisch und nahm dahinter Platz. »Ja«, sagte sie nach einer Weile. »Das ist richtig. An dem Tag fehlte er wegen Krankheit.«

Drosten ahnte, was sein Verhalten zu bedeuten hatte. Jede Information, die sie noch erhalten könnten, wäre für den Antrag auf einen Durchsuchungsbeschluss hilfreich.

»Vor ungefähr anderthalb Jahren hat sich Herr Höhne von seiner damaligen Partnerin getrennt und …«

»Oh ja«, unterbrach Schönwalder ihn. »Ich erinnere mich. War für ihn eine harte Zeit. Ich hab ihn zweimal in mein Büro zitiert. Wenn meine Mitarbeiter private Probleme haben, unterstütze ich sie, wo ich kann. Natürlich müssen sie sich an Regeln halten. Krankmeldungen sind im gewissen Rahmen in Ordnung. Angetrunken bei der Arbeit aufzutauchen und dann noch Kolleginnen zu beleidigen aber nicht.«

»Das hat er getan?«, vergewisserte sich Kraft.

»Leider. Beim ersten Gespräch in meinem Büro habe ich ihm nahegelegt, Urlaub zu nehmen, und ihn ermahnt, sich vernünftig zu verhalten. Beim zweiten Mal musste ich ihn offiziell abmahnen. Na ja. Es hat so zwei oder drei Wochen gedauert, bis er sich im Griff hatte. Den Kolleginnen, denen er am meisten zugesetzt hatte, brachte er Blumen und Pralinen als Entschuldigung mit. Insgesamt hatte ich den Eindruck, er würde seine Ausraster bereuen.«

»Aber?«, fragte Sommer.

»Danach war er nicht mehr der Alte. Er war viel öfter gereizt, hatte eine kurze Zündschnur. Die Geschichte mit seiner vermeintlichen Tochter machte irgendwann die Runde. Gerade die männliche Belegschaft war voll auf seiner Seite. Und in den letzten Monaten ...« Sie klopfte mehrfach mit der flachen Hand auf den Tisch, sodass ihr Ehering klickend aufs Holz schlug. »Wie soll ich es ausdrücken?«, murmelte sie. »Ihn schien etwas zu beschäftigen. Er war geistig abwesend. Seine Krankmeldungen häuften sich. Besonders an Freitagen. Ich hatte schon mit dem Gedanken gespielt, ihn zu einem weiteren Gespräch zu bitten.«

»Wann ist Ihnen diese Veränderung aufgefallen?«, wollte Sommer wissen.

»Seit Anfang des Jahres.«

Drosten fragte sich, ob Höhne zu dem Zeitpunkt beschlossen hatte, lang gehegte Rachefantasien umzusetzen. Würde ein Richter ihnen aufgrund ihrer Erkenntnisse einen Durchsuchungsbeschluss mit Haftbefehl ausstellen? Höhne hatte Verbindungen zu allen Entführungsopfern. Denise Sand könnte er dafür bestraft haben, ihn nicht wahrgenommen zu haben. Barbara Guttenberger, weil sie ihn betrogen hatte. Und Sandra Messmer, weil sie in seinen Augen dazu beigetragen hatte, dass Fabienne Alber ihn hintergangen und ihm sogar ein Kuckuckskind untergejubelt hatte. Auch seine Kündigung und Unerreichbarkeit machten ihn verdächtig. Es wurde Zeit, Howe und Tenkel zu bitten, die entsprechenden Anträge zu stellen.

35

Gemeinsam mit den Berliner Kollegen verschafften sie sich Zugang zu Höhnes Wohnung. Niemand hielt sich dort auf, und die Luft roch, als sei schon seit Tagen kein Fenster geöffnet worden. Hatte Höhne am Mittwoch gekündigt und war dann untergetaucht?

Drosten betrat das Schlafzimmer. Auf den ersten Blick wirkte alles normal. Die Bettdecke war so zerwühlt, als sei Höhne gerade eben aufgestanden.

»Der Kühlschrank ist fast leer«, rief Kraft aus der Küche. »Den Müll hat er stehen lassen.«

Drosten öffnete den Kleiderschrank. Höhne hatte ihnen bei ihrer Begegnung voller Stolz die Kostüme gezeigt, die er im Laufe der letzten Jahre gesammelt hatte. Es schien keines zu fehlen. Drosten öffnete die nächste Schranktür, und sogleich änderte sich das Bild. Viele Kleiderbügel waren leer, auch in den einzelnen Regalen lagen weniger Sachen, als er erwartet hätte. Unterwäsche fand Drosten gar keine.

Höhne war definitiv untergetaucht. Er hatte sich für eine längere Abwesenheit vorbereitet.

»Das solltet ihr sehen«, erklang Sommers Stimme.

Drosten ging ins Wohnzimmer. Sein Freund zeigte auf einen Jahreskalender. Eine Schublade des Highboards war geöffnet.

»Den habe ich darin gefunden«, erklärte er.

Drosten sah sofort, was er meinte. Von Sonntag an waren alle Tage bis zum Jahresende rot ausgestrichen. »Das passt zum ausgeräumten Kleiderschrank. Keine Unterwäsche, kaum T-Shirts, nur ganz wenige dicke Pullover und lange Hosen.«

»Er will vielleicht das Land verlassen«, folgerte Sommer. »Hast du Koffer entdeckt?«

»Nein.«

»Wohin könnte es ihn ziehen? Südamerika?«

Sommer hatte offenbar den gleichen Gedanken wie Drosten.

»Wenn seine Ex recht hat und es diesen Freund nach Paraguay verschlagen hat, wäre es besser, ihn vor dem Aufbruch zu verhaften«, meinte Drosten.

»Mit Paraguay gibt's ein Auslieferungsabkommen«, erwiderte Sommer.

»Du weißt, wie's ist. Die dortigen Behörden müssten ihn erst mal aufspüren, und danach kann die Auslieferung Jahre dauern.«

»Ob sein Flug Samstag geht?«

»Nicht ausgeschlossen.«

»Ich komme nicht in den Computer rein«, sagte Hauptkommissar Tenkel. »Passwortgeschützt. Darum müssen sich die Experten kümmern.«

»Wäre gut, wenn wir Zugriff auf seine Kreditkarten- und Kontoabbuchungen bekommen. Einen Flug nach Südamerika muss er irgendwie bezahlt haben«, sagte Drosten.

»An seiner Stelle hätte ich das bar in einem Reisebüro erledigt. Hinterlässt keine Spuren«, erwiderte Sommer.

»Hoffentlich hat er nicht so weit im Voraus geplant. Wir müssen die Bundespolizei einschalten. Nicht erst ab dem Wochenende. Die sollen an Flughäfen nach ihm Ausschau halten. Ich kümmere mich darum«, erklärte Drosten.

»Und wie gehen wir jetzt mit der Bedrohung gegen Frau Messmer und ihre Kinder um?«, fragte Howe.

»Wir sollten sie noch mal ins Gebet nehmen. An zurückgehaltenen Infos wie bei Guttenberger darf's diesmal nicht scheitern«, sagte Kraft.

Drosten nickte. Allerdings beschäftigte ihn ein anderer Gedanke. »Ich glaube, er hat absichtlich falsche Spuren gelegt«, erklärte er.

»Inwiefern?«, fragte Howe.

Ergab es aus Tätersicht Sinn, Messmer als letztes Opfer zu bestrafen? Möglicherweise unterstellte er ihr, seiner Partnerin geholfen zu haben, den Seitensprung zu ermöglichen oder zumindest zu verheimlichen. Wieso verdiente deswegen Messmers Lieblingsmensch den Tod? Falls Höhne der getöteten Großmutter die Schuld dafür gegeben hatte, nicht mit deren Enkelin zusammengekommen zu sein, hätte die Auswahl einen gewissen Sinn. Und auch die Ermordung Remmes war durchaus nachvollziehbar. Aber eines von Messmers Kindern als letztes Opfer, bevor er nach Südamerika verschwinden würde? Wo wäre da die Strafe für Fabienne Alber, die es in seinen Augen vermutlich am meisten verdient hatte? »Entweder flieht er noch nicht ins Ausland, oder Messmer ist nur eine Ablenkung«, sagte er.

»Erklären Sie das«, bat Tenkel ihn.

Drosten ließ sie an seinen Gedanken teilhaben. Je detaillierter er sie darlegte, desto überzeugter war er, recht zu haben. Auch in den Gesichtern der anderen erkannte er Zustimmung.

»Das heißt also, sein wahres Opfer könnte die kleine Melissa sein«, folgerte Howe.

Drosten nickte. »Das halte ich für absolut möglich.«

»Dann müssen wir nicht nur die Messmers schützen, sondern auch Frau Alber und ihre Tochter.« Tenkel seufzte. »Das wird unsere Vorgesetzten nicht freuen. Der Aufwand ist immens.«

»Ich habe eine Idee, die denen noch viel weniger gefallen wird«, erwiderte Drosten.

36

Ob er sie alle in die Irre führen würde? Zumindest hatte Höhne es perfekt vorbereitet. Sandra Messmer zu entführen war riskant gewesen, hatte allerdings wie am Schnürchen geklappt. Von den damaligen gemeinsamen Konzertbesuchen von Fabienne mit ihrer Freundin Sandra wusste er, dass sie immer vor einem Konzertende die Veranstaltung verließ, um rechtzeitig dem Gewimmel vor dem allgemeinen Aufbruch zu entkommen. Er hatte darauf spekuliert, dass sich ihre Gewohnheiten nicht geändert hatten. Das hatte es ihm leicht gemacht, sie zu entführen.

Ob die Bullen schon herausgefunden hatten, wie er an die Lieferwagen gekommen war? Eher unwahrscheinlich. Sein Freund Julius hatte ihm seine Zugangsdaten des Carsharers zur Verfügung gestellt. Höhne hatte ihm dafür fünfhundert Euro überwiesen. Eine Summe, die er bei Weitem nicht ausgenutzt hatte. Seine nächste Buchung wäre kein Lieferwagen, sondern ein Fahrzeug, mit dem er weniger auffiele.

Er blickte stolz auf die letzten Wochen zurück. Denise und Ursula Sand. Es war ein herrliches Gefühl, ihr enges

Band zerschnitten zu haben. Barbara und Remme. Ob sie den Verlust ihres Langzeitliebhabers noch immer jeden Tag betrauerte? Und nun Fabienne. Ahnte sie etwas von der drohenden Gefahr?

Die Bullen waren sicher nicht dumm. Bestimmt hatten sie ihn spätestens nach Messmers Entführung als Hauptverdächtigen auf dem Schirm. Vermutlich hatten sie sogar schon seine Wohnung durchsucht. Hoffentlich waren sie auf alle falschen Spuren gestoßen, die er hinterlassen hatte.

»Ihr werdet euch wundern«, flüsterte er.

Höhne blickte aufs Smartphone. Das Auto aus der Flotte des Carsharingunternehmens, das er sich für die nächsten Stunden reserviert hatte, konnte nur noch wenige Schritte entfernt sein. Er schaute sich zwischen den parkenden Autos um und entdeckte es. Mit der Handy-App entriegelte er das Fahrzeug. Er nahm hinter dem Steuer Platz und stellte zuerst den Sitz ein. Dann musterte er sein Aussehen im Rückspiegel. Die Mütze, der falsche Bart und die breit umrandete Fensterglasbrille veränderten ihn hinreichend. Die Bullen würden ihn nicht erkennen, zumal sie auch keinen langen Blick auf ihn erhaschen würden.

Er startete den Motor. Sein erstes Ziel lag rund zwanzig Minuten Fahrtzeit entfernt. Auf dem Weg dorthin schaute er in unregelmäßigen Abständen in den Rückspiegel. Er erwartete keinen Verfolger und behielt recht. Wie sollten die Bullen auch von seinem Plan wissen?

An einer roten Ampel hielt er an. Das erste Ziel lag nah. Sobald er abgebogen war, müsste er sehr aufmerksam sein. Er wollte überprüfen, ob er alles richtig eingeschätzt hatte. Die Ampel sprang um. Höhne betätigte den Blinker und bog ab. Er fuhr in die Straße, in der Messmer und ihre Kinder wohnten. Direkt vor dem Hauseingang parkte ein Streifenwagen, der wohl auf einen potenziellen Angreifer abschreckend wirken sollte. In dem Fahrzeug saßen zwei

Männer. Höhne fuhr an ihnen vorbei, ohne ihnen einen Blick zuzuwerfen.

»Viel Spaß bei eurer langweiligen Schicht«, sagte er. »Hier wird nichts passieren.«

Er näherte sich einer weiteren roten Ampel und stoppte an der Haltelinie. Diesmal beobachtete er die Umgebung sehr aufmerksam. Nichts wirkte ungewöhnlich. Hinter ihm bremste ein Wagen ab, in dem eine Mutter mit Kind saß. Erinnerungen an früher wurden wach.

Die Ampel sprang um. Langsam fuhr er an.

»Ach, mein Schatz, gleich ist es so weit. Dann verlierst du deinen Lieblingsmenschen.«

Höhne grinste. Er würde sie alle überraschen. Sobald er im Ausland am Strand säße, würden ihn die Erinnerungen an seinen gelungenen Coup bei Laune halten.

Erneut bog er ab. Bis zur Zieladresse wäre er von hier an fast eine halbe Stunde unterwegs.

37

Fabienne Alber starrte im Büro auf ihren Monitor. Wieso hatte sie sich nicht einfach krankgemeldet? Es war Wahnsinn, so zu tun, als ob nichts passiert wäre. Ganz im Gegenteil. Ihre Welt stand kurz vor dem Zusammenbruch. Die Polizisten versicherten ihr zwar, am Freitag alles für ihren Schutz zu unternehmen, verlassen wollte sie sich darauf jedoch nicht.

Die Polizei hielt Nico für einen Doppelmörder und dreifachen Entführer. Außerdem befürchteten die Polizisten, dass der Rachefeldzug noch nicht zu Ende war. Wie konnte das sein? Er war in ihrer Beziehung nie gewalttätig geworden. Ganz im Gegenteil. Sie hatte ihn als weich und schwach wahrgenommen. Jemand, der viel zu oft traurigen Gedanken nachhing. Eine Eigenschaft, die sie immer sehr unmännlich gefunden hatte. Kein Wunder, dass sie am Ende getrennte Wege gegangen waren.

Was hatte ihn so verändert? Trug sie daran die Schuld?

Das Telefon klingelte. Fabienne schüttelte sich innerlich und nahm das Gespräch entgegen. Fünf Minuten lang half sie einem Kunden beim Buchungsprozess einer Winterreise.

Gut gelaunt verabschiedete sich der Mann schließlich und überließ Fabienne wieder ihren trübsinnigen Gedanken.

Sie konnte sich nicht mal wünschen, den One-Night-Stand auf dem Musikfestival rückgängig zu machen, denn sonst würde es Melissa nicht geben. Sie hatte keine Ahnung, wie Nico herausgefunden hatte, nicht der Vater zu sein. Für sie zählte sowieso nur das Ergebnis. Melissa war das Beste, was sie im Leben geschenkt bekommen hatte.

Fabienne schaute auf ihre Uhr. Seit sie wegen der Kleinen ihre Arbeitszeit auf sechs Stunden pro Tag verkürzt hatte, stand ihr keine Pause mehr zu. Deswegen griff sie auf die betrieblich vereinbarten Bildschirmpausen zurück, wenn sie mal eine Auszeit benötigte. Sie loggte sich am PC aus. Am liebsten hätte sie die interne Durchwahl von Sandra gewählt. Die saß zwar in einer anderen Abteilung, aber noch immer im selben Flur. So oft wie möglich verbrachten sie ihre Bildschirmauszeiten zusammen. Doch im Gegensatz zu Fabienne war Sandra schlau genug gewesen, sich krankzumelden.

Fabienne lächelte einem Kollegen zu, bevor sie das Großraumbüro verließ. In dem Flur stellte sie sich an ein Fenster und öffnete es. Die frische Luft tat gut. In rund einer Stunde hätte sie endlich Feierabend. Dann würde sie Melissa abholen und sich mit ihr einen kuschligen Mutter-Tochter-Nachmittag machen. Morgen und übermorgen würde sie ihren Chef anrufen und sich entschuldigen. Die Stunden bei der Arbeit hielt sie keine zwei weiteren Tage aus. Ihr stand einfach bloß der Sinn danach, die Decke über den Kopf zu ziehen und abzuwarten, bis das schwere Gewitter vorbeigezogen war. Außerdem mussten die Polizisten bestimmt noch einiges vorbereiten, damit ihnen am Freitag nichts zustieße.

38

Die Carsharingfirma hatte sofort mitgespielt und ihnen keine Stöcke zwischen die Beine geworfen. Drosten hatte sich im Laufe des Montags gefragt, wie Höhne an den Lieferwagen gekommen war, von dem sowohl Guttenberger als auch Messmer gesprochen hatten. Auf seinen Namen war kein solches Fahrzeug angemeldet. Dienstagmittag hatten sie alle Anbieter von Leihfahrzeugen kontaktiert und dank ihrer richterlichen Genehmigung Auskunft erhalten. Doch Höhne hatte keinen Wagen angemietet. Dann war Drosten der rettende Einfall gekommen. Er hatte noch einmal alle Ansprechpartner prüfen lassen, ob Fahrzeuge auf den Namen des wahrscheinlich nach Südamerika ausgewanderten Freundes gebucht worden seien. Bei einem Carsharinganbieter hatte er schließlich Erfolg. Zu den betreffenden Zeitpunkten hatte ein gewisser Julius Braun die Fahrzeuge angemietet. Da Braun nicht mehr in Deutschland lebte, ließ das nur einen Schluss zu. Höhne hatte Zugriff auf das Konto seines Freundes. Drosten hatte darum gebeten, den Account nicht zu deaktivieren, sondern ihnen

Bescheid zu geben, sobald die nächste Anmietung stattfand.

Mit den GPS-Daten, die ihnen der Anbieter in Echtzeit übermittelte, machten sie Jagd auf Höhne, versuchten jedoch gleichzeitig, ihn nicht zu früh aufzuscheuchen.

Kraft las die GPS-Koordinaten ab und sagte Sommer, wohin er fahren solle. Drosten fragte sich unterdessen, was der Täter plante. Höhne war einige Minuten zuvor in die Straße gefahren, in der Sandra Messmer und ihre Töchter wohnten. Angehalten hatte er dort nicht. Wollte er sich nur einen Überblick über die Polizeipräsenz verschaffen? Unwahrscheinlich. Was war sein nächstes Ziel?

»Wir könnten versuchen, ihm den Weg abzuschneiden«, schlug Sommer vor. »Setzen wir uns vor seinen Wagen und blockieren ihn.«

»Nein«, erwiderte Drosten. »Er kennt uns. Wenn er uns zu früh bemerkt, läuft das auf eine unkalkulierbare Verfolgungsjagd hinaus. Das sollten wir vermeiden.«

»Und wenn wir mehr Kräfte von der Berliner Polizei anfordern?« Sommer suchte im Rückspiegel Drostens Blick.

»Begeistert mich nicht. Er weiß nicht, dass wir ihm auf den Fersen sind. Dieses Ass sollten wir nicht unnötig früh ausspielen.«

»Du musst an der nächsten Ampel rechts abbiegen«, wies Kraft Sommer an.

Wohin fuhr Höhne?

Drosten glaubte nicht mehr, dass die Messmer-Kinder sein nächstes Ziel wären. Das ergab einfach keinen Sinn. Hatte Höhne in der Wohnung falsche Spuren gelegt, um seine Verfolger zu täuschen? Drosten hätte jede Wette darauf abgeschlossen.

»Ich glaube, ich weiß, wo er hinwill«, sagte Kraft. Sie starrte konzentriert auf die Navigationssoftware. »Die Kita von Melissa ist nur noch einen Kilometer entfernt.«

»Können wir den Weg abkürzen?«, fragte Sommer.

»Nein«, antwortete Kraft. »Wir kommen auf jeden Fall nach ihm an.«

Drosten schaute auf seine Uhr. Es war zehn vor drei. Das Kind blieb immer mindestens bis drei Uhr. Sollte er Fabienne Alber anrufen? Oder würde er sie nur unnötig in Panik versetzen?

»Gibt die Kita Höhne das Kind mit?«, fragte Kraft.

»Unwahrscheinlich«, brummte Sommer.

Vor ihnen sprang eine Ampel auf Gelb um. Die Wagen vor ihnen bremsten pflichtbewusst ab, nicht zuletzt wegen der fest installierten Blitzanlage auf der gegenüberliegenden Straßenseite.

»Shit!«, fluchte Sommer.

Er scherte nach links aus, doch der entgegenkommende Verkehr machte seine Pläne zunichte.

»Das darf nicht wahr sein!« Ungeduldig trommelte er mit den Fingern auf dem Lenkrad, nachdem er angehalten hatte.

»Das Signal bewegt sich nicht mehr«, sagte Kraft. »Ich schätze, er hat vierhundert Meter von der Kita entfernt geparkt.«

39

Er dachte an seine vermeintliche Tochter. Wieso war ihm die fehlende Ähnlichkeit nicht aufgefallen? Vermutlich, weil das Mädchen nach der Mutter kam. Er hatte sie geliebt und geglaubt, sein Leben könne einen anderen Verlauf nehmen. Endlich hatte er einen Lieblingsmenschen, der seine Liebe bedingungslos erwiderte. Damals hatte er einem verlockenden Gedanken nachgehangen. Er hatte gehofft, wenn er sich viel Mühe geben würde, könnte er eines Tages Melissas Lieblingsmensch sein. Schließlich hatten Väter und Töchter sehr häufig eine besondere Beziehung zueinander.

Dann war seine Welt zusammengebrochen. Wieder einmal. Die Woge des Hasses, die ihn nach dem Lesen des Dokumentes erfasst hatte, war nicht in Worte zu fassen. Er hatte Suizidgedanken gehabt, die sich mit Mordfantasien abwechselten. Fabienne bloß kaltblütig zu töten, wäre zu wenig gewesen. Viel zu wenig. Er hatte schon früher zu oft keine Konsequenzen gezogen. Diesmal wollte er klüger sein. So war der Plan entstanden, den er in einigen Minuten vollenden würde.

Den Lieblingsmenschen zu verlieren war der schlimmstmögliche Verlust, von dem sich manche niemals wieder erholen würden.

Er parkte das Auto und stieg aus. Nach der Tat würde er zu Fuß flüchten. Bis zur nächsten U-Bahn-Haltestelle müsste er nur fünf Minuten laufen.

40

»Bis morgen«, sagte ein Kollege zu Fabienne.

Eher nicht, dachte sie. Statt das auszusprechen, lächelte sie ihm lediglich zu. Sie ging durch die offen stehende Tür des Großraumbüros und nahm ihr Handy aus der Handtasche. Endlich konnte sie es laut stellen. Während der Arbeit war das nicht gestattet, was sie normalerweise nicht störte. Heute jedoch hatte sie die ganze Zeit Angst gehabt, einen wichtigen Anruf zu verpassen.

Fast so, als hätte sie es durch ihre Gedanken beschworen, klingelte ihr Handy. Im Display stand eine Nummer, die nicht in ihrer Kontaktdatenbank abgespeichert war. Wenigstens war es kein anonymer Anruf.

»Hallo?«, meldete sie sich.

»Frau Alber? Hauptkommissar Drosten.«

Ihr Herzschlag beschleunigte sich. »Alles in Ordnung?«

»Ich will mich bloß vergewissern. Herr Höhne hätte keine Gelegenheit, Melissa aus der Kita abzuholen?«

»Nein. Er steht nicht auf der Liste der berechtigten Personen. Wieso fragen Sie?«

»Wir haben eine Spur zu ihm. Er nähert sich der Kita.«

»Was?«, schrie sie. »Das müssen Sie verhindern! Ich bin auf dem Weg und in einer Viertelstunde da.«

Sie rannte auf die Treppe zu. Ihr Wagen stand draußen vor dem Gebäude. Wenn sie sich beeilte, schaffte sie es vielleicht auch in zehn Minuten. Eine Kollegin warf ihr einen erschrockenen Blick zu. Fabienne beachtete sie erst gar nicht, als sie an ihr vorbeistürmte.

41

Sie erreichten die Straße, in der dem GPS-Signal zufolge noch immer der Wagen stand. Sommer reduzierte die Geschwindigkeit.

»Da vorne! Das muss es sein!«, sagte Kraft. »Das ist ein Carsharingauto, und die Position passt.«

Im Fahrzeug saß niemand. Sommer hielt neben dem Mietwagen an. »Steigt ihr beiden aus. Ich fahre zur Kita durch.«

»Mach nichts Unüberlegtes!«, ermahnte Drosten ihn.

Sommer zwinkerte ihm zu. »Kennst mich doch!«

Seine Partner stiegen aus. Kraft trat sofort an die Fahrertür und versuchte, sie zu öffnen. Höhne hatte das Auto verriegelt.

Sommer fuhr langsam weiter. Die Kita lag am Ende der Straße. Davor warteten bereits einige Eltern, die teilweise in Gespräche vertieft waren. Fabienne Alber hatte sie informiert, dass sie ohne besonderen Grund und vorherige Ankündigung ihre Tochter frühestens um drei Uhr abholen konnte. Offenbar galt das für alle Eltern.

Parkplätze waren hier nirgendwo zu finden. Hatte Höhne deswegen so weit weg geparkt?

* * *

Er lächelte einer Mutter zu. Die schaute länger als nötig zu ihm. Hoffentlich nur, weil sie ihn noch nie zuvor gesehen hatte. Um beschäftigt zu wirken, zog er sein Telefon aus der Hosentasche. Sobald sich die Türen der Kita öffneten, müsste er improvisieren. Er hatte keine Ahnung, ob er einfach hineinspazieren könnte. Würde Melissa mitkommen? Vermutlich nicht. Aber das war ja auch gar nicht nötig. In seiner linken Jackentasche steckte eine Pistole, die er sich illegal in Polen gekauft hatte. Er würde auf Fabienne anlegen und ihr in den Kopf schießen. Danach ein oder zwei Schüsse in die Luft abgeben, die alle Zeugen abschrecken sollten.

Wenn es perfekt liefe, würde Melissa mitansehen, wie er ihre Schlampen-Mutter tötete. Ihren Lieblingsmenschen. Einen solchen Eindruck vergaß man hoffentlich selbst als kleines Kind niemals wieder.

Zwei Minuten vor drei. Machte die Kita wirklich erst punkt drei die Türen auf?

* * *

Im Schritttempo fuhr Sommer an den wartenden Eltern vorbei. Er bemerkte einen Mann, der auf sein Handy starrte und bewusst Abstand hielt. Im Gegensatz zu Höhne trug er einen Bart und eine schwarz umrandete Brille. Außerdem hatte er eine Kappe aufgesetzt.

Etwas an ihm weckte Sommers Misstrauen. Auf gleicher Höhe stoppte er.

Der Mann schaute zu ihm.

* * *

Wie konnte das sein? Wodurch hatte er sich verraten? Höhne zwang sich, wieder aufs Handy zu schauen. Der Wagen fuhr nicht weiter. Er musste sich entscheiden.

Höhne wandte sich ab und rannte los.

* * *

Der Mann konzentrierte sich wieder aufs Telefon. Seine Mundwinkel zuckten. Hatte sich Höhne verkleidet?

Plötzlich wandte er sich ab und lief davon.

Sommer aktivierte die Handbremse und schaltete mitten auf der Straße den Motor aus. Höhne verschwand um eine Ecke. Sommer hastete aus dem Wagen.

»Hey!«, schrie eine Mutter. »Sie können nicht einfach …«

»Polizei!«, brüllte Sommer. Er warf einen Blick über die Schulter. Drosten und Kraft rannten ihm hinterher, waren aber noch zweihundert Meter entfernt. In diesem Moment ging die Tür der Kita auf.

Sommer lief dem Verdächtigen nach. Er musste einer wartenden Frau ausweichen, die ihm den Weg abschnitt, und erreichte die Kreuzung. Von Höhne war nichts zu sehen. Das konnte nicht sein. Die nächste Abbiegung war viele hundert Meter entfernt. Es war unmöglich, dass er so einen großen Vorsprung herausgelaufen hatte.

Irgendwo versteckte er sich.

Sommer zog seine Waffe und wartete. Es dauerte nicht lange, bis Kraft und Drosten ihn einholten. Flüsternd erzählte er ihnen von seiner Vermutung.

* * *

Höhne hockte hinter einem parkenden SUV. Was sollte er jetzt bloß tun? Würde er es schaffen, seinen Verfolger niederzuschießen und danach zu verschwinden?

Oder war das hier sein Ende?

Fabienne hatte den Tod verdient. Die Chance, sich an ihr zu rächen, hatte sich in Luft aufgelöst. Es sei denn, er würde unerkannt untertauchen. Was sollte er tun? Schon morgen müsste er im Flugzeug sitzen.

Er durfte nicht verhaftet werden. In einem Gefängnis eingesperrt zu sein, würde er nicht aushalten.

* * *

Sommer suchte Schutz hinter einem parkenden Fahrzeug. Seine Partner hatten sich ebenfalls Deckung gesucht. Sobald sie Höhne aus dem Versteck aufgescheucht hatten, könnten sie ihn von drei Positionen aus ins Visier nehmen. Er musste hier irgendwo in der Nähe sein und hätte keine Chance zu entkommen, allerdings hieß das nicht, dass er keine Dummheiten versuchen würde.

Vorsichtig schaute Sommer um das Heck des Fahrzeugs. Eine junge Frau, die einen Kinderwagen vor sich herschob, näherte sich vom Ende der Straße.

Das durfte nicht wahr sein. Sie würde Höhne vielleicht in die Arme laufen. Womöglich würde er sogar versuchen, sie als Geisel zu nehmen.

* * *

Höhne hörte hinter sich ein Geräusch und blickte über die Schulter. Eine Mutter mit Kinderwagen näherte sich. Sie redete mit dem Baby. Bestimmt würde es nicht lange dauern, bis sie auf ihn aufmerksam würde.

Und dann?

Bot sich hier eine unerwartete Chance?

* * *

Sommer entschied sich. Er verließ die Deckung.

»Stopp!«, schrie er. »Kehren Sie um!«

Die Mutter blieb tatsächlich stehen und schaute zu ihm, dann richtete sich ihr Blick auf einen stahlgrauen SUV. Versteckte sich Höhne dort?

»Drehen Sie um!«, brüllte Sommer.

* * *

Die Mutter hatte ihn entdeckt. Wie ein verängstigtes Kaninchen starrte sie auf die Waffe in seiner Hand, offenbar nicht in der Lage, dem Rat des Bullen zu folgen.

Lange würde sie wohl nicht auf der Stelle verharren. Wenn er sie als Geisel nehmen könnte, würden die Bullen ihn ziehen lassen müssen.

* * *

Sommer rannte in geduckter Haltung los. Er achtete nicht auf die Mutter, sondern nur auf das Fahrzeug, zu dem sie starrte.

Als er noch zwanzig Schritte entfernt war, erhob sich dahinter ein Mann.

»Bleiben Sie stehen!«, schrie Sommer.

Der Verdächtige warf ihm einen Blick zu. Er näherte sich der Mutter. Die war endlich in der Lage, sich zu bewegen. Doch mit dem großen Kinderwagen fiel es ihr nicht leicht, schnell die Richtung zu wechseln.

Sommer holte auf. Trotzdem würde der Mann die Mutter zuerst erreichen. Als die beiden noch drei Meter trennten, hatte die Frau den Kinderwagen schon so weit gedreht, dass er quer auf dem Bürgersteig stand. Nun war er ein Hindernis, das Höhne zunächst umrunden musste. Das würde ihn eine wertvolle Sekunde kosten.

»Waffe weg!«, schrie Sommer.

Höhne fuhr zu ihm herum und riss die Pistole hoch. Die Mutter kreischte verzweifelt.

Sommer rammte den Mann mit der Schulter und schleuderte ihn nach hinten. Höhne verlor das Gleichgewicht, die Pistole glitt ihm aus der Hand und prallte auf den Bürgersteig. Kein Schuss löste sich. Höhne ruderte mit den Armen, ging zu Boden. Sommer sprang auf ihn und fixierte ihn.

Es war vorbei.

42

Höhne ließ sich von einem Anwalt vertreten, war jedoch bereit auszusagen. Er schien stolz auf das zu sein, was er angestellt hatte, und wollte darüber sprechen. Lediglich der finale Fehlschlag frustrierte ihn.

»Wie haben Sie erfahren, dass Sie nicht Melissas Vater sind?«, erkundigte sich Drosten. Er saß mit Verena Kraft in dem Vernehmungszimmer, während Sommer und die Berliner Kollegen das Gespräch aus einem anderen Raum verfolgten.

»Unfassbar, oder? Die Schlampe hat mir ein Kuckuckskind untergejubelt.«

Sein Anwalt legte ihm besänftigend die Hand auf den Arm.

»Ich hatte keinen Verdacht. Ganz im Gegenteil. War stolz auf *mein* Kind. So kam mir der Gedanke, Fabienne einen Heiratsantrag zu machen. Leider war die Kohle ziemlich knapp. Ich wollte ihr einen beeindruckenden Verlobungsring kaufen, für den mir ein paar Hunderter fehlten. Ein Kumpel erzählte mir von der Möglichkeit, Blut und Samen gegen eine Aufwandsentschädigung zu spenden. Das erschien mir leicht verdientes Geld. Jeweils zwei Spenden, und schon hätte ich die Summe zusammengehabt. Raten Sie, was bei der Untersuchung meines Spermas herauskam.«

»Sie sind zeugungsunfähig«, vermutete Drosten.

Höhne nickte. »Anfangs konnte ich das nicht glauben. Ich schickte ein Haar von Melissa zur DNA-Probe ein. Das Ergebnis hat mich umgehauen. Ich war voller Wut.«

»Hatten Sie Mordfantasien?«, fragte Kraft.

»Ja«, sagte er leise. »Ich wollte Fabienne bestrafen. Der Wunsch war so stark. Bis mir klar wurde, dass sie nicht das erste Miststück war, das mir übel mitgespielt hat.«

»Wieso Denise Sand und ihre Großmutter?«, fragte Drosten.

»Weil sie mich ignoriert haben. Ich hätte Denise gutgetan. Aber die Großmutter hat jeden Kontakt zu ihr verhindert, und die wenigen Male, bei denen ich die Gelegenheit hatte, schien mich Denise gar nicht wahrzunehmen. Ich war so neidisch auf das enge Band zwischen ihnen. Daran habe ich mich erinnert, als ich über alles nachzudenken begann.«

»Ihre Ex Barbara Guttenberger und Herrn Remme haben Sie aus offenkundigen Gründen bestrafen wollen«, stellte Drosten fest.

»Allerdings! Sie war die Frau, die mich am allermeisten verarscht hat. Wahrscheinlich während der ganzen Beziehung. Barbara hatte es genauso verdient wie Fabienne. Wissen Sie, was witzig war? Als ich bei Remme geklingelt habe, stellte ich mich mit dem Namen Schulz vor. So hieß mein Vorgänger bei Barbara. Das fand ich witzig.« Er grinste.

»Hatten Sie den Tag der Entführung zufällig ausgesucht?«

»Ich hatte sie in den Wochen zuvor beobachtet und

immer auf eine Gelegenheit gehofft. Dass es an dem Samstag geklappt hat, war ein Glückstreffer.«

»Und wieso war Frau Messmer das dritte Entführungsopfer?«, erkundigte sich Kraft. »Ich glaube nicht, dass Sie einer ihrer Töchter etwas antun wollten.«

»Genial, oder? Messmer war mein Ablenkungsmanöver. So konnte ich sie bestrafen und euch Bullen gleichzeitig auf die falsche Spur schicken.«

»Trotzdem verstehe ich Ihre Auswahl nicht«, behauptete Drosten.

»Herrje! Sandra und Fabienne waren zusammen auf dem Festival. Wenn Sandra loyal gewesen wäre, hätte sie dafür gesorgt, dass Fabienne nicht fremdgeht. Ist das so schwer zu kapieren?«

»Sie passte nicht in die Reihe«, erwiderte Drosten.

»Natürlich nicht. Ich wollte ihr Angst einjagen. Ein paar Tage Todesangst um ihre Lieblinge. Zumindest das hatte sie verdient.«

»Sie sind bewusst heute aufgebrochen«, spekulierte Drosten.

»Klar! Ich hatte gedacht, mit einer Verkürzung der Frist rechnet niemand. Morgen wollte ich schon im Flieger sitzen.«

»Darauf kommen wir gleich zu sprechen«, sagte Drosten. »Erzählen Sie uns erst, was Sie heute vorgehabt haben. Wären Sie in die Kita gegangen und hätten versucht, Melissa zu töten?«

Höhne lächelte arrogant. »Ganz im Gegenteil. Ich wollte dort warten, bis die Schlampe auftaucht. Am besten sogar erst zuschlagen, nachdem sie Melissa abgeholt hätte. Dann hätte ich sie mit einem Kopfschuss vor den Augen ihres Lieblings getötet. Schade. Wäre zu schön gewesen.«

Drosten erwiderte darauf nichts. Die Kaltblütigkeit erschütterte ihn. Ihm saß ein Mann gegenüber, der sich so tief in seinen Rachefantasien verfangen hatte, dass er einem kleinen Mädchen das Schlimmste angetan hätte.

»Sie haben gerade Ihren Plan erwähnt, schon morgen im Flieger zu sitzen. Auf dem Weg nach Südamerika?«, fragte Drosten. »Zu Ihrem Freund Julius? Wo hat er sich niedergelassen? Paraguay?«

Wieder lächelte Höhne arrogant. »Das war das i-Tüpfelchen. Zwei Monate vor seinem Aufbruch hat Julius seine Pläne umgeschmissen. Er besitzt mittlerweile eine Strandbar in Thailand. Auf Phuket, um genau zu sein.«

»Unseren Informationen zufolge wollte er nach Südamerika.«

»Deshalb hätten Sie mich niemals gefunden. Ich wäre von Warschau nach Thailand geflogen. Julius hätte meine Hilfe gut gebrauchen können. Wie hätten Sie mich finden sollen, wenn Sie mich auf einem ganz anderen Kontinent gesucht hätten?«

»Das wäre uns gelungen«, behauptete Drosten.

»Ach ja? Das klingt für mich nur nach Blabla.«

»Wo sind eigentliche Ihre Sachen?«, fragte Kraft. »Uns ist der halb leere Schrank in Ihrer Wohnung aufgefallen.«

»Wie spät ist es?«, wollte Höhne von seinem Anwalt wissen.

Der Jurist ließ Höhne die Uhrzeit von seiner Armbanduhr ablesen.

»In fünfzehn Stunden läuft die Mietzeit eines Schließfachs am Hauptbahnhof ab.«

»Sie wollten zum Hauptbahnhof?«, hakte Drosten nach. »Spätestens dort hätten wir Sie morgen früh festgenommen.«

Höhne zuckte mit den Achseln. »Was zu beweisen wäre.«

* * *

Drosten schaute aus dem Fenster des Berliner Präsidiums. Die Vernehmung hallte in ihm nach. Höhne hatte ausgesagt, alles bloß aus Neid auf Menschen getan zu haben, die einen Lieblingsmenschen hatten. Er sei nie von irgendwem der Lieblingsmensch gewesen. Weder von seinen Eltern, die angeblich die ein Jahr jüngere Schwester vorgezogen hätten, noch von einer seiner Partnerinnen. Seiner Ansicht nach habe er auch viel zu oft keine Chance bei Frauen gehabt, für die er sich interessiert hätte. Deren Lieblingsmensch er gern geworden wäre.

Drosten war es schwergefallen, dieses Gejammer emotionslos anzuhören. Bis zum Prozessbeginn würden alle beteiligten Behörden versuchen, mehr über Höhne in Erfahrung zu bringen. An dem Schuldspruch bestand kein Zweifel, immerhin war er vollumfänglich geständig. Trotzdem war Drosten nicht ganz klar, weshalb er am Ende den Schritt gegangen war, Menschen zu töten. Rachefantasien gärten in vielen Personen, ebenso das Gefühl, nicht das zu bekommen, was ihnen zustände. Dennoch wurden die wenigsten von ihnen zu Mördern und noch viel seltener dachte sich jemand einen so perfiden Plan aus wie Höhne. In ihm schienen Abgründe zu schlummern, die er bislang noch verborgen hielt.

»Woran denkst du?«, fragte Sommer, der auf der Türschwelle auftauchte.

»Dies und das«, antwortete Drosten. »Über Höhne und Menschen seines Kalibers.«

»Denk lieber an zu Hause. Bist du fertig? Dann könnten wir los. Der Wagen steht bereit. Verena wartet auf uns.«

Drosten lächelte. Er freute sich auf Melanie, Dana, Rocky und Bagel. Ob Dana und Melanie dem Beagle schon einige Tricks beigebracht hatten? Oder gestaltete sich Bagels Erziehung schwierig? Drosten schmunzelte.

Sommer warf ihm einen irritierten Blick zu. »Was geht dir durch den Kopf?«

»Ich glaube, ich habe mich inzwischen an Bagels Namen gewöhnt. Bislang war er für mich immer nur ›der Beagle‹. Oder ›der neue Hund‹. ›Der Welpe‹. Gerade ist mir aufgefallen, dass ich ihn in Gedanken schon ›Bagel‹ nenne.«

Sommer legte seinem Freund einen Arm um die Schulter. »Unsere Familien haben wirklich viel Glück mit toleranten Männern wie uns.«

»Da sagst du was«, erwiderte Drosten. »Ich hoffe, sie wissen das zu schätzen.«

Er freute sich auf zu Hause. Hoffentlich könnte er ein paar Wochen am Stück dort verbringen und Bagels Verwandlung vom Welpen zum Junghund miterleben.

NACHWORT

Liebe Leserinnen und Leser,

falls Sie das Nachwort zu meinem Roman *Die Tätowierte* gelesen haben, erinnern Sie sich vielleicht noch, dass ein extrem ungewöhnliches Tattoo auf dem Oberschenkel einer Sizilianerin der Ursprung für die Grundidee war. Warum erzähle ich Ihnen das? Bei dem vorliegenden Thriller war es ziemlich ähnlich. Meine Frau und ich leben in Hamburg gar nicht weit von der Alster entfernt. Und zumindest bei gutem Wetter versuchen wir, uns regelmäßig zu bewegen – wofür der Rundweg um die Alster wie gemacht ist. Eines Tages letzten Spätsommer war ich allein unterwegs, und mir kam eine Frau im T-Shirt entgegen. Auf ihrem Arm hatte sie ein Datum eintätowiert. Ich ging an ihr vorbei und fragte mich: Was, wenn ihr das Datum zwangsweise in die Haut geritzt worden wäre? Kaum hatte ich die Strecke hinter mich gebracht, war die Rahmenhandlung schon vollständig im Kopf formuliert. Wieder zu Hause erzählte ich meiner Frau von der neuen Romanidee. Wie nicht gerade selten schaute sie mich daraufhin etwas skeptisch an. Allerdings nicht wegen der Idee – die hatte sie sofort überzeugt –, sondern wegen der Art und Weise, wie meine Fantasie funktioniert. Sie müssen wissen, meine Frau wird immer mal wieder gefragt, wie es ist, mit einem Mann verheiratet zu sein, der sich solche Geschichten ausdenkt. Ihre Antwort darauf ist nicht unbedingt das, was die Fragesteller erwarten. Sie sagt dann nämlich nicht so etwas wie: „Eigentlich ist er ein lieber Mensch", sondern erwähnt vielmehr, ich sei halt in gewisser Weise sehr speziell. Womit sie definitiv nicht unrecht hat. Aber davon abgesehen, bin ich niemand, vor dem Sie sich in Acht nehmen müssen. Selbst dann nicht, wenn Sie tätowiert sind. Versprochen!

Falls Ihnen *Dein Lieblingsmensch* gefallen hat, freue ich mich über Ihre Rückmeldung. Neben persönlichen Nachrichten sind für uns Autoren Rezensionen, die Sie auf der Produktseite von *Dein Lieblingsmensch* bei dem Buchhändler Ihres Vertrauens hinterlassen können, ganz besonders wichtig. Dafür bedanke ich mich sehr herzlich!

Wenn Sie es noch nicht getan haben, dann tragen Sie sich doch bitte in meinen Newsletter ein, durch den Sie immer auf dem neuesten Stand sind, was meine Veröffentlichungen anbelangt. So helfen Sie mir ganz besonders!

www.marcus-huennebeck.de/newsletter

Alle neuen Empfänger erhalten übrigens die Kurzgeschichte *Die Namen des Todes – Die Jagd beginnt* als Dankeschön geschenkt.

Per E-Mail kontaktieren Sie mich unter:
kontakt@marcus-huennebeck.de

Per Facebook erreichen Sie mich wie folgt: www.facebook.com/MarcusHuennebeck

Und per Instagram unter www.instagram.com/marcushuennebeck

Vielen Dank und herzliche Grüße

Ihr
Marcus Hünnebeck

LESETIPPS

Ich werde oft nach der richtigen Reihenfolge meiner Bücher gefragt. Diese finden Sie im Folgenden, auch wenn ich der Meinung bin, dass man jeden meiner Thriller unabhängig von den anderen lesen kann. Aber für alle Leser, die sich gern an der chronologischen Reihenfolge des Erscheinens orientieren, ist diese Auflistung gedacht.

<u>Die KEG-Reihe:</u>

Die Todestherapie
Der Wundennäher
Der Schädelbrecher
Blut und Zorn
Die TodesApp
Muttertränen
Todesschimmer
Vaters Rache
Rachekrieger
Der Geisterfahrer

Nesthäkchens Schrei
Bittere Brut
Tödlicher Fake
Schreikind
Eiskalte Reue
Der Schattenbringer
Der Mädchenpflücker
Feuerqual
Totgeschlagen
Böser Sandmann
Der Blutmaler
Schlechter Freund
Der Schmerzspezialist
Der Bravmacher
Die Nachahmer
Die Tätowierte
Der Peiniger
Der Trostspender
Todesbeute
Dein Lieblingsmensch
Ballkönige des Todes (ab 8.7.)

Die Buchinger-Reihe:

So tief der Schmerz
Kein letzter Blick
Wundenherz
Zu viel gesehen
Zwischen den Seiten
Der Kümmerer
Der Raum der bösen Mädchen
Lügenmaske
Heimliches Kind

Der verschwundene Enkel (ab 13.5.)

Bei meinen übrigen Büchern finden Sie die Reihenfolge direkt auf den Produktseiten der Bücher.

DIE LETZTEN 5 SEKUNDEN

Joel freut sich nach Feierabend auf die Ankunft seiner Freundin Nicole. In einer romantischen Botschaft hatte sie versprochen, ihm eine unvergessliche Nacht zu bereiten. Während er in seiner Wohnung auf sie wartet, bricht ein Unbekannter bei Nicole ein und tötet sie erbarmungslos im Badezimmer. Doch damit ist sein Blutdurst noch lange nicht gestillt. Er macht sich auf den Weg zu Joel.

Als die Ermittlungen zu dem spektakulären Doppelmord in der Sackgasse stecken, zieht das New York Police Department Henry Baker hinzu. Die Polizei erhofft sich einen neuen Ansatz, denn der externe Berater verfügt über eine besondere Gabe.

Unterdessen nimmt der Killer das nächste unschuldige Paar ins Visier. Zur gleichen Zeit verliert Henry in einem anderen Fall das Vertrauen eines angesehenen Strippenziehers, der alles daransetzt, Rache einzufordern. Kann Henry den Mörder stoppen, während es ein erbitterter Gegner auf ihn abgesehen hat?

DIE TODESTHERAPIE

Gero Ruppert kennt sich aus mit Trauer und Verzweiflung. Der Psychologe betreut Eltern, die ihre Kinder auf schmerzliche Weise verloren haben. Als ein 17-jähriges Mädchen brutal missbraucht und ermordet wird, kontaktiert Ruppert die verwaiste Mutter und bietet ihr an, sie psychologisch zu behandeln.

Drei weitere junge Frauen sterben, und Ruppert kümmert sich um die trauernden Hinterbliebenen. Für die Soko rund um die Kommissare Drosten und Sommer steht trotz wasserdichter Alibis der Hauptverdächtige fest: Der Mörder kann nur Gero Ruppert selbst sein. Hat er einen Helfer? Spielt er ein falsches Spiel mit traumatisierten Eltern? Doch die Polizisten ahnen nicht, dass der Psychologe bedroht wird. Er muss den Anweisungen eines Erpressers folgen, um nicht seine eigene Tochter zu verlieren. Je näher die Soko den wahren Hintergründen kommt, desto stärker gefährdet sie das Leben des Mädchens – wogegen Ruppert mit allen Mitteln kämpft.

SO TIEF DER SCHMERZ

Eine traumatisierte Psychologin sinnt auf Rache. Jahre zuvor ist sie geschändet worden; nun bestraft sie nahestehende Personen ihrer Peiniger mit dem Tod. Als die Polizei durchschaut, nach welchem Muster die Opfer ausgewählt werden, verhindert sie im letzten Moment einen weiteren Mord. Doch der Täterin gelingt während des Zugriffs die Flucht, und sie taucht spurlos unter.

Hauptkommissar Krumm bittet den Personenfahnder Till Buchinger um Unterstützung. Buchinger kennt die Tricks, mit denen Menschen von der Bildfläche verschwinden. Obwohl er Krumm nicht vertraut, erklärt er sich mit der Zusammenarbeit einverstanden, denn die Mörderin hat auch einen seiner engsten Freunde brutal umgebracht. Aber seine Suche nach der skrupellosen Psychologin löst eine Kettenreaktion aus, die sein Leben und das vieler anderer Unschuldiger gefährdet.

Printed in Poland
by Amazon Fulfillment
Poland Sp. z o.o., Wrocław

35196131R00154